EL AMOR CAE DEL CIELO

ESTHER SANZ

· **Dirección editorial:** Marcela Aguilar
· **Edición:** Florencia Cardoso y Jessica Gualco
· **Coordinación de diseño:** Marianela Acuña
· **Diseño de interior:** Olifant · *Valeria Miguel Villar*

-MÉXICO-
Dakota 274, colonia Nápoles
C. P. 03810, alcaldía Benito Juárez, Ciudad de México
Tel.: 55 5220 6620 • 800 543 4995
e-mail: editoras@vreditoras.com.mx

-ARGENTINA-
Florida 833, piso 2, oficina 203, (C1005AAQ), Buenos Aires
Tel.: (54-11) 5352-9444
e-mail: editorial@vreditoras.com

Primera edición: agosto de 2021

ISBN: 978-987-747-746-7

Impreso en México en Litográfica Ingramex, S. A. de C. V.
Centeno No. 195, Col. Valle del Sur, C. P. 09819
Alcaldía Iztapalapa, Ciudad de México.

EL AMOR CAE DEL CIELO

ESTHER SANZ

En reconocimiento a todas las mujeres de mi familia, pasadas y presentes, con todas sus bendiciones y las mías, para mis hijas: Martina y Violeta.

SEMILLAS
DEL PASADO

Violeta se incorporó repentinamente del sofá y corrió a cerrar la ventana. Se había quedado dormida con el tintineo de las primeras gotitas que chocaban con timidez contra el cristal. Había dejado una rendija abierta para ventilar la habitación en la que se había pasado varios días encerrada, terminando un encargo urgente. Pero ahora, la tormenta estaba encima y el viento hacía que la lluvia se colara con furia por la ventana.

El agua había formado un charquito en el suelo y había llenado de gotas su mesa de trabajo, pero suspiró aliviada al comprobar que las acuarelas de flores estaban intactas. Se había pasado toda la noche trabajando para entregarlas esa misma tarde, así que se sintió afortunada de no tener que pagar caro su despiste.

Apoyada en la ventana, contempló cómo el viento hacía bailar a su antojo los árboles de la acera y desvestía con violencia sus ramas, cubriendo el suelo de hojarasca. Cerró los ojos y pudo sentir el silbido del aire y las hojas secas que crujían bajo las pisadas de los transeúntes. Al abrirlos, enfocó la mirada en el cristal y se guiñó un ojo a sí misma. Estaba contenta. Las últimas semanas habían sido muy duras, pero ahora, por fin, asomaban planes interesantes en el horizonte. Le esperaban unos días de relax en la montaña con cinco amigos de la infancia. Cuando recibió aquel misterioso e-mail de Lucía, no dudó ni un instante en aceptar la invitación. Como siempre, tardó apenas unos segundos en arrepentirse de su decisión. *¿Por qué fui tan impulsiva?*, se reprochó. Hacía más de quince años que no se veían y lo más probable era que acabara sintiéndose incómoda rodeada de extraños. Aun así, tenía mucha curiosidad; la incertidumbre de no saber qué ocurriría durante esos días la hacía sentirse extrañamente excitada.

Mientras recogía su desordenada melena en una cola alta, Violeta se asustó con un sonoro trueno y algunos mechones de pelo se le escaparon de las manos. *Mejor así*, pensó al ver terminado su peinado frente al espejo. Saúl siempre le pedía que se lo recogiera. Le gustaba ver su largo cuello desnudo. Decía que le daba un toque de distinción y la hacía parecer más alta y esbelta. Pronto cumpliría los treinta, pero su aspecto menudo y las pecas salpicadas por sus mejillas y por su nariz respingona la hacían parecer más joven.

Apenas hacía un mes que se había mudado a ese ático de la calle Cisne. Estaba situado en pleno barrio de Gracia, junto al mercado, en un edificio de finales del siglo diecinueve. El estudio, de cuarenta metros cuadrados, sorprendía por su simplicidad bohemia y por lo bien aprovechado que estaba el espacio. Se componía de un amplio salón con cocina americana, un dormitorio, un cuartito trastero y un baño con ventana. El suelo era de mosaico modernista y colores alegres, y su dibujo geométrico variaba en cada ambiente. Las paredes blancas daban amplitud al espacio, y estaban decoradas con acuarelas y óleos que Violeta había pintado con motivos cotidianos. Uno de ellos, su favorito, reproducía la escena de una pareja que tomaba el té en una soleada terraza, rodeada de flores. En otro, un gatito gris de largos bigotes jugaba con un ovillo de lana roja. Los techos eran muy altos y con vigas de madera restauradas y tratadas con un barniz de nogal. Aunque estaba encantada de vivir en un vecindario como aquel, en continua ebullición, lo mejor del apartamento era su fantástica terraza, desde donde podría pintar en verano. Pero para eso aún faltaba mucho, el otoño estaba siendo muy frío y se avecinaba un largo invierno.

Enfundada en su abrigo verde de lana gruesa, que se ponía para estar calentita y cómoda en casa, Violeta sintió un escalofrío y se dirigió a la cocina para prepararse un té. Después de repasar con la mirada todas las cajitas de lata, dispuestas en fila, en las que guardaba las distintas variedades, se decidió por un Lady Grey. El té negro la mantendría despierta para afrontar el resto del día. Todavía tenía que ir a la editorial. Con un poco de suerte, quizá le encargarían más ilustraciones para otro libro. También tenía que comprar algunas cosas para el viaje, preparar la maleta y llamar a Saúl. De repente se sintió triste, sabía que no podía postergar más ese momento; pero le faltaban las fuerzas para afrontarlo… Aspiró el aroma intenso a naranja, bergamota y rosas de su té humeante. Quería fundirse en ese agradable olor y borrar la mirada derrotada de Saúl suplicándole que no se marchara.

Aquel sábado por la mañana, cuando Violeta terminó de empaquetar todas sus cosas, en el apartamento de Saúl, se sintió desconcertada. Cerró los ojos y trató de hacer un repaso de los momentos felices compartidos, pero no le venía ningún recuerdo especial, ninguno por el que mereciera la pena dar marcha atrás y reconsiderar su decisión. Quiso esforzarse y visualizó el día que se conocieron en el parque y a ella le pareció tan guapo y enigmático... Él se había acercado con el pretexto de preguntarle la ubicación de una calle; más tarde confesaría que aquel era su barrio y que conocía cada esquina. Después hizo un comentario sobre el libro que ella estaba leyendo. Y como no parecía incomodarla, sino más bien lo contrario, se sentó a su lado en la misma banca e iniciaron una conversación. Era una tarde de mediados de octubre, cuando el calor todavía persiste, pero la luz se vuelve más tenue y melancólica. Recordaba bien el momento en el que las hojas de un platanero cercano empezaron a caer sobre sus cabezas y él atrapó una al vuelo. "Te regalo este señalador si me aceptas un café". Ella asintió con la cabeza y rio para sus adentros, porque era la primera vez que aceptaba la invitación de un extraño y le recordó al protagonista de un libro que había leído, tan impulsivo y encantador. Durante unos segundos imaginó que aquello podía ser el inicio de una bonita historia y fantaseó con la idea de besarlo en los labios y sentir la electricidad de la pasión recorriendo sus venas.

Cuando su deseo se materializó, apenas unos días después, notó una chispa pequeña, un débil fogonazo que prendió durante los primeros meses de relación, cuando las ganas de descubrirse y de amarse eran más fuertes que la certeza de que no estaban hechos el uno para el otro.

Antes de marcharse para siempre, recorrió el apartamento, sorteando las cajas que había dejado apiladas en el pasillo, abriendo todas las puertas en busca de más recuerdos… Pero nada. Solo acudían a ella situaciones de la vida cotidiana cargadas ahora de culpa, pena y desilusión por los sueños no cumplidos y por el daño que había causado.

Habían pasado dos años desde que decidieron vivir juntos. Durante ese tiempo, ninguna discusión, ningún reproche. Al principio, Violeta pensó que era muy afortunada y que Saúl era el hombre ideal: atento, culto, guapo, educado; y aunque tardó poco en darse cuenta de que no lo amaba y de que nunca sería del todo feliz a su lado, pensó que el tiempo se encargaría de poner el amor en su sitio.

Después de retirar las cajas, abrió la gaveta del recibidor con el propósito de dejar las llaves y se sorprendió al encontrar allí su carta de despedida, perfectamente doblada por la mitad, como la había dejado ella hacía apenas unas semanas…

Querido Saúl:

Llevo días dándole vueltas a esto, tratando de encontrar la mejor manera de explicarte que no puedo seguir así, pero creo que no la hay. Sé que pensarás que soy una cobarde, o algo peor, por no atreverme a decírtelo en persona, y tendrás toda la razón al hacerlo. Estuve a punto de hablar contigo esta mañana mientras desayunábamos, pero en el último momento me faltó el valor. Ya sabes que nunca he sido una persona valiente. ¿Recuerdas cuando me bajé del Dragon Khan, justo cuando la atracción debía ponerse en marcha? Durante la hora y media de espera, en la fila, no fui capaz de darme la vuelta. No supe reaccionar hasta que me vi allí sentada, a punto de que aquella montaña rusa pusiera mi cuerpo del revés. Así es como me siento ahora, Saúl. Al borde del abismo. Estoy perdida hace demasiado tiempo y ya no quiero arrastrarte más conmigo ni hacerte perder la vida en una relación que ni yo misma sé adónde va. Por eso, tomé la decisión de irme hoy de casa. Te lo dije el otro día cuando hablamos: contigo todo es muy fácil. Eres el hombre más comprensivo del mundo, siempre pendiente de mí y de todos. Eres el tipo de hombre que cualquier mujer desearía tener a su lado. Cualquiera que no sea una tonta como yo. Te quiero muchísimo y siempre lo haré. Sabes que haría cualquier cosa por ti; incluso darte un riñón si te hiciera falta. Pero con mi corazón no funciona así: no puedo obligarlo a amarte como tú mereces. Y me siento fatal por ello.

Ahora mismo necesito pensar, pero te llamaré pronto. Vendré el sábado a recoger mis cosas y creo que es mejor que no nos encontremos en casa.

Por favor, no me odies. Lo siento, de corazón.

Violeta

—¡Maldita lluvia! No puedo creerlo… —se lamentó Violeta consternada mientras contemplaba paralizada cómo sus acuarelas de flores se cubrían de agua, flotando en un charco de lodo.

Antes de reaccionar y agacharse a recogerlas, estuvo tentada a salir corriendo. La imagen era demasiado dolorosa. Le había llevado semanas terminar el encargo y justo esa tarde que debía entregarlas… pasaba esto.

Había salido con tanta prisa de casa que olvidó cerrar del todo la cremallera de su portafolio, dejando vía libre a las flores pintadas para que escaparan caprichosas en busca de agua fresca.

Llegaba tarde a su cita y sabía que Malena, la directora editorial, odiaba que la hicieran esperar. Pero, ahora, eso era lo que menos le preocupaba.

Violeta rescató una a una las láminas sosteniéndolas de una punta y sacudiéndolas delicadamente. Aunque las había rociado con un spray fijador en casa, el exceso de agua había corrido los colores formando figuras abstractas de tonos marrones.

—¡Mierda! —gritó llena de rabia mientras protegía bajo su abrigo el portafolios con las láminas intactas y hacía malabarismos con el paraguas para que el resto no siguiera mojándose—. ¿Cómo pude ser tan tonta?

En ese momento, un joven con impermeable negro pasó velozmente a su lado y pisó la última que le quedaba por recoger. Al ver la cara de desesperación de Violeta, y el puñado de papeles mojados que sostenía entre sus manos, comprendió enseguida lo que acababa de suceder y se inclinó para disculparse y ayudarla a levantarse.

Pero Violeta no veía la mano tendida de ese chico. Su mirada se había quedado clavada en la última flor mojada y pisoteada. Estaba manchada de lodo y no había ni rastro de la belleza del trazo firme y delicado de su autora, la perfección con la que usaba la luz y las sombras, y la combinación exquisita de los colores que hacían sus obras tan reales que casi amenazaban con salirse del papel… Aun así, la reconoció enseguida, los chorreones de tinta lila la delataban: era la violeta.

Violeta se sintió como su flor: mojada, pisoteada y destrozada. Y entonces, se derrumbó. Como una niña invadida por una pataleta, cedió a la gravedad de las circunstancias. Lloró amargamente, sin tapujos, cubriéndose la cara con las manos, sin reprimir los sollozos que escapaban de su boca. No le importó que el joven se marchara con cara extrañada, como quien contempla a una loca, ni las miradas curiosas de la gente que pasaba apresurada con sus paraguas de colores. Lloraba por sus flores y por ella misma, lloraba porque había fracasado una vez más y le quedaban pocos cartuchos que quemar.

Hacía años que había dejado atrás la facultad de Bellas Artes y aquel era el primer encargo serio con el que se enfrentaba. Durante un tiempo, había compaginado su trabajo habitual de teleoperadora con los encargos que la editorial le hacía: hasta el momento cosas pequeñas, proyectos sin importancia a la altura de cualquier principiante. *Álbum de flores* había sido su primer reto serio. Su nombre aparecería en la portada y sus flores ilustrarían preciosas fábulas y citas de un conocido autor. Había firmado incluso un contrato por una cantidad nada desdeñable; así que, reuniendo el valor necesario, había dejado su empleo gris para dedicarse de lleno a su gran pasión.

Estaba aterrada porque no podía permitirse perder ese contacto y temía la reacción de su editora. Pero haciendo acopio de sus últimas fuerzas, metió las flores mojadas en una bolsa de plástico y se levantó dispuesta a enfrentarse a su suerte.

Las flores habían decidido suicidarse a dos pasos de la entrada del ferrocarril. Así que, Violeta corrió a refugiarse de la lluvia, dejándose engullir por la boca del metro. Ya sentada en el vagón, secó sus lágrimas y extrajo las láminas destrozadas de la bolsa. Solo contó cinco de las treinta que llevaba en su carpeta… Por suerte, el resto se había quedado dentro.

Pensó que, tal vez, Malena se apiadaría de ella y le daría unos días más. Al fin y al cabo, llevaba consigo la prueba del accidente, que descartaba la versión de cualquier excusa. Aunque también sabía que las fechas de imprenta eran casi siempre inflexibles y que podía pagar caro su descuido no recibiendo nuevos encargos. Hasta ese momento, siempre había cumplido puntualmente, pero… ¿y si ahora que se había decidido a dar el salto le fallaba el trabajo? ¿Qué haría?

Al llegar, Violeta se dejó impresionar, una vez más, por el edificio de mármol blanco de la editorial, que se alzaba orgulloso en Tres Torres, uno de los barrios más ricos de Barcelona. Entró en el hall y, tras saludar a la recepcionista, se coló rápidamente en el elevador. Estuvo a punto de soltar un grito al verse reflejada en el espejo, pero pensó que sería más útil aprovechar los cinco pisos de trayecto para arreglarse el pelo y limpiarse un poco la cara con un pañuelo.

—Violeta, ¿qué te ha pasado, mujer? Te ves horrible. ¡Estás empapada! Llevas el bajo del abrigo cubierto de lodo y el pelo mojado y revuelto…

Violeta pensó que Malena, a pesar de ser una profesional de las palabras, siempre escogía las menos adecuadas para tratar a los demás. Se lamentó de haberse encontrado con ella a la salida del elevador; le hubiera gustado terminar de arreglarse en el lavabo.

Entonces reparó en el aspecto impoluto y elegante de la directora, y se sintió pequeña e insignificante. Aquella mujer, aunque no era especialmente bonita, irradiaba encanto y personalidad. Hacía años que había cumplido los cuarenta, pero su cuerpo esculpido durante horas de gimnasio y su aspecto cuidado la hacían verse mucho más joven. Además, poseía un gusto exquisito para la ropa. Como era alta, no necesitaba tacones para imponer su belleza y la camiseta más simple de H&M o el traje menos sofisticado de Zara, combinados con accesorios únicos que compraba en las tiendas más bohemias de Barcelona, parecían en su cuerpo modelos exclusivos de algún diseñador de prestigio.

La siguió hasta su despacho. Como ella, la oficina era fría pero con estilo. La moqueta gris del suelo lucía perfecta y Violeta se disculpó al ver sus botas manchadas de lodo. Malena hizo un gesto de despreocupación con la mano y la invitó a sentarse en una de las sillas, con estampado de cebra, que bordeaban la mesa de cristal de reuniones. Sobre esta, una enorme orquídea blanca presidía el centro. Violeta sonrió al recordar que en el lenguaje de las flores las orquídeas son mensajeras de sofisticación y frialdad.

Sobre las estanterías de acero, los libros lucían perfectamente ordenados por tamaños y temas. Los del sello que dirigía Malena ocupaban un lugar de honor. Casi todos eran libros caros, de ediciones muy cuidadas y, aunque no destacaban por su comercialidad, la editorial se vanagloriaba de publicarlos para dar prestigio a la firma.

La mesa de trabajo de Malena mantenía un justificado desorden. Sobre esta se amontonaban varias pilas de papeles y libros. Violeta sabía que detrás de toda esa apariencia de suficiencia se escondían horas y horas de trabajo, esfuerzo y dedicación. Sin embargo, algunos detalles personales de Malena, como su pluma Montblanc o su agenda de piel Gucci, acababan delatando su personalidad. Violeta reparó en el marco de plata que se escondía tras la pantalla de plasma del ordenador y pudo distinguir desde su silla la imagen de un hombre guapo, de traje oscuro y amable sonrisa, rodeado de dos niñas monísimas. La estampa era tan perfecta que, si no fuera porque sabía que la directora tenía un esposo y dos niñas, hubiera jurado que se trataba de una de esas fotos de estudio que vienen incorporadas al marco.

Después de dar un par de sorbos al café que le ofreció Malena y de respirar profundamente, Violeta, por fin, se atrevió a hablar.

—Malena, he tenido un pequeño… No, un *gravísimo*, percance. No lo vas a creer, pero… las flores… la lluvia… yo… —balbuceó de forma incomprensible.

En ese momento, las horas de cansancio, los nervios y el frío que se calaba en su cuerpo empapado hicieron tambalear su seguridad, mientras, entre lágrimas sofocadas, le mostraba a Malena, una a una, las láminas mojadas y le explicaba entrecortadamente lo que había pasado.

La cara de horror de la directora, que la miraba por encima de sus gafas de pasta negra de Prada, la hizo reaccionar a tiempo y extrajo rápidamente del portafolio las flores que se habían salvado del diluvio.

—Esto no es nada profesional, Violeta —sentenció Malena señalando las flores mojadas—. Algo así es inadmisible en una editorial seria como esta… Me jugué todo por ti, apostando por una ilustradora desconocida y tú…

—Fue la lluvia… —balbuceó Violeta.

—Asume tu responsabilidad de una vez. ¡Tenías que haber sido más lista, mujer! —espetó Malena—. Te encargué un proyecto ambicioso. Firmaste un contrato. Y acabaste actuando de forma irresponsable y estúpida. Mira, si no eres capaz de responder por tu trabajo es mejor que vuelvas a tu empleo de vendedora telefónica.

—Eso no es justo. Trabajé mucho. Si pudieras darme unos días más…

—Ya no confío en ti. ¿Quién me asegura que dentro de unos días no te vas a presentar con otra nueva excusa?

—¡Fue un accidente! —protestó Violeta tratando de defenderse una vez más.

—Tú sí que eres un accidente —respondió Malena entre dientes y Violeta se mordió el labio para no replicar. Su jefa tenía razón. Había sido una tonta y una imprudente—. Pero estás de suerte. Esta mañana hemos adelantado a imprenta otro libro sobre edificios orientales por la muerte de un famoso arquitecto japonés, y puedo darte unos días más.

Violeta respiró aliviada.

–Quiero las flores en mi mesa en una semana. ¿Has oído? Tienes siete días para solucionar este "accidente". Eso sí... –añadió mientras repasaba con aprobación, una a una, las láminas intactas que Violeta había extraído de su portafolio–, tienen que estar, como mínimo, tan bien como estas. Tengo que reconocer que son perfectas.

–Te lo prometo –sentenció Violeta muy seriamente, aliviada por las últimas palabras de Malena–. Serán tan perfectas que parecerán casi reales.

Violeta se despertó con la luz tenue de los primeros rayos de sol acariciándole la cara. Había dormido plácidamente y se sentía optimista. Estiró los brazos para desperezarse y saltó de la cama de un brinco. Al principio de separarse, había echado de menos el cuerpo cálido de Saúl tendido a su lado, sobre todo los sábados, cuando ninguno de los dos tenía que madrugar y se hacían los remolones hasta bien entrada la mañana... Pero pronto aprendió a saborear el placer de despertarse e iniciar el día sola. Después de un mes de independencia, en su apartamento, Violeta ya no cambiaba sus sábados, ni ningún otro día de la semana, por la compañía de Saúl. Desde la ruptura, él la había llamado dos veces para pedirle que reflexionara o, al menos, que se vieran y tomaran tranquilamente un café. Por el tono de su voz, Violeta sabía que él esperaba que ella volviera. No la veía capaz de estar mucho tiempo sola y, en el fondo, deseaba que ella reconociera que sin él estaba perdida. De hecho, habían quedado para ese mismo sábado. Y aunque eso fue antes de aceptar la invitación de Lucía, todavía no había reunido el valor suficiente para llamarlo y aplazar su cita. Le partía el corazón escuchar la voz ronca y profunda de Saúl entrecortada, cuando le decía que la echaba de menos, que la quería…

A veces, cuando se sentía triste y sola, tenía momentos de duda; entonces tenía que controlarse para no marcar el número de Saúl y pedirle que volvieran. Pero algo en su corazón le decía que no estaba equivocada y que había tomado la decisión correcta. No estaba enamorada de él, y Saúl merecía una mujer que lo amara de verdad y no de una manera fraternal. ¿O quizá el amor era eso?

Las agujas del reloj de pared colgado en la sala marcaban las diez y Violeta pensó que debía darse prisa. Había quedado a las tres con Lucía en la estación de Sants para que pasara a recogerla con su coche, pero antes tenía que ir al centro para comprar material de dibujo. Quizá, incluso, tendría tiempo para pasear un rato. A Saúl ya lo llamaría durante el viaje.

Se dio una ducha. El agua fresca le devolvió la sonrisa. Se había acostado preocupada. Después de la conversación con Malena, había estado a punto de llamar a Lucía y decirle que no podía ir de viaje con ellos. Pensó que era preferible encerrarse en casa y terminar su encargo sin distracciones. Sin embargo, ahora lo veía todo distinto. Un poco de aire fresco de la sierra no le vendría mal, podría inspirarse en la naturaleza y pintar, quizá, algunas flores en directo, con su modelo real, y no de una fotografía como solía hacer. Además, si algo salía mal, siempre podría tomar un tren de vuelta a Barcelona.

Mientras se enjabonaba, le vino a la cabeza un sueño que había tenido esa misma noche. La imagen acudió a su mente con precisión y no pudo reprimir una carcajada al recordar el desvarío de su inconsciente.

En su sueño, se encontraba en el despacho de Malena, sentada en el mismo lugar de la tarde anterior. No había rastro de la editora, pero sí de algunas flores sobre las sillas de cebra dispuestas alrededor de la mesa de cristal. Parecía una reunión importante. Todas hablaban al mismo tiempo… Violeta no podía entender lo que decían, pero comprendía que estaban muy enojadas. El jazmín alzaba sus hojas amenazantes y señalaba a la pobre Margarita, cuyos pétalos en vez de blancos se habían vuelto marrones. El pensamiento lloraba amargamente mientras la gardenia trataba de consolarla… La azalea se quejaba a la angélica y miraban de reojo, con desconfianza, a la violeta que, más mustia que viva, gemía en un rincón de la mesa.

—¡Basta! —se atrevió a decir la Violeta de carne y hueso—. Está bien, está bien… No logro entender lo que tratan de decirme, pero sé que les fallé. Prometo que las compensaré.

En ese momento, todas las flores se levantaron y empezaron a aplaudir enérgicamente con sus hojas… al tiempo que iban abriéndose y floreciendo con una belleza asombrosa, ante la mirada alucinada de Violeta.

Mientras el agua corría por su cuerpo desnudo, Violeta pensó que la interpretación estaba clara: sus flores la acusaban de haberlas destrozado y le exigían una compensación. Pero, quizá, ese no era exactamente el mensaje… Tal vez las flores, descontentas con su trabajo, habían decidido autoinmolarse para que ella comprendiera mejor el significado oculto de cada una de ellas y pudiera plasmar de verdad su belleza esencial. En realidad, al reclamar ese derecho le estaban concediendo una segunda oportunidad, para perfeccionar su obra y posicionarse en el mundo editorial como una ilustradora de renombre.

Violeta se sorprendió al ver su cara seria y pensativa en el espejo del lavabo. Estaba algo empañado por el vapor, pero distinguió perfectamente su expresión perpleja, como de quien acaba de descifrar un difícil acertijo, y volvió a reírse con ganas. Definitivamente, estaba un poco chiflada, pero la interpretación de su sueño había conseguido que volviera a ilusionarse con el trabajo que la esperaba. Estaba dispuesta a superarse a sí misma y a dibujar las flores más bellas del mundo. Sí, aquella era la mejor lectura de lo que había pasado y Violeta aceptaba el reto. Pondría su alma y su corazón en aquel encargo.

En menos de diez minutos, arregló la habitación y preparó su bolso de viaje con ropa de abrigo para cinco días. El tiempo empezaba a apremiar, así que escogió algunas prendas y se vistió apresuradamente. El espejo de cuerpo entero aplaudió su elección y Violeta decidió premiarse con un té y unas galletas de mantequilla.

Ya en la tienda de Bellas Artes, hizo un cálculo aproximado de lo que iba a necesitar. Todavía le quedaban algunos tubos de acuarela Taker, así que compró varios tonos de los colores que más usaba, algunos lápices, tres pinceles Da Vinci de distintos tamaños, y las suficientes láminas como para equivocarse unas cuantas veces. Al salir, se compró un sándwich de vegetales en la cafetería de la esquina y aceptó la invitación del sol de ir caminando hasta casa. Tenía más de media hora a paso ligero, pero después de tantos días de mal tiempo y encierro, se resistía a descender a los oscuros túneles del metro. Decidió subir por Paseo de Gracia por si el tiempo se le echaba encima y se veía obligada a tomar el autobús. La temperatura era muy buena para estar casi en noviembre y Violeta disfrutó, como siempre, observando los escaparates y a la gente que bajaba en dirección contraria. Durante unos segundos, se lamentó de su viaje a la sierra castellana. Seguramente allí haría frío y se perdería los últimos coletazos de buen tiempo en Barcelona, antes del invierno.

Una vez en casa, abrió su enorme maletín de madera e introdujo allí todos los utensilios de pintura que había comprado.

Mientras esperaba un taxi para ir a la estación de Sants, releyó una vez más el e-mail de Lucía para confirmar la hora. En el destinatario figuraban cinco direcciones de correo electrónico.

La de Víctor y la de Alma eran fácilmente reconocibles, pero las otras dos, escritas con números y palabras que no le decían nada, eran imposibles de resolver. Aun así, supo que se trataban de Mario y Salva incluso antes de leer el mensaje completo. Los seis habían sido inseparables durante la primaria y habían formado incluso un club secreto: "Los seis salvajes". Desde los diez hasta los quince, se habían reunido casi todas las tardes al salir de clase. No se habían vuelto a ver desde entonces, y Violeta era incapaz de precisar los motivos por los que dejaron de hacerlo si vivían en el mismo barrio. El e-mail imitaba las notas telegráficas en clave que se enviaban de pequeños antes de convocar alguna reunión.

Sábado 30 de octubre, 23 h, Villa Lucero (antigua vaquería). Reunión de Los seis salvajes. Gran celebración 30 aniversario. Feriado puente del 1 de noviembre. Regumiel de la Sierra. Burgos. Se ruega confirmación.

Más abajo, Lucía adjuntaba una persuasiva nota en la que explicaba cómo había encontrado sus direcciones de correo electrónico y los motivos por los cuales los seis debían tomarse unos días de vacaciones y recorrer quinientos kilómetros para reencontrarse.

Queridos Salva, Violeta, Mario, Víctor y Alma:
Soy Lucía Ibáñez. No sé si se acuerdan de mí… Aunque espero que sí, porque yo los recuerdo muy bien a cada uno de ustedes.

El otro día encontré sus direcciones de correo electrónico en la página web del colegio donde estudiamos primaria. No sé si tienen Facebook, Instagram o LinkedIn, la verdad es que no los busqué en redes, me parecía más romántico no saber nada de sus vidas antes de vernos, para que podamos ponernos al día en persona.

Hace quince años nos hicimos una promesa, ¿lo recuerdan? Acordamos que, pasara lo que pasara, volveríamos a reunirnos a los treinta.

Durante este año, todos hemos cumplido o estamos a punto de cumplirlos... Quizá les parezca extraño que después de tanto tiempo les haga esta propuesta; pero ¿por qué no hacemos una celebración conjunta y cumplimos con el pacto que hicimos de niños?

Conozco un lugar idílico, entre Burgos y Soria, en el que podríamos reencontrarnos y pasar unos días muy agradables. Está en plena sierra de pinares. Es un pueblecito llamado Regumiel. Podríamos pasar allí el feriado puente de Todos los Santos. Este año son ¡cinco días! Puedo reservar una casa rural encantadora.

Si se animan, confirmen enseguida y les explico todos los detalles para llegar hasta allí.

Sería tan emocionante volver a vernos después de tantos años...

¡Estoy impaciente por saber si habrá reencuentro de Los seis salvajes!

Besitos a los cinco.

Lucía

Emocionada por el reencuentro, Violeta no lo pensó dos veces antes de responder, de manera escueta:

Confirmado. Violeta.

Después de pulsar "Enviar", tuvo un momento de arrepentimiento y se lamentó por haber respondido tan pronto, pero ya no había vuelta atrás. Dos días más tarde, tenía un nuevo mensaje de Lucía en el que le explicaba el plan con más detalle. Ellas dos saldrían de Barcelona el sábado a las tres de la tarde y recogerían a Víctor en Zaragoza a las ocho. A las once de la noche se reunirían con Salva y Mario ya en Regumiel. Alma llegaría al día siguiente en el autobús regional.

A Violeta le pareció que Lucía no había calculado bien el tiempo y que llegarían a su destino mucho antes de lo planeado, pero cuando vio llegar a su amiga en un viejo Mini destartalado, lo entendió todo…

Durante unos segundos dudó que aquella chica alta y delgada, de pelo muy corto y rubio, que la saludaba desde lejos con las dos manos y una sonrisa de oreja a oreja fuera Lucía. Lo primero que pensó fue que ese coche era demasiado pequeño para una chica que quizá rozaba el metro ochenta; después, reparó en el tubo de escape medio roto y se preguntó si aguantaría un viaje tan largo.

Lucía, impaciente al ver que Violeta se acercaba lentamente por el peso de sus bolsas y la maleta de madera, corrió a su encuentro. Las dos amigas se abrazaron fuerte y, durante unos segundos, sintieron que el tiempo no había pasado entre ellas.

—¡Estás lindísima! —exclamó Violeta con sinceridad.

De cerca, Violeta reconoció con facilidad a la niña que había sido su mejor amiga durante la infancia. El brillo de esos ojos azules, la sonrisa pícara de su boca enorme y esa piel tan fina y blanca que siempre había admirado, seguían intactos en el rostro de Lucía. El tiempo la había estilizado. Había sustituido sus eternas trenzas rubias por un corte a lo *garçon* muy favorecedor y sofisticado. Su cara era menos redonda y sus dientes, ya sin los brackets, lucían perfectos en un rostro de rasgos más afilados. Violeta la recordaba alta pero con tendencia a encorvarse para no destacar entre los demás chicos. Ahora, en cambio, caminaba con los hombros rectos y la elegancia de una modelo de pasarela.

—¡Tú sí que estás linda, Violetita! ¡Qué alegría verte! ¡Estoy tan contenta de que hayas venido...!

Luego de reconocerse y abrazarse por un rato, mientras Lucía hablaba eufórica y movía sus manos sin cesar, Violeta temió el momento de meter su equipaje en el Mini. Se avergonzó de haber empacado tantas cosas, pero Lucía la tranquilizó:

—No vamos a ir a Burgos con este cacharro... Quedé en encontrarme aquí con un amigo para que me devuelva mi coche. Lo intercambiamos porque él tenía una reunión importante y debía llevar a unos clientes a visitar la ciudad. Hace semanas que debería habérmelo devuelto —continuó con una sonrisa—, pero ha estado muy ocupado últimamente.

En ese momento, un deportivo negro se acercó a ellas a toda velocidad. Violeta, que no entendía de coches, admiró la elegancia de aquel Mercedes.

De él salió un chico moreno, con gafas de sol, bastante más bajito que Lucía, y se acercó sonriendo a ellas.

—Lo siento, cielo. Debería habértelo devuelto hace días —dijo con voz ronca y arrastrando las palabras—, pero los canadienses tardaron más de lo previsto en marcharse y tuve que hacer muchas horas extras… Por eso tampoco pude llamarte en estos días. Casi no he dormido…

Lucía arrugó la frente mientras se fijaba en el traje arrugado de Ernesto y en cómo se cubría los ojos al quitarse las gafas.

—Perdonen mi estado —dijo tocándose el pelo revuelto y su cara sin afeitar, mientras acercaba las llaves a los brazos cruzados de Lucía.

Violeta pensó que su estado delataba más una noche de juerga, que horas de intenso trabajo. Y observó cómo su amiga apretaba los dientes antes de bajar la guardia y abalanzarse hacia él para tomar las llaves y besarlo con efusividad.

—Menudo cuento tienes, Ernesto —le soltó como reprimenda cuando él ya se alejaba.

—Parece simpático —dijo Violeta con poca convicción—. ¿Están...?

—¿Juntos? —Lucía arqueó una ceja—. No estoy segura. Me gusta bastante y nos compenetramos bien en... ya sabes, pero no hay compromiso entre nosotros.

—Entiendo.

—Nos divertimos juntos —resumió Lucía mientras metían los bultos en la cajuela—. No es el amor de mi vida, pero tampoco lo espero sentada.

Una vez acomodadas en los confortables asientos de piel,

donde pasarían varias horas de viaje, Violeta se ofreció para buscar la dirección en Google Maps y hacer las funciones de copiloto.

—Tranquila, conozco bien el camino... Podría llegar con los ojos vendados. Mi madre es de allí y, de pequeña, siempre veraneaba en casa de mis abuelos. Lástima que la demolieran para ceder unos metros más a la plaza del pueblo...

Las dos primeras horas de viaje pasaron volando para las amigas. Habían transcurrido quince años desde que dejaron de verse; sin embargo, continuaban teniendo espíritus afines y encajaron, de nuevo, a la perfección. Lucía tenía una memoria prodigiosa y Violeta disfrutaba escuchando las historias que su amiga repasaba de su infancia compartida, aunque algunas las hubiera desvirtuado o retocado con dosis de su imaginación.

—Nos conocimos en segundo, ¿lo recuerdas? Teníamos siete años y a mí me habían cambiado de colegio. Estaba muerta de miedo porque todos los demás ya se conocían y pensé que me costaría hacer amigos. La profesora me sentó a tu lado y tú me regalaste una bufanda de bienvenida... Fue un gesto muy tierno.

A Violeta le vino clara esa escena a la mente. Lucía estaba tan nerviosa que vomitó sobre el libro de matemáticas de Violeta. Lo recordaba bien porque, a pesar de que lo limpió enseguida con varias hojas arrancadas de su cuaderno, el fuerte olor agrio la acompañó durante todo el curso e hizo que acabara odiando todo lo relacionado con sumas, restas y multiplicaciones. Violeta le había dado su bufanda para que se limpiara porque era lo único que tenía a mano; pero Lucía se la enroscó rápidamente en el cuello para tapar algunas manchas que habían resbalado por su blusa.

Cuando le explicó su versión a Lucía, ella abrió mucho los ojos y casi se muere de la risa.

—No puede ser —rio divertida—. No lo recuerdo… ¿De verdad vomité en tu libro de mate? La memoria, a veces, es tan selectiva que olvida lo que no le interesa. Pero esta anécdota es muy graciosa.

Durante unos instantes, las dos chicas permanecieron en silencio. Lucía conducía pensativa tratando de reubicar en su memoria ese nuevo recuerdo, al tiempo que acompañaba tatareando, muy bajito, una balada que salía del equipo de música.

Mientras, Violeta contemplaba ensimismada, a través de la ventanilla, el paisaje que iban dejando atrás. En Barcelona, el día había amanecido soleado y despejado. Sin embargo, a medida que se alejaban de la ciudad, el cielo se iba tornando cada vez más gris y la niebla amenazaba con cubrirlo todo con su fina tela. Amante de los días luminosos y brillantes, Violeta se sorprendió al admirar la belleza del paisaje en brumas. Los campos catalanes de viñedos, alineados en perfecta simetría, desprovistos de hojas y frutos tras la vendimia, ofrecían un aspecto melancólico.

El coche marcaba una temperatura exterior de siete grados; pero a Violeta no le importó que Lucía bajara un poco el cristal. El aire helado que entraba por la ventana hizo que sus mejillas se encendieran y su espíritu se sintiera libre y vivo.

Observó a su compañera de viaje y admiró la posición

erguida de su cabeza mientras conducía y la forma elegante que tenía de sujetar el volante o de mover las manos para acompañar alguna explicación.

Sin apartar la mirada de la carretera, Lucía la sacó de su ensimismamiento.

—¿Por qué "Los seis salvajes"? ¿Recuerdas por qué le pusimos ese nombre a nuestro club secreto?

—Sí, fue idea de Salva. Lo propuso una tarde mientras jugábamos en la vieja barbería.

—Ya recuerdo... —añadió Lucía confirmando la explicación de Violeta—. Salva decía que la palabra "salvajes" nos definía porque éramos "espíritus libres que no seguíamos al rebaño" —recordó resaltando cada palabra para demostrar que se trataba de una cita literal—. Una forma bonita de llamarnos frikis, supongo. Desde luego, algo raritos sí éramos.

A los seis les gustaban los libros de fantasía y los juegos de rol. Violeta sonrió al recordar el extraño club de lectura que había inventado Salva. Entre todos, elegían un libro y lo dividían en seis partes. Cada uno tenía una semana para leer sus páginas y explicar lo que ocurría al resto del grupo. Al principio lo habían hecho con las lecturas obligatorias del colegio, para ahorrar esfuerzo y disponer de más tiempo para jugar a *Dungeons & Dragons*, pero después empezaron a hacerlo por pura diversión. A todos les parecía una manera interesante y rápida de leer muchos libros y, además, resultaba fascinante escuchar cómo cada uno interpretaba y explicaba su parte de la historia.

Salva siempre fue el mejor narrador.

—Aunque todos sabíamos que "salvajes" significaba en realidad otra cosa —dijo Violeta pensativa.

—¿Ah, sí? ¿Lo sabíamos? —preguntó Lucía extrañada.

—¿Recuerdas el apellido de Salva?

—Mmm... ¿Gutiérrez?

—Exacto. Salva G., que suena: "salvaje". Así todos nos convertíamos en "salvajes"; es decir, en "seguidores de Salva", en "su" grupo... Salva siempre ejerció de líder —continuó Violeta—. De hecho, siempre era él quien convocaba nuestros encuentros y, además, nos reuníamos en su local.

—¡Vaya! No me había dado cuento de eso —exclamó Lucía observándola alucinada, mientras desviaba unos segundos la mirada de la carretera.

—Bueno, a ninguno nos importó porque lo queríamos y sentíamos mucho lo de su padre, que acababa de morir. Se llamaban igual y en la puerta del local había un cartel oxidado que decía: "Salva G". Era el nombre de la barbería.

Violeta lo recordaba muy bien. Tenían doce años cuando empezaron a reunirse en ese viejo local. El padre de Salva estaba entonces ya muy enfermo y no pasaba por allí desde hacía años. Entre todos habían construido una mesa con una puerta que encontraron entre los escombros de la basura y habían dispuesto varios sillones de barbero alrededor de ella. Tras la muerte del padre de Salva, nadie había vuelto a preocuparse por la barbería. Su madre los descubrió un día, poco tiempo después de que muriera su esposo. Había decidido ir a ponerlo todo en orden, cuando encontró a los pequeños haciendo allí tranquilamente sus deberes. Lo habían mantenido limpio y cuidado, así que pensó que no había motivo para prohibirles la entrada. Después de verse sorprendidos, los niños temieron quedarse sin local, así que se quedaron perplejos cuando una semana después encontraron un refrigerador viejo lleno de refrescos.

Años más tarde, en plena adolescencia, despejaron los sillones en un rincón para hacer una pista de baile y sustituyeron la mesa por un viejo sofá de escay color café, que la madre de Salva había desterrado de su casa tras comprarse uno nuevo. Violeta no pudo evitar sonreír al recordar el sonido que emitía la tapicería de plástico cada vez que se sentaban en él. Ese pensamiento la transportó a otro: el viejo sofá había sido también testigo de su primer beso. Ocurrió en una verbena de San Juan.

Los salvajes habían reunido a gran parte del instituto en su local. Era la primera fiesta que organizaban para más gente y con alcohol incluido, un ponche de cava, limonada y frutas que ellos mismos habían preparado; pero la ocasión bien lo merecía: las clases habían terminado. Atrás dejaban la secundaria y tenían por delante un largo y caluroso verano.

Aquella tarde, después de bailar todas las canciones de Coldplay y Maroon 5, Violeta se acomodó en una silla. Estaba agotada y algo mareada por la bebida, así que aprovechó el momento de los lentos para respirar y descansar los pies. Ahora era el turno de James Blunt y su *You're beautiful*. Cerró los ojos y se dispuso a disfrutar de su balada favorita, cuando una voz masculina la sorprendió.

—¿Bailas?

Violeta no daba crédito a lo que estaba sucediendo: Bruno, el chico más guapo de toda la escuela, le tendía la mano, invitándola a bailar. ¡A ella!, con quien jamás había cruzado una sola palabra.

Las miradas del resto de las chicas se posaron envidiosas en Violeta mientras ella asentía tímidamente con la cabeza y aceptaba su mano para levantarse. Estaba tan emocionada que le costó varios segundos procesar las siguientes palabras de aquel chico.

—¡Qué bien! Mientras tú bailas, yo ocuparé tu silla. Estoy tan cansado…

Las risas divertidas de los que habían presenciado la escena la devolvieron a la realidad. Sin embargo, cuando se dirigía nerviosa y avergonzada hacia la puerta de salida, notó que un brazo la agarraba por la cintura haciéndole perder el equilibrio hasta aterrizar en el sofá de cuero sintético.

—¿Te hago un hueco, Violeta? Pareces cansada de tanto bailar —le dijo Mario divertido acomodándola a su lado.

Violeta estaba realmente enfadada por la humillación pública que había vivido, así que no estaba para más bromas.

—Déjame en paz, Mario. Me voy a mi casa.

Violeta desvió la mirada hacia Bruno y vio que Alma se sentaba en sus rodillas y le susurraba algo al oído. No quiso seguir mirando cuando los dos se levantaron y se dirigieron a la salida. ¿Cómo podía su amiga irse con él, como si tal cosa, después de haberla humillado a ella de esa manera?

—Ese chico es un idiota —dijo Mario obligándola a mirarlo a la cara—; y tú, una tonta si permites que te arruine la fiesta.

Violeta agradeció las palabras de su amigo y lo miró a los ojos sorprendida. Se conocían desde que tenían seis años. Habían compartido muchos momentos juntos: juegos, estudios, travesuras… Pero aquella tarde, sentados frente a frente en aquel viejo sofá, a la luz de unos farolillos de colores, vio algo distinto en su mirada. Algo que la incomodaba y le hacía intuir un amor avivado durante años de amistad. Y, de repente, un sentimiento nuevo se despertó también en su corazón. Era como si lo viera por primera vez.

—Tengo dos regalos para ti, pero tienes que elegir uno —le dijo él sin dejar de mirarla y alargando los dos brazos con los puños cerrados.

—¿Por qué uno?

Violeta odiaba tener que elegir. Siempre dudaba y se quedaba con la sensación de haber escogido la opción incorrecta.

—Porque sí, porque es así el juego.

Violeta señaló su mano derecha y él la abrió mostrando una cadenita de plata con un pequeño colgante en forma de hada.

—Me la acabo de encontrar en el sofá.

—Entonces será de alguien —dijo ella algo incrédula sin atreverse a aceptarla.

Mario se encogió de hombros.

—Bueno, me la pondré. Y si nadie la reclama, me la quedaré para siempre —resolvió ella dándose la vuelta y sujetándose el pelo—. ¿Me ayudas?

Mario se guardó algo en el bolsillo y le pasó la cadenita por el cuello.

A ella le hormigueó la piel por el roce y por el calor de su aliento en la nuca, tan cerca que solo tenía que girarse para que ocurriera lo inevitable… Pero no lo hizo. Durante unos segundos, permaneció inmóvil, de espaldas a él, con el corazón expectante y los ojos cerrados.

Solo los abrió cuando los labios de él susurraron en su oído.

—Me gustas mucho, pecosa.

Ella trató de responder algo, pero solo logró emitir un suspiro entrecortado cuando la boca de Mario sembró un recorrido de besitos en su cuello. La simple certeza de que después la besaría en los labios despertó un cosquilleo inquietante en su interior, como si millones de mariposas aletearan al mismo tiempo en su estómago.

Después, con el aire atrapado en la garganta, dejó que él la girara con suavidad hasta colocarla de frente. Durante varios segundos, se miraron fijamente, como si lo hicieran por primera vez, hasta que ella no pudo más y bajó la mirada, incapaz de sostener la tensión y el deseo que la envolvía. Deseo. Había oído hablar mucho de él, lo había visto en muchas películas y leído en novelas, pero jamás lo había experimentado en su propia piel ni lo había reconocido en los ojos de nadie que la miraran a ella con esa abrasadora intensidad.

Animada por esa nueva emoción, fijó la vista en los labios de Mario y se acercó a ellos, decidida y directa, hasta rozarlos en una suavísima caricia que, poco a poco, se transformó en un apasionado beso. Mientras sus labios se acoplaban una y otra vez, y sus lenguas bailaban unidas, Violeta sintió que no podía haber nada mejor en el mundo que besarlo.

Al separarse, Violeta soltó una risita nerviosa, mezcla de

timidez y excitación, y los labios de Mario se arquearon en una deliciosa sonrisa. ¿Cómo era posible que jamás se hubiera fijado en esa sonrisa? Tenía los dientes blanquísimos y se le formaban dos hoyuelos junto a las comisuras, que ahora parecían gritarle: "bésame".

Embriagada por la mezcla del ponche y el aliento cálido de Mario, la mirada de Violeta pidió más. Había sido su primer beso y no quería que terminara nunca. Y así estuvieron un rato, besándose en ese sofá de escay, hasta que él se ofreció a acompañarla a casa.

A Violeta no le importó que escogiera el camino más largo y peor iluminado… y que durante el trayecto la abrazara y la besara en cada callejón oscuro. Cuanto más se acercaban a su casa, más largos eran los besos. Tampoco protestó cuando, ya en su puerta, deslizó las manos por debajo de su blusa y le acarició la espalda desnuda mientras se besaban a oscuras. Notó que le fallaban las rodillas y se agarró con fuerza a sus brazos, deseando aferrarse a aquel instante condenado a no repetirse… En unos días, Mario partiría a Boston, a casa de su abuela materna, para cursar bachillerato, y quizá nunca más volverían a verse.

Nada más despedirse, Violeta se llevó la mano al cuello para tocar el colgante que Mario le había regalado. Necesitaba sentir su fuerza, como un recordatorio de que todo aquello era real y había sucedido, pero el hada ya no estaba allí. *Lo perdí…*, se quejó para sí misma. *Quería conservarlo para siempre y solo me duró unas horas.*

Aquella noche, un calor que nada tenía que ver con la cálida temperatura estival hizo que Violeta no pegara ojo.

El recuerdo de aquellos besos la acompañó durante otras muchas noches de insomnio en su adolescencia. Y ahora, quince años después, en ese coche, junto a su amiga de la infancia, aquel recuerdo volvía a su mente con una precisión asombrosa.

Lucía la devolvió a la realidad sugiriéndole una parada para comer algo. Eran las cinco y acababan de pasar Lérida. Atrás habían dejado, entre brumas, los campos de viñedos salpicados con tierras de trigo y árboles frutales.

Un toro negro de Osborne, perfectamente conservado, les dio la bienvenida desde una pequeña colina, la única a la vista entre kilómetros y kilómetros de planicie y tierras áridas. A lo lejos distinguieron el cartel luminoso de un restaurante de carretera.

Un señor de unos cincuenta años, con una espesa mata de pelo castaño escrupulosamente peinado, y con más pinta de mayordomo que de camarero de un modesto bar de carretera, se acercó a ellas muy educadamente y, después de tomarles nota de dos bocadillos de tortilla de patatas, les dijo:

—Como ya sabrán no puedo servirles bebidas alcohólicas…

Aunque ninguna de las dos había contemplado esa opción, pensaron que quizá se refería a alguna nueva normativa implantada en las cafeterías y bares de carretera para prevenir accidentes. Pero el señor prosiguió con la sonrisa más encantadora que fue capaz de esbozar:

—Me lo tienen prohibido a menores.

Las dos chicas agradecieron el cumplido y rieron con ganas.

—¡No está mal para empezar los festejos de nuestro treinta aniversario! —exclamó animada Lucía.

Después de comer, de nuevo en ruta, Violeta se sintió muy pesada y empezó a notar los huevos y las patatas dando vueltas en su estómago. Habían reanudado la marcha hacia Zaragoza y Lucía no paraba de charlar con la vista fija en el parabrisas. Violeta asentía mientras la miraba de soslayo, pero decidió mirar al frente y concentrarse en las líneas blancas de la carretera para vencer su deseo apremiante de arrojarlo todo por la boca. Las ruedas del coche azul que iba delante, girando una y otra vez, en el asfalto, acabaron de marearla. Durante unos segundos cerró los ojos y trató de pensar solo en su respiración. Sin embargo, tardó poco en llevarse una mano a la boca y jalar del jersey a su amiga para que detuviera el coche. Lucía paró enseguida en un recodo del camino y corrió a auxiliar a Violeta poniéndole una mano en la frente y sujetándole el pelo con la otra para que ningún mechón escapara hacia su cara mientras vomitaba en la cuneta. Después tomó unas toallitas mojadas de áloe y manzanilla de la guantera y se las ofreció para que se refrescara y se limpiara la cara. Violeta agradeció el gesto y se disculpó; dos gotitas amarillas habían aterrizado en las botas camperas de Lucía.

—Tranquila —dijo con una sonrisa—. Se lo debías a tu libro de matemáticas. Pasaron muchos años, pero por fin has conseguido vengarlo…

Las dos chicas empezaron a reírse. Después, Violeta le pidió que la dejara caminar un ratito por el arcén. Estaba blanca, pero el aire helado consiguió restablecerla muy pronto. Pasados unos minutos, y liberado su estómago de toda carga, empezó a sentirse ligera y con fuerzas renovadas para proseguir el viaje.

Como aún les quedaba mucho tiempo para llegar a Zaragoza, Lucía propuso conducir unos kilómetros más hasta Fraga y descansar allí un rato. Podrían comprar algo de fruta en el pueblo para el camino y estirar un poco las piernas. Aunque Violeta tenía mejor cara y le había asegurado que se encontraba bien, Lucía decidió entretener a su amiga conversando para que no se mareara.

Al llegar a Fraga, y mientras caminaban por un mercado con puestos de frutas y verduras frescas, continuaron con su agradable charla.

—Salva y Mario eran muy amigos —prosiguió Lucía rememorando el pasado mientras escogía unas naranjas de una caja de madera—. Pero a Mario le gustabas y Salva estaba un pelín celoso.

—¿Salva? ¡Pero si estaba loco por ti! Insistía en que fuéramos todos a verte los sábados que jugabas baloncesto en el barrio. Decía que teníamos que apoyarte porque éramos un grupo.

—Eso era porque quería sentarse a tu lado en las gradas.

Violeta abrió la boca sorprendida. Sus versiones sobre las intenciones de Salva no coincidían, pero Lucía había sido una adolescente tímida y algo acomplejada, y jamás pensó en la posibilidad de que pudiera gustarle a algún chico, y menos a uno del grupo.

—No nos engañemos, la verdadera ligona del grupo era Alma —recordó Lucía—. Con solo quince años llevaba de cabeza a todo el instituto… Durante un tiempo se rumoreó incluso que ella fuera la causa de que el profesor de gimnasia, aquel chico de diecinueve años en prácticas, pidiera el traslado.

Violeta recordaba a Alma y muchas de las cosas que se decían de ella y también cómo los chicos, sobre todo Mario, la habían defendido en más de una ocasión.

—Mario era muy atractivo, ¿verdad? —suspiró Violeta cambiando de tema.

Y antes de que su amiga le diera la razón, recordó el momento en el que ambos se conocieron.

Mario Moura apareció en la vida de Violeta una tormentosa mañana de invierno. Entonces los dos tenían seis años y estudiaban en el mismo colegio, pero nunca se habían dirigido la palabra porque iban a clases diferentes. Aquel día, Violeta salió veloz de casa con sus botas de agua rojas y un diminuto paraguas transparente. El cielo estaba muy oscuro y una espesa cortina de lluvia lo cubría todo. Apenas faltaban unos minutos para las nueve, así que decidió tomar un atajo por el paseo principal, todavía sin asfaltar, y cruzar corriendo el barrizal que se formaba.

Su madre la acompañaba casi siempre, pero ese día estaba enferma y le pareció que la niña podía ir sola. El barrio era seguro y no había carreteras ni otros peligros en los escasos metros que distanciaban su casa de la escuela.

Pero el viento soplaba muy fuerte y Violeta apenas podía controlar su paraguas. Como no quería llegar tarde a clase, fue atravesando todos los charcos que se cruzaban en su camino. De repente, resbaló y cayó de bruces en uno de ellos. Empapada y llena de lodo, se quedó allí sentada, inmóvil. Se le había roto el paraguas y la lluvia caía con furia sobre su cabeza. Estaba a punto de ponerse a llorar cuando una mujer la tomó del brazo y la cubrió con su paraguas hasta un edificio cercano. Le pareció entender algo así como que conocía a su madre y que era muy tarde para acompañarla a casa con esa lluvia. Tiritando de frío y algo asustada, dejó que aquella desconocida la arrastrara dócilmente hasta el elevador. La mujer la guio con suavidad a su apartamento donde, sin pasar del recibidor, le quitó rápidamente toda la ropa, le limpió el lodo de la cara, secó su cuerpecito con una toalla y susurró algo al oído de un niño en el que, hasta entonces, Violeta no había reparado.

—¿Ropa interior también, mamá? —dijo alegremente aquel muchacho.

—Sí, hijo, sí, trae de todo. Está empapada.

Sin pronunciar palabra, Violeta se aferró al mango de acero de su paraguas, que había perdido toda la tela de plástico, mientras trataba de contener las lágrimas.

—Te llamas Violeta, ¿verdad? —le preguntó con dulzura aquella mujer mientras le colocaba una camiseta con un dibujo de Dragon Ball y unos pantalones de pana marrones, demasiado grandes para ella.

Medio desnuda, con el pelo pegado a los hombros y los labios morados, se sentía incapaz de pronunciar palabra.

—Mamá, con ese pelo largo y esa varita en la mano, Violeta parece un hada, ¿no?

—Sí, hijo… —sonrió la madre—. O una florecilla mojada.

Ese día Mario la había acompañado hasta clase sin soltarla de la mano y se despidió de ella con un beso en la mejilla.

—¡Ey, ustedes! Sí, sí, ustedes… —los gritos interrumpieron los pensamientos de Violeta.

Las dos amigas se giraron cuando estaban a punto de alcanzar el coche y vieron que se acercaba hacia ellas una chica de unos veinte años, con un abrigo de lana blanco, cargada con una mochila y una guitarra.

–¿Sí? –respondieron sorprendidas las dos a la vez.

–¿Van de camino a Zaragoza?

Violeta y Lucía se quedaron durante unos segundos inmóviles mirando a la joven, sin saber qué decir. Con su larga melena castaña, lisa y recta, y sus enormes y suplicantes ojos avellana, aquella chica menuda parecía un ángel en apuros. Violeta pensó que era demasiado joven para dejarla a su suerte, así que asintió con la cabeza mirando a Lucía. Pero antes de que alguna de las dos pudiera abrir la boca, ya la tenían sonriente junto al coche.

–Me llamo Irene –dijo con soltura–. Soy de Madrid, pero si me dejan en Zaragoza me vendría muy bien.

Lucía le abrió la cajuela para que pudiera meter sus cosas, pero aferrándose a su mochila y poniendo cara de disgusto, la joven exclamó:

–¡Ah, no! Yo nunca me separo de mi mochila… –y de un salto se coló en el asiento trasero arrastrándola tras de sí junto con su guitarra.

Durante la siguiente hora, las tres chicas viajaron en silencio. Lucía y Violeta contemplando alucinadas el bello atardecer de las llanuras esteparias de los Monegros; Irene dormitando, estirada y con la cabeza reposada sobre su equipaje.

La aspereza del lugar, rodeado de cuervos y naturaleza seca, contrastaba con la luz cálida del atardecer. Apenas eran las seis de la tarde, pero en el horizonte una enorme franja de fuego comenzaba a teñir las tierras desérticas, ocres y rojizas, de un inusual tono anaranjado. Violeta trató de retener esa imagen en su retina con la intención de plasmarla más adelante en un lienzo. Las dos chicas coincidieron en que la planicie del desierto aragonés, sin ningún tipo de obstáculo en el horizonte, hacía de sus puestas de sol un espectáculo único.

–"El desierto nunca es tan bello como en la penumbra del alba o del crepúsculo" –señaló Violeta citando a Paul Bowles en *El cielo protector*.

Pero la voz espectral de Irene, todavía adormilada, desvió su atención hacia el asiento trasero.

–¿Desierto? ¿Llamas desierto a esta mierda de tierra seca? El Sahara sí es un desierto, y no esto.

–¿De verdad? ¿Has estado allí alguna vez? –preguntó Lucía.

–Pues claro. Hace dos años hice una ruta transahariana por el sur de Argelia con unos amigos. Durante diez días fuimos de Djanet a Tamanrasset, atravesando kilómetros de increíbles dunas doradas y varios poblados tuareg. Una experiencia alucinante…

Las dos chicas se miraron sorprendidas e Irene añadió:

–Vamos… tengo diecinueve años. Estuve en muchas partes.

–¿Y qué es lo que ha movido a una intrépida viajera como tú a venir a estas sencillas tierras aragonesas? –preguntó irónica Lucía.

–El Monegros Desert Festival. Un macroconcierto de música electrónica.

–Tenía entendido que se hacía en verano…

—Sí —continuó Irene con voz cansada—. Ahora vengo de visitar a unos tíos que conocí allí. Como yo, son fans de The Prodigy y quedamos en Fraga para intercambiar material musical y… algún que otro fluido.

Las dos amigas buscaron sus miradas mutuamente para confirmar que habían oído bien las palabras de esa chica, casi adolescente.

—Fluidos… —se atrevió a apostillar Lucía frunciéndole el ceño desde el espejo retrovisor.

—Claro, ¿qué crees que se hace en esos festivales aparte de escuchar música? Pues sexo y drogas. ¡Ey, que no son tan mayores! "Sexo, drogas y rock & roll", ¿no es el viejo eslogan de siempre? ¿O saben de todo eso tanto como de desiertos?

Lucía y Violeta estaban empezando a cansarse del aire de suficiencia de Irene. Aquella niña de cuerpo frágil y cara de ángel se había transformado durante el viaje en un diablillo insoportable. Además, se había quitado las botas y un pestilente olor a pies las obligaba a bajar continuamente las ventanillas, a pesar del frío.

—Estos chicos son de Barcelona —continuó Irene con su explicación, aunque nadie le había pedido que siguiera—. Me salvaron de una buena. Casi no la cuento…

—¿Qué te pasó? —preguntó Violeta vencida por la curiosidad.

Irene cerró los ojos y respiró profundamente, parecía que el recuerdo que estaba a punto de salir de sus labios todavía la hacía estremecer.

—Aquella noche, el Open Air, la zona más multitudinaria del festival, estaba a reventar. Yo había empalmado varios conciertos seguidos, llevaba dos noches sin dormir, pero no quería perderme a Carl Cox, el DJ más cañero y bailable de todos. Varios de mis amigos se fueron a descansar al sector Chill out, querían dar un poco de respiro a sus piernas y oídos. Pero yo estaba eufórica. No podía parar. Mi cuerpo, empapado en sudor, bailaba como poseído al compás de aquella música infernal… hasta que no pudo más y se desplomó contra el suelo –dijo Irene. Se quedó muda durante unos segundos y luego continuó–: Demasiadas pastillas, supongo. Las Mitsubishi te dejan el cuerpo fatal. Pero es la única forma de aguantar. Esos chicos me llevaron a una zona tranquila, me hicieron vomitar y me secaron el sudor con sus camisetas mojadas en agua fría…

Aunque solo una década la separaba de aquella chica, Violeta se sintió a años luz. No envidió no haber estado nunca en un macroconcierto como ese, detestaba las aglomeraciones y no entendía nada de música electrónica, y dudaba que Irene hubiera estado alguna vez en Argelia. Pero admiraba esa manera espontánea y fresca de afrontar la vida, de vivir al límite… Ella siempre pensaba todo mil veces antes de tomar una decisión, nunca daba un paso sin haberlo meditado muy bien. Aunque lo tenía clarísimo, le había costado meses dejar su empleo de teleoperadora; por no hablar de Saúl, al que todavía no había desterrado definitivamente de su vida… Ese último pensamiento le recordó que todavía no lo había llamado. Lo haría al llegar a Zaragoza.

Por la cara de Lucía, adivinó que su amiga estaba harta de la tercera pasajera. Irene había abierto la bolsa de ciruelas que habían comprado para la cena y las engullía, con la boca abierta, casi sin masticarlas. Lucía la sorprendió limpiándose los deditos disimuladamente en la tapicería de piel.

De repente, cientos de gotas empezaron a chocar contra el cristal. Parecía increíble que pudiera llover en un lugar tan inhóspito como aquel, pero en unos minutos el agua empezó a caer con insistencia. Estaba anocheciendo y, de nuevo, la niebla envolvió el paisaje. La carretera era ancha y recta, pero estaba mal iluminada y apenas circulaban coches para orientarse con sus faros; así que Lucía avanzaba tranquila a una velocidad moderada. De repente las sorprendió un tramo de curvas e Irene soltó un grito. Lucía se asustó y estuvo a punto de salirse de la carretera de un volantazo.

—¡Frena! —le rogó Irene realmente asustada—. Este tramo es muy peligroso. Los conductores se confían porque han atravesado muchos kilómetros de rectas, pero en las noches lluviosas y con niebla como esta hay muchos accidentes por aquí.

Lucía le hizo caso y redujo la velocidad, comprobando asustada que, de no haber sido advertida del peligro, tal vez hubieran tenido un accidente.

—¿Cómo sabías que...? —preguntó Violeta con el corazón en un puño.

—Porque estoy muerta.

Aunque en otras circunstancias, quizá de día, esa respuesta hubiera despertado las risas de las dos chicas, en aquel momento, en vísperas del día de difuntos, bajo la oscuridad infinita del desierto, las brumas de la noche y la insistente lluvia repiqueteando contra los cristales, hizo que se estremecieran de miedo.

Consciente de ello, Irene encendió la luz interior del habitáculo para matizar sus palabras. La luz amarillenta otorgaba un aspecto mortecino a la tez pálida de la chica.

–La noche del concierto, no superé la sobredosis de pastillas. Aquellos chicos intentaron lo imposible, pero no hubo forma de devolverme a la vida. La noticia salió incluso en los periódicos… Mi cuerpo se quedó en Fraga, pero desde entonces mi alma vaga aburrida por estos caminos áridos intentando volver a casa.

Irene apagó las luces e interrumpió su explicación con un largo silencio.

–La vida en el más allá es muy triste –continuó–. Me siento tan sola… ¿Quieren acompañarme? En mi mochila llevo algunos cuchillos, una pistola y varias Mitsubishis… ¿Alguna preferencia?

Lucía, roja de furia, se atrevió a gritarle:

–Mira niña, si no te callas, te abro aquí mismo la puerta, te estampo tu guitarra en la cabeza y te dejo abandonada en mitad del desierto, este que dices que no es desierto…

Violeta no pudo evitar sonreír al ver a su amiga totalmente fuera de sí. Aquella frase había roto el halo misterioso y tétrico que había creado Irene con su fantasmagórica narración. Las dos chicas se miraron y rompieron en una sonora carcajada. En ese momento, las luces de una gasolinera aparecieron en el horizonte y decidieron parar a repostar y tomar un café.

Irene, ofendida por la reprimenda de Lucía, salió apresuradamente del coche con su maleta y su guitarra, dando un portazo, ante la mirada divertida de las dos amigas.

El bullicio de la cafetería contrastaba con el silencio sepulcral del exterior. En una esquina, un grupo de chicos y chicas, de la edad de Irene, reían divertidos. Todavía molesta por su "falta de humor", Irene dejó sus cosas junto a ellas y corrió a relacionarse un rato al otro lado del local.

Mientras apuraban sus cafés, Violeta y Lucía se miraron. Ambas se entendieron al instante y, levantándose sigilosamente, pagaron al camarero y dejaron la siguiente nota para Irene: "Lo sentimos mucho. Pero nosotras no viajamos con fantasmas".

A una hora de Zaragoza, Violeta se alegró de poder pasar un rato más a solas con Lucía antes de que se incorporara el nuevo pasajero. Todavía no habían tenido mucho tiempo de charlar y ponerse al día de sus respectivas vidas, aunque también era cierto que no lo necesitaban. Las dos se sentían muy a gusto juntas, incluso cuando estaban calladas, escuchando música, pensando en sus cosas o contemplando el paisaje. No había silencios incómodos que llenar con palabras vacías o explicaciones forzadas.

El tramo que faltaba hasta la capital aragonesa carecía de cualquier tipo de atractivo. Habían decidido ir por la autopista para no hacer esperar a Víctor, así que no había paisajes que observar, solo kilómetros de asfalto por delante. El cielo estaba ya muy oscuro, la lluvia había cedido y, hartas de escuchar una y otra vez el único CD que Lucía llevaba en el coche, *Loveaholic* de Ruth Lorenzo, las chicas se sintieron animadas a hacerse confidencias en la intimidad de la noche.

Violeta narró a Lucía su vida desde el instituto, los años de Bellas Artes, sus varios empleos frustrados, su trabajo como ilustradora y, por último, su metedura de pata con las láminas mojadas para *Álbum de flores*. También le habló de Saúl y de su reciente ruptura.

Lucía la escuchaba atentamente, sin perderse detalle, asintiendo con la cabeza.

—Siempre supe que serías una gran ilustradora —le dijo con una sonrisa en los labios—. De pequeña participabas en todos los murales y todas te pedíamos que nos hicieras dibujos para decorar las carpetas. ¡Dibujabas tan bien…!

Sin apartar la vista de la carretera, desde la famosa curva casi no se atrevía ni a pestañear, le llegó el turno a Lucía. Respiró profundamente y, con su voz firme y algo ronca, comenzó la narración de su sorprendente vida.

Con solo veintiún años, había heredado un próspero negocio textil. Su padre, un auténtico *self-made man*, lo había creado, quince años atrás, comprando varias máquinas de punto e instalándolas en casas de algunas mujeres del vecindario. Tardó muy poco en invertir sus primeras ganancias en un viejo taller y en poner en regla lo que hasta el momento había gestionado como economía sumergida. En unos años, las máquinas se multiplicaron por cinco y convirtió su empresa en la principal suministradora de punto de alta calidad para las firmas más importantes y los diseñadores de más prestigio del país. En poco tiempo vio crecer su negocio hasta convertirlo en una multinacional con pequeñas sedes en varios países de Latinoamérica. Su familia había vivido la transformación con asombro, pasando de un minúsculo piso de alquiler en un barrio obrero de Hospitalet a una casa de trescientos metros cuadrados, con piscina y servicio, en la zona alta de Barcelona.

Un cáncer de páncreas lo obligó a retirarse prematuramente y a delegar su negocio en las manos inexpertas de su principal accionista, que tardó muy poco en reducir a una quinta parte el imperio y vender sus acciones. La enfermedad y la tristeza vencieron a ese hombre antes de que pudiera ver cómo sus hijos reflotaban el negocio. Poco tiempo después, murió también su madre y con ella el único apoyo de los dos chicos. Vinieron años difíciles para la industria textil catalana, pero tanto Lucía como su hermano trabajaron con ahínco hasta lograr posicionarse otra vez en el mercado español y coquetear de nuevo con América.

Lucía había cursado estudios superiores de diseño textil y moda, así que creó su propia colección de ropa. Era arriesgada y lista, y su talento pronto empezó a darle frutos. Sus vestidos Shone, inspirados en la moda de los años cincuenta pero con estampados muy originales, se habían hecho famosos por todo el mundo, incluso llegaron al ropero de algunas actrices de Hollywood, mientras su creadora se mantenía en el más discreto anonimato.

Inversamente proporcional a su exitosa carrera profesional, la vida sentimental de Lucía era un completo desastre. Tenía imán para hombres holgazanes y caraduras, con los que se divertía una temporada pero de los que se cansaba fácilmente.

—No puedo creer que tú seas… ¡Me encanta Shone! —fue todo lo que acertó a decir Violeta, embargada por la emoción de la revelación de su amiga.

Las luces de los edificios altos y el humo blanco de las fábricas les anunciaron la entrada en el extrarradio de Zaragoza. Lucía indicó a Violeta el nombre del hotel donde se alojaba Víctor para que lo pusiera en el navegador. Fue justo entonces cuando vio que una llamada perdida de Saúl iluminaba la pantalla. Tarde o temprano tendría que hablar con él y afrontar el momento.

Mientras esperaban a Víctor, sentadas en los enormes sofás de piel color café del hall del hotel, Violeta observó a Lucía, quien hojeaba una revista de modas. Pensó que su amiga era una de esas personas con una gran elegancia interior, muy distinta a la sofisticación de Malena. A pesar de su fortuna, nada en su aspecto informal, unos ceñidos y gastados vaqueros, que le sentaban de maravilla, unas botas camperas y un amplio jersey azul de lana y cuello vuelto, denotaba su posición social. Sus gestos, en cambio, su forma de pasar las páginas de la revista o de gesticular al hablar estaban dotados de una gracia exquisita.

Un chico moreno, alto y muy atractivo, con un traje oscuro que revelaba un cuerpo musculoso pero atlético, se dirigió hacia ellas con tono familiar.

–¡Chicas! No lo puedo creer… ¡Qué lindas están! ¡Cuánto tiempo! Fíjate –comentó tomando a Lucía de una mano mientras la hacía girar sobre sí misma–, estás increíble. ¡Qué pelo más ideal! Y tú, pecosa –ahora le tocó el turno a Violeta–, tienes los mismos ojos de dibujo animado y la naricilla respingona de siempre. Y esa gran melena… –exclamó mientras le pasaba con dulzura una mano por los rizos–, pareces una de las damiselas románticas de los cuadros de Waterhouse.

Las dos chicas agradecieron los cumplidos. Con el tiempo, sus ademanes se habían extremado. De pequeño le gustaba mucho cantar y bailar en las funciones del colegio. Lo hacía con gran soltura y siempre se ofrecía de voluntario en todas las representaciones teatrales. En cambio, jamás jugaba al fútbol o a los juegos bélicos que tanto divertían a otros chicos. Algunos niños, los más crueles, se reían de él y lo llamaban "marica" en el colegio, pero a él jamás le importó. Se gustaba lo suficiente para no hacer caso a ningún insulto y, además, pertenecía a un club secreto en el que todos los miembros lo adoraban.

Brillante en los estudios, se había convertido en una joven promesa de la medicina. Con solo treinta años, el doctor Sierra lo había elegido como sucesor natural en la dirección del departamento de cardiología del Hospital Clínico de Barcelona cuando se jubilara. Sus intervenciones quirúrgicas, poniendo marcapasos o desfibriladores, eran rápidas y precisas; y tenía intuición para encauzar bien los proyectos de investigación. Cuando recibió el e-mail de Lucía, pensó que había sido una deliciosa coincidencia que estuviera precisamente en Soria, en el último día de la convención de cardiólogos a la que había sido invitado como ponente principal.

Eran las ocho y media y estaban cansadas y hambrientas del viaje; así que recibieron encantadas la sugerencia de Víctor de comer algo en el restaurante del hotel. Las dos optaron por un caldo de verduras, de entrada. Violeta reparó que era el único plato caliente que se llevaba a la boca ese día. Mientras cenaban, Víctor les puso al día de las vidas de Salva y Mario.

Los tres habían seguido en contacto desde primaria. Salva y Víctor porque jugaron en el mismo equipo de handball hasta los diecisiete. Mario les había escrito durante años desde Boston, donde estudió Bachillerato. Desde hacía años, apenas se veían tres veces al año, pero tenían sus respectivos teléfonos y direcciones de correo electrónico para estar al corriente de sus vidas.

Sorprendentemente, Salvador Gutiérrez, el niño más listo de la clase, era el único que había dejado los estudios después del instituto. Tras la muerte de su padre, su madre había trabajado mucho para sacar a la familia a flote; así que decidió por su hijo que la vida no estaba como para perder el tiempo estudiando y consiguió que lo admitieran en la fábrica de componentes mecánicos para autobuses en la que trabajaba su tío. Pero Salvador nunca dejó de estudiar en casa, se convirtió en autodidacta y le demostró a su madre que estudiar también podía ser muy rentable al ganar un premio millonario en un concurso de la tele de preguntas y respuestas. Después de su particular venganza, pidió el despido. Con los ahorros que había ido acumulando desde los diecisiete años y el premio del concurso, compró un local en el barrio Gótico y lo convirtió en una exitosa cafetería-librería con la que se ganaba muy bien la vida. Estaba casado y tenía una niña de dos años.

A Mario Moura hacía más tiempo que no lo veía. Era biólogo, ahora estaba en Barcelona con una beca de investigación sobre el comportamiento de una especie de arácnidos, pero pasaba grandes temporadas fuera con proyectos que, en ocasiones, se alargaban durante años.

—¿Está casado? —se atrevió a preguntar Violeta.

Lucía y Víctor se miraron cómplices esbozando una media sonrisa.

—No —respondió Víctor con toda la indiferencia que fue capaz de fingir para no incomodar a Violeta—. Estuvo cinco años viviendo en California y allí tuvo una relación con una pianista… pero no funcionó.

Después de los cafés pensaron que era el momento de ponerse en marcha. Habían quedado a las once con los chicos en Regumiel y ya iban justos de tiempo. Aun así, Lucía estaba tranquila porque conocía la hospitalidad de Basilio, el casero que regentaba Villa Lucero, y su habilidad para entretener a los turistas con suculentas historias.

Durante la primera hora, los tres hablaron atropelladamente de todo. Había una química muy especial entre ellos y se rieron a carcajadas recordando anécdotas del pasado. Violeta cedió a Víctor su asiento de copiloto y se acomodó en la parte trasera. La viajera fantasma había dejado varios rastros de su paso por allí: un ligero tufo a pies, varios huesos de ciruela y un brazalete de plata enterrado bajo la tapicería. Violeta jaló del broche que asomaba por un pliegue del asiento y leyó la inscripción que tenía grabada: "Vive rápido, siente despacio".

Al entrar en la provincia de Soria, la carretera se volvió más estrecha mientras serpenteaba por pueblos de piedra gris y tejados rojos. Violeta admiró la majestuosidad de los pinos que se alzaban, en un bosque de prados verdes, hasta el cielo. La monotonía del bello paisaje y la oscuridad de la noche acabaron de sumirla en un profundo sopor.

Cuando abrió los ojos, pudo leer un cartel que anunciaba la llegada a su destino.

–Regumiel de la Sierra –repitió en voz alta, y Lucía tomó la primera desviación a la izquierda en dirección a Villa Lucero.

Jazmín

ran las siete de la mañana y una luz clara bañaba la habitación. Violeta no tenía reloj ni batería en el teléfono, pero sabía la hora con exactitud porque acababa de contar, una a una, las campanadas que sonaban desde la torre de la iglesia.

Mientras se desperezaba, enterrada bajo el edredón de flores bordadas, en una enorme cama de hierro forjado, observó a un pajarito que le daba la bienvenida desde la ventana. Al fondo, las montañas verdes se fundían con el cielo al difuminarse con las primeras brumas de la mañana. La casa estaba en total silencio. Todos dormían.

De la noche anterior recordaba el prado verde en el que se alzaba la casa. Había imaginado que Villa Lucero, que había sido una vaquería, sería una casita rural, modesta y antigua de piedra, y no un caserón reformado con mucho estilo y todas las comodidades de la vida moderna.

Habían encontrado la puerta abierta y la chimenea encendida. Sobre la enorme mesa de roble macizo había una nota de Basilio, el casero, en la que les pedía que se pusieran cómodos y les avisaba que había salido con Mario y Salva a ver las estrellas y llegarían tarde. Junto a la nota, tres llaveros de madera con las inscripciones "Manzanilla", "María Luisa" y "Mejorana" indicaban las habitaciones disponibles para ellos.

A Violeta le encantó el detalle de ponerles nombres de plantas y pensó que el tal Basilio debía ser un hombre muy especial. Ella había sido la primera en irse a dormir. Estaba muy cansada y apenas conseguía mantener los ojos abiertos mientras esperaban al resto del grupo. Lucía y Víctor la animaron a que se fuera a descansar. Así que, cuando el sueño venció finalmente su batalla interior, eligió una llave al azar, subió por las enormes escaleras de madera y se dispuso a buscar su dormitorio.

Su habitación, aunque era sencilla, emanaba ternura. Estaba situada en el último piso y tenía baño propio. El suelo era de tablas de madera alargadas de color tostado y las paredes, que eran blancas, estaban decoradas con dibujos de plantas medicinales y setas. Bajo las láminas, enmarcadas en madera verde, una inscripción en latín con una perfecta caligrafía indicaba el nombre de cada especie. Una alfombra de coco ribeteada de yute color caramelo protegía el parquet en la parte central. Los escasos muebles de principios de siglo que decoraban la estancia, un armario de dos puertas y una mesita con grabados de flores, restaurados por las manos de un hábil ebanista, terminaban de darle un aspecto rústico de lo más encantador. Sobre la mesita, encontró un paquetito de manzanilla, atado con un lazo verde y una nota pegada en la que se describían sus propiedades.

Violeta saltó de la cama para dirigirse al baño y sintió crujir el parquet bajo sus pies.

Una vez allí dudó entre darse una ducha rápida o un baño relajante; los tarros de sales aromáticas de jazmín y lavanda, dispuestos junto a la bañadera antigua de patas blanca, la invitaban a sumergirse en agua tibia.

Una pequeña ventana inundaba de luz el baño. Aunque era casi imposible que la vieran desde la calle, Violeta introdujo los dedos entre las láminas de madera de la persiana para inclinarlas.

Al final se decidió por el baño, pero se prometió a sí misma que sería breve. Estaba convencida de que aquel entorno podría inspirarla y se sentía impaciente por empezar a trabajar. Mientras iba por ropa limpia y su neceser, reguló el grifo cromado de la pared y dejó que el agua caliente inundara la bañadera.

Una vez llena, se quitó el camisón blanco de algodón, lo dejó en el suelo y se metió despacito, mientras exhalaba un suspiro de alivio.

La bañadera era lo suficientemente grande como para engullirla, así que dobló una toalla para recostar la cabeza en el borde. Cerró los ojos y se relajó con la caricia de las sales aromáticas en su piel y el leve chasquido de la espuma del champú en su cabeza. El aroma a hierbas la transportó a un prado de lavanda, logrando que todos sus problemas se fundieran en el agua caliente. Exhaló un suspiro y permaneció así un rato, sintiéndose en la gloria.

En ese momento notó una presencia, como si alguien la estuviera observando, pero pensó que eran imaginaciones suyas y solo abrió los ojos cuando el sonido de una puerta cerrándose sigilosamente la sacó de su ensimismamiento. Había dado una vuelta de llave, lo recordaba muy bien porque era miedosa y la intranquilizaba saber que Basilio había dejado la puerta del caserón abierta. Entonces, reparó en que el baño tenía dos entradas: la que daba a su habitación y otra justo enfrente. Violeta pensó que se trataba de un baño compartido por dos habitaciones, algo típico en algunas casas rurales, y que quizá su amiga Lucía esperaba para entrar.

Al salir de la bañadera se enrolló una toalla alrededor del cuerpo y se secó el pelo con otra. Hizo un mohín frente al espejo y trató de domesticar sus rizos con un peine de púas anchas.

Llamó varias veces con los nudillos a la puerta contigua para avisar a su amiga de que el baño quedaba libre. Pero al no obtener respuesta, se ajustó bien la minúscula toalla al pecho y se decidió a entrar.

La habitación estaba vacía. Era muy similar a la suya: la misma cama de hierro forjado, el mismo suelo de madera, los mismos cuadros de marco verde, pero con motivos distintos… Solo la chimenea, el edredón color chocolate y los muebles, una cajonera antigua y un perchero de pie le otorgaban una personalidad diferente. Buscó alguna señal de su amiga en la habitación, pero no lograba identificar nada de ella. Vencida por la curiosidad, se acercó a la cómoda para comprobar que albergaba su ropa, cuando una voz masculina la interrumpió socarronamente.

—¿Buscas algo, pecosa?

Violeta dio un brinco. De espaldas a la puerta, no lo había oído entrar, así que trató de buscar alguna excusa convincente para explicar su intromisión en el dormitorio de aquel desconocido.

—Yo… No quería… Quiero decir que… ¡Pensé que era la

habitación de Lucía! —exclamó como toda disculpa para su propia sorpresa.

—Si necesitas ropa, yo puedo prestarte algo… No sería la primera vez —le respondió sonriendo y señalando con la barbilla la gaveta que se disponía a abrir Violeta.

Enseguida reconoció en aquel atractivo rostro los rasgos familiares de Mario: sus ojos almendrados color miel y de largas pestañas, el pelo castaño formando ondas sobre el cuello, los labios bien dibujados… incluso el lunar, que Violeta recordaba perfectamente, en su mejilla derecha. Había pasado mucho tiempo, pero conservaba la misma mirada de niño travieso. Su cuerpo, en cambio, había experimentado una transformación asombrosa. Ya no quedaba nada del chico desgarbado de quince años que la besó por primera vez y desapareció dos días después para irse a Boston.

—Gracias, no será necesario —respondió Violeta de forma entrecortada. Sin duda, él se estaba refiriendo a aquel día de lluvia cuando la madre de Mario la encontró empapada en la calle, y la llevó a su casa para cambiar su ropa mojada por prendas de su hijo.

Durante unos segundos, no supo reaccionar. Desnuda, con aquella minúscula toalla que apenas le cubría el tronco, y el pelo empapado goteando sobre el parquet, se sintió indefensa y profundamente turbada. Sujetando la toalla con firmeza, trató de adoptar una actitud normal y respondió con naturalidad:

—Correría a darte un abrazo y un beso… Es lo propio entre dos amigos que hace años que no se ven… Pero, como ves, necesito mis brazos para sujetar la toalla.

—Ya veo.

Violeta siguió la mirada de Mario y reparó en que uno de sus pechos amenazaba con escaparse por encima de la toalla; una parte de su pezón rosado ya asomaba provocativamente. Sintió una bola de fuego subir desde sus piernas hasta las orejas y pensó que era el momento de la retirada. Pero cuando estaba a punto de alcanzar la puerta, unos brazos la obligaron a girarse, atrapándola en medio. Mario tenía las manos apoyadas sobre la puerta, bloqueando la salida.

—Es obvio que tus brazos están ocupados, pero tu boca está libre. Te acepto ese beso.

Y antes de que pudiera responder, los labios de él se acercaron a los de ella, rozándolos ligeramente, para acabar aterrizando en la mejilla de Violeta.

Durante unos segundos, se quedó allí parada, con la mirada fija en la boca de Mario, que ahora sonreía de forma divertida, mostrando los hoyuelos de sus mejillas. Había besado esa sonrisa y esos labios cuando era apenas una niña. Y, durante una fracción de segundo, se preguntó cómo sería besarlos de nuevo, siendo una mujer.

Tuvo que recordarse que estaba medio desnuda y que aquel hombre era ahora un extraño que se estaba tomando demasiadas confianzas al acorralarla así e intentar besarla. Pero ¿acaso había esperado ella algo más que un beso en la mejilla? La respuesta la inquietó incluso más que esa vergonzosa situación y la hizo reaccionar con enojo.

—Déjame abrir la maldita puerta.

Mientras pronunciaba esas palabras, Violeta se dio cuenta

de que Mario tenía ahora los brazos cruzados y que el acceso a su habitación estaba libre. Pero antes de que pudiera dar la vuelta, él extendió una mano y le abrió la puerta en un gesto galán.

—Me alegra volver a verte, Violeta.

Ella quiso responder algo mordaz, pero no se le ocurrió nada, y se limitó a cruzar el umbral con los dientes apretados.

Tras cerrar la puerta, se arrojó sobre la cama y apretó su cara contra la almohada para ahogar un grito de rabia. Se sentía avergonzada. Había quedado como una chismosa exhibicionista delante de un desconocido. Puede que en un pasado muy lejano hubieran sido amigos, o incluso algo más, pero ya no lo eran y, desde luego, no existía ningún tipo de confianza entre ellos. ¿Cómo se había atrevido a entrar en el lavabo mientras ella se bañaba? Y peor aún, ¿a acorralarla en la puerta para robarle un beso?

Sintió que la piel de las mejillas le ardía por aquel sencillo roce… Y se sintió de nuevo como una adolescente que ha hecho el ridículo delante del chico que le gusta. ¿Le gustaba? ¡Si ni siquiera se conocían! Había sentido algo extraño al ver su sonrisa y mirarlo a los ojos, una especie de alegría y turbación, pero, claro, no era raro sentirse turbada con apenas una toalla cubriendo su desnudez. Apartó esos pensamientos de su cabeza y decidió concentrarse en aspectos más prácticos: tenía que pintar.

Cargó su móvil y vio que eran las ocho. Habían quedado a las diez para desayunar todos juntos en la cocina, así que todavía podía aprovechar dos horas para trabajar. Recordó que aún no había llamado a Saúl y optó por enviarle un mensaje para explicarle que estaba en aquel pueblo con una amiga. Apenas había cobertura y el mensaje tardó varios segundos en poder enviarse. Después lo apagó. Todavía no estaba preparada para enfrentarse a su voz. Demasiadas emociones para una sola mañana.

Se puso unos cómodos vaqueros, una camiseta de algodón blanca y una gruesa chaqueta de lana gris, y volvió al baño. Esta vez abrió la puerta con cuidado y corrió a cerrar la otra con el pestillo. Se miró al espejo y, mientras se aplicaba crema hidratante, comprobó que sus mejillas continuaban encendidas. Se secó el pelo con un secador de mano y se aplicó una base de maquillaje ligera, un poco de brillo en los labios y rímel en las pestañas. Satisfecha con el resultado, lanzó un beso a su reflejo y tomó su maletín de pinturas.

La casa continuaba en silencio. Por un momento temió volverse a cruzar a solas con Mario mientras bajaba en dirección al salón, pero esta vez estaba vestida y no había motivos para sentirse incómoda.

Violeta dejó escapar un suspiro de admiración al contemplar desde las escaleras de madera el magnífico salón de estilo rústico. Las paredes frías de piedra gris contrastaban con la calidez de la madera color avellana del suelo. Unas alfombras de lana en tonos crudos y burdeos, rematadas con un filo de cuero color café oscuro, delimitaban los espacios del salón, el comedor y la chimenea. Varias lámparas con pantallas de tela blanca plisadas reposaban en distintos puntos de la estancia. Frente al hogar, un gran sofá de loneta tapizado a rayas en verde y crudo, con mullidos cojines en tonos tostados y una manta de lana beige, invitaba a acomodarse. Dos sillones de la misma tela flanqueaban la chimenea, que parecía no apagarse en ningún momento del día. Aparte de la gran mesa central y las sillas de madera macizas distribuidas a su alrededor, había pocos muebles entorpeciendo la gran sala. Violeta reparó en una mesa escritorio situada frente a un enorme ventanal, desde el que se podía contemplar el prado, y pensó que aquel rincón luminoso sería el lugar ideal para instalarse con sus acuarelas.

Antes de ponerse a dibujar, abrió la carpeta donde guardaba recortes de las flores que tenía que ilustrar. Había fotos, dibujos y unas preciosas láminas antiguas de botánica que había comprado en un anticuario. Todo eso le servía de inspiración para su obra y la ayudaba a dotar de mayor realismo a sus flores.

El estilo de Violeta combinaba la precisión y el detalle de lo que dibujaba con el aspecto artístico. En sus flores se podía apreciar las características botánicas de cada flor, que luego repasaba con un rotring de punta fina, pero la belleza artística de la acuarela era lo que convertía su obra en algo maravilloso. Dominaba las técnicas para dar volumen, color y texturas, y ya en la facultad sus profesores habían destacado su sensibilidad especial para recrear la naturaleza.

Llevaba un rato mirando aquellos recortes cuando vio entrar a un señor de unos setenta y cinco años, con una camisa de franela azul, tan azul como sus ojos, unos pantalones de lana negros y una boina sobre la cabeza. Su piel estaba curtida por el sol y una amplia sonrisa iluminaba su cara.

–Usted debe ser Basilio –dijo Violeta sonriendo y tendiéndole la mano a modo de saludo–. Déjeme decirle que tiene una casa adorable… –añadió con sinceridad, sorprendida de que un hombre de su edad, y acostumbrado a una vida de campo, tuviera un gusto tan exquisito.

–Bueno, el mérito no es solo mío.

Violeta pensó que quizá habría contratado a algún interiorista para restaurarla y acomodarla al turismo. Sin embargo, el anciano, que parecía más interesado en sus dibujos que en hablar de decoración, señaló las láminas que ella había esparcido sobre el escritorio.

–Estos jazmines son muy bonitos –dijo–, pero no hay nada como un modelo real. Déjame que te enseñe algo –añadió esperando a que Violeta se pusiera en pie y lo acompañara.

Al salir del caserón, el sol la deslumbró por un momento. Todavía era muy temprano, pero la ausencia de nubes anunciaba un día cálido y brillante.

Justo a la entrada de la casa, Basilio le señaló a Violeta una pequeña planta trepadora: era un jazmín que se alzaba por la pared principal desafiando la gravedad. Aunque conservaba unas espesas hojas verdes, apenas había rastros de sus bellas flores blancas.

–El jazmín florece de primavera a otoño –señaló Basilio–. Pero a esta pared le da el sol todo el día y algunas flores se mantienen hasta el invierno. Los andalusíes, amantes de sus flores, protegían los jazmines de las heladas poniéndolos en un lugar preferente en los jardines del Al-Andalus.

Basilio cortó una ramita con varias flores y se la entregó a Violeta, quien, embriagada por su aroma, se la llevó a la nariz y aspiró profundamente.

—Es una planta muy sensual y aromática —comentó Basilio—. Sus flores son afrodisíacas y su esencia sirve para liberarnos de aspectos del pasado a los que continuamos enganchados.

—¡Qué flor más completa! —exclamó Violeta realmente impresionada por los conocimientos de Basilio, quien le sugirió que terminara el dibujo en el jardín y le ayudó a transportar hasta allí la mesa y sus utensilios de pintura.

El anciano aún se quedó un rato más junto a ella contemplando cómo trazaba las líneas de la flor y empezaba a darle los primeros toques de color.

En la paleta había dispuesto acuarela blanca, color café y azul; y se dispuso a mezclarlas para dar con el tono base de los pétalos. Después lo dejaría secar para darle una segunda capa y dotarlo de volumen.

Violeta mojó su pincel en agua y lo pasó por la mezcla antes de deslizarlo por la lámina. Basilio observaba el proceso asombrado por la precisión y destreza de la joven, que iba haciendo crecer su flor como por arte de magia.

El agua era el elemento más difícil de controlar, porque el exceso o la falta de ella modificaba el resultado de una forma asombrosa, pero a Violeta era precisamente lo que más le gustaba, la espontaneidad y la incerteza del resultado. Con la acuarela, a diferencia de su vida, se permitía ser libre y dejaba que todo fluyera de forma natural.

Invadida por una súbita inspiración, su jazmín empezó a cobrar vida de forma bellísima en la lámina.

—Cuidado… —le dijo Basilio a modo de despedida mientras volvía a la casa para preparar el desayuno de sus huéspedes—.

Existen rituales en los que se utiliza el jazmín para atraer a la persona deseada. Es una flor muy sensible y mágica… vigila en quién o qué piensas mientras la dibujas –y se alejó con una sonrisa divertida en los labios.

Violeta dejó de mover su pincel durante unos segundos y sacudió enérgicamente la cabeza; quería desprenderse de la imagen seductora de Mario que acudía a su mente.

Una hora más tarde, un delicioso aroma a bollos y pan recién horneados condujo a Violeta hasta la cocina. Estaba hambrienta y sus ojos se posaron en el pan de leña y en los dulces caseros que habían dispuestos sobre el mantel de cuadros verde y blanco: varios pasteles, galletas de mantequilla y magdalenas de arándanos.

Observó cómo Basilio le pagaba al panadero que había traído todas aquellas delicias, antes de presentárselo a ella y a Víctor, que también estaba en la cocina.

–Él es Anselmo, el mejor panadero de la comarca.

–No es para tanto –comentó él en voz baja con cierto pudor, mirando de reojo a Víctor.

–En realidad, es para mucho más –dijo Lucía cuando él ya se había ido. Tomó una magdalena de la mesa y luego de saborear un bocado continuó–: Anselmo es muy modesto, pero nadie hace el pan mejor que él. Es hijo y nieto de panaderos y siempre ha estado detrás del horno, pero además, de joven viajó por las mejores panaderías de Europa, aprendiendo el oficio, y se formó en París con uno de los grandes panaderos del gremio. Tiene varios premios nacionales y me consta que un chef con estrellas intentó ficharlo para su restaurante.

–¿Y qué hace en este pueblo? –preguntó Víctor.

–Eso solo lo entenderás cuando pruebes lo que hace –respondió Lucía guiñándole un ojo y acercándole una magdalena de arándanos a la boca.

Mientras la leche recién ordeñada, que Basilio había ido a buscar temprano, hervía en uno de los fogones de leña, los chicos terminaron de poner las tazas, los platos y los cubiertos en la mesa.

Después entraron Mario y Salva y, con ellos, un agradable perfume a "recién bañados". Mario tenía el pelo húmedo y la cara afeitada. Violeta se atrevió a mirarlo abiertamente unos segundos. Llevaba unos vaqueros desgastados y un jersey de lana en tonos verdes, que le sentaba de maravilla. Contempló cómo ayudaba a Basilio a separar la nata de la leche con un enorme colador de acero, pero, cuando sus miradas se encontraron, bajó la cabeza avergonzada al ver que él arqueaba una ceja divertido por su atento escrutinio.

Con timidez, Violeta se acercó a saludar a Salva, quien se lanzó enérgicamente a sus brazos. Era el único al que todavía no había visto después de quince años. Los dos se enfrascaron en una agradable conversación sobre el tiempo que había pasado y lo curioso que era estar de nuevo todos juntos.

Violeta pensó que Salva era el que más había cambiado con los años, al menos físicamente. Nada en aquel hombre atractivo, alto y de hombros anchos se parecía al chico que, con su peculiar personalidad, había liderado a Los salvajes quince años atrás. Solo cuando sonreía podía vislumbrar al adolescente que ella conoció: un joven delgado, con gafas de alambre y flequillo largo que le tapaba una frente llena de acné. El Salva del presente tenía brazos fuertes y unos bíceps prominentes que se marcaban bajo las mangas de su jersey de lana fina. Tenía el pelo castaño claro y llevaba una barba incipiente. A pesar de su transformación, conservaba la misma sonrisa franca y contagiosa. *La sonrisa de un líder*, pensó Violeta, y recordó que de niño siempre estaba contando historias y sonriendo. Pero si antes lo hacía con inocencia y frescura, su sonrisa ahora tenía ese aire encantador y seguro de quien confía en su futuro.

—Todos hemos cambiado mucho —reconoció Violeta sin dejar de mirar a Salva—. Pero, aun así, puedo ver en cada uno de ustedes algo del niño que fueron.

—Yo sigo siendo igual de tonto e idealista que a los quince —respondió Salva cruzando sus fuertes brazos—, e igual de enamoradizo.

Violeta estuvo a punto de replicar que de niño no lo era. Nunca hablaba de esos temas con sus amigos. Siempre sospechó que sentía algo por Lucía, pero era demasiado tímido en asuntos de amor, como para confesarlo… O al menos así lo recordaba ella.

—Acabo de llegar a este pueblo y ya noté un pellizquito en el corazón —añadió guiñándole un ojo a Violeta.

Recordaba que Víctor había mencionado que estaba casado y tenía una hija, así que interpretó el gesto como una broma entre amigos y le dio un suave codazo.

Mientras desayunaban, hablaron del pasado y salieron a relucir viejas historias comunes que despertaron las risas de todos. Víctor era el que más gracia le ponía a sus narraciones y Salva el que lo hacía con más detalle. Su memoria era asombrosa; era capaz de describir situaciones pasadas con una precisión casi fotográfica. Los demás asentían fascinados e iban intercalando sus recuerdos. Los de Lucía, experta en desvirtuarlos, resultaban divertidos porque no coincidían con los de nadie. Cuando ella explicaba alguna anécdota, la reacción de los demás era siempre la misma: encogerse de hombros, mirarse entre ellos extrañados y explotar en una sonora carcajada.

—¿Seguro que tú eres nuestra Lucía? No serás una espía infiltrada en nuestro club secreto, ¿verdad? —comentó Salva divertido.

Lucía, lejos de enfadarse, era la primera en reírse de ella misma. A punto de llorar de la risa, dijo con fingido tono melodramático:

—Menos mal que nos reencontramos antes de que esta demencia senil avanzada destruya todos mis recuerdos. Tendrán que ayudarme a reconstruir mi pasado cuando escriba mis memorias.

Después del desayuno, la mañana transcurrió tranquila. Lucía propuso un paseo por la sierra. Basilio les recomendó que tomaran sus impermeables, pero al ver el cielo brillante y despejado casi nadie le hizo caso.

Mientras atravesaban el pueblo de típicas casonas de piedra pinariegas, Lucía les iba explicando curiosas historias de su gente. A Violeta le encantó la iglesia de piedra del siglo XVI encaramada sobre una roca y la necrópolis mozárabe que se extendía a sus faldas. Alzó los ojos hasta el campanario y vio un enorme nido de cigüeña. Al fondo, las montañas verdes de pino albar lucían sus cimas nevadas.

Violeta se sentía feliz paseando por aquellos parajes de ensueño. Acostumbrada al ruido y al cemento de la ciudad, aquel paisaje campestre resultaba todo un descanso para los sentidos. Nunca había visto un bosque tan repleto de árboles imponentes sobre prados verdes y limpios de matorrales. Tan solo los helechos que crecían en las zonas más sombrías obstaculizaban su paso. Cerró los ojos y sintió en el rostro el agradable murmullo del cierzo helado que agitaba dulcemente sus cabellos, y percibió el suave olor a madera, tomillo y manzanilla. Después, alzó la mirada y se sorprendió al contemplar cómo, bajo esos frondosos y altísimos pinos, el sol se filtraba por las rendijas de sus ramas formando mágicos destellos de luz.

Observó a Mario tomando varias fotos con una cámara profesional y pensó que era una suerte que alguien estuviera recopilando recuerdos visuales de todo aquello.

Se fijó también en cómo se tensaban sus manos al sujetar la cámara cada vez que disparaba. Tenía unas manos bonitas, grandes y bien proporcionadas, con dedos largos y uñas pulidas. Y por un instante, se preguntó cómo sería entrelazar sus manos con las de él mientras paseaban por aquel precioso bosque.

A la extensa masa verde se unían, en ocasiones, pequeños yacimientos de robles y hayas, cuyas hojas de tonos amarillos, ocres y anaranjados inundaban el monte de colores cálidos y otoñales, y mullían el suelo de hojarasca.

Violeta se sintió invadida por una extraña emoción de nostalgia. El arrullo del viento en las hojas, que caían vencidas a su paso, le hizo pensar en el transcurso inexorable del tiempo, en la infancia perdida, en la madurez… Pensó en que en apenas un mes cumpliría los treinta y se sintió triste. Había tantas piezas en su vida que no terminaban de encajar. De niña se había imaginado otra cosa.

Mario se acercó a ella y le regaló un fósil de caracola. A Violeta le pareció increíble que en pleno monte, a más de mil metros de altura, él hubiera encontrado esa piedra para ella, así que la guardó como un tesoro en su bolsillo y se lo agradeció con una sonrisa.

El suave roce de sus manos al entregarle la piedra le había provocado un hormigueo en la piel, como el de una breve pero intensa descarga eléctrica, y no pudo evitar acordarse del colgante de hada que le había regalado justo antes de su primer beso. ¿Sería aquel fósil el preludio de otro beso?

Apartó ese pensamiento de su mente y continuó caminando con la mano en el bolsillo para asegurarse de que esta vez no perdería su regalo.

Al salir del bosque se encontraron con un bello prado donde algunas vacas pacían tranquilas y fueron sorteando el angosto valle del río Zumel, que bajaba impetuoso con sus bellas aguas cristalinas.

Lucía había reservado mesa en una casona serrana, de un pueblo cercano, para que probaran la sopa de ajo y la trucha de río típica de la zona. El vino de mesa y la chimenea encendida los hicieron entrar en calor. Al instante, todos estaban de nuevo animados y enfrascados en una entretenida conversación. Era extraño y maravilloso que, después de tanto tiempo y de vidas tan distintas, hubiera esa afinidad entre ellos.

Más tarde, Lucía propuso una excursión a un lago cercano. Habían alargado mucho la sobremesa con infusiones, licor de endrinas y dulces caseros; así que pensaron que sería una buena idea estirar las piernas con un paseo. Aunque el cielo se había llenado de nubes que lo atravesaban velozmente y el sol estaba a punto de cumplir con su jornada otoñal, todos se mostraron entusiasmados.

Llegaron hasta una reserva de corzos y al nacimiento del río Arlanza. Lucía se tendió en la hierba y empezó a beber agua directamente de un manantial que brotaba de las entrañas del suelo. Salva fue el siguiente, pero antes de beber, se mojó las manos y los salpicó a todos, provocando risas y exhalaciones de sorpresa.

Violeta quiso probarla, pero el agua estaba tan helada que notó cómo la respiración se le cortaba en seco y casi temió por sus dientes.

Cien metros río arriba llegaron por fin a un precioso estanque de aguas cristalinas, junto a una pequeña cascada. Estaban tan impresionados por la belleza del lugar que ninguno pareció advertir la lluvia fina pero persistente que empezaba a caer sobre sus cabezas.

—Este es el lago de las princesas —explicó Lucía—. Se llama así porque antiguamente las chicas del pueblo venían hasta aquí para bañarse. Los chicos lo sabían y se escondían detrás de aquel peñasco para espiarlas.

A Violeta esa historia le evocó, enseguida, la escena de esa misma mañana, cuando sintió que alguien la estaba observando mientras se daba un baño.

–Pero mi abuela –continuó Lucía– me contaba otra historia mucho más morbosa e interesante sobre este lugar.

–Que tú nos vas a contar ahora… –repuso Salva con una de sus encantadoras sonrisas.

Lucía tomó aire antes de empezar su relato.

–Según una antigua leyenda, en este lugar se ahogaron tres hermanas vírgenes que, al ser descubiertas mientras se bañaban desnudas por unos apuestos jóvenes, se adentraron hasta las profundidades del lago sin saber nadar. Mi abuela decía que, después de muertas, las muy tontas se lamentaban de no haber seducido a los mozos y de haberse ido a la otra vida sin disfrutar de los placeres terrenales. También decía que en las noches de luna llena, podían oírse sus lamentos… y que, desde entonces, ningún joven se atrevió a bañarse solo en este lago. Algunos incluso afirman que cuando lo hacen sienten manos tocándolos entre las aguas…

–¿Y no serán los peces o alguna culebrilla de río? –preguntó Salva con tono burlón.

–Seguramente, pero lo cierto es que todavía hoy, en el pueblo, este lago se sigue considerando un estanque para mujeres.

Un relámpago les anunció que la tormenta estaba ya muy próxima, y todos comenzaron a descender hacia el pueblo.

En ese momento, Mario se acercó a Violeta y, mostrándole su cámara, le preguntó:

–¿Podrías posar junto al lago para mí, princesa?

Y, tomándola de la mano, la acompañó hasta la orilla del estanque.

—Claro, siempre y cuando no tenga que desnudarme o morir ahogada.

—Tratándose de ti, Violeta, creo que ambas cosas son posibles.

Violeta abrió la boca para protestar, justo cuando se oía el clic de la cámara, pero solo tuvo tiempo de emitir un débil gritito antes de resbalar hacia atrás. Durante unos segundos, y ante la mirada atónita de Mario, trató de balancearse con los brazos para mantener el equilibrio y no caer al lago. Pero no lo consiguió. Se había acercado demasiado al margen y sus pies resbalaron al pisar la arcilla pantanosa del borde. Violeta volvió a abrir la boca al sentir cómo el agua helada le cortaba la respiración, y comenzó a agitar los brazos presa del pánico.

Por suerte, Mario reaccionó enseguida, dejó la cámara en el suelo y, de un salto, se metió en el agua para ayudarla. Violeta se había puesto tan nerviosa que pensó que se ahogaba. No fue consciente de que el lago no la cubría hasta que Mario salió alegremente del estanque con ella en brazos. El agua apenas le llegaba a la cintura y Violeta no pudo evitar sentirse de nuevo ridícula al ver la sonrisa burlona en la cara de Mario.

No había señales del grupo cerca, ambos se habían quedado rezagados con la excusa de la foto, así que la acercó hasta un frondoso pino y la depositó debajo para guarecerla de la lluvia.

—¿Te hiciste daño? ¿Te duele algo? —le preguntó mientras se sentaba a su lado y vaciaba de agua sus botas.

A Violeta le pareció muy cómica la situación y empezó a reírse con ganas…

—Solo mi orgullo —respondió entre risas y temblores por el frío.

Mario la abrazó con fuerza y aproximó su cuerpo al de ella para darle calor mientras le apartaba dulcemente los mechones mojados de la cara. Violeta se aferró a su cuello con ambos brazos y aspiró su agradable aroma a cítricos, con toques de naranja y bergamota. Sonrió al reconocer en su perfume los ingredientes del Lady Grey, su té favorito, y le entraron ganas de besarlo en el cuello.

En ese momento sus caras se encontraron frente a frente y sus bocas se atrajeron como dos potentes imanes de cargas opuestas. Violeta sintió cómo la sangre bombeaba por sus venas y el corazón se le aceleraba, al tiempo que sus lenguas se entrelazaban en perfecta sincronía. El deseo la animó a deslizar sus manos bajo el jersey de Mario y acariciar su vientre. Tocarlo era casi una necesidad, y suspiró al notar la dureza de su abdomen en contraste con la suavidad de su piel. Sentía frío y calor al mismo tiempo, y notó que todo su cuerpo se estremecía al advertir los ardientes dedos de Mario sobre su espalda mojada.

—¿Qué clase de atracción tienes con el agua y la lluvia? Estoy empezando a pensar que te gusta empaparte —le preguntó Mario separándose un poco y poniendo algo de cordura al momento.

—¿Insinúas que me tiré a propósito? —la voz de Violeta tembló casi tanto como su cuerpo.

—Creo que harías cualquier cosa por un jersey de Dragon Ball —sonrió él mientras abría su mochila y buscaba algo en ella–. Pero hoy no has tenido suerte, solo traigo este aburrido jersey polar negro.

Violeta sonrió cohibida mientras él la ayudaba a quitarse su jersey mojado y a ponerse el seco. Todavía sentía escalofríos y temblores, pero no estaba segura de que fuera por la lluvia o el viento helado. Se sentía confusa por lo que acababa de suceder pero también extrañamente excitada.

Ya había oscurecido y debían darse prisa si no querían perderse en el bosque, así que Mario la ayudó a incorporarse y, sin soltar su mano, ambos se dirigieron caminando hacia el pueblo.

Tumbada en la habitación, Violeta no podía dejar de pensar en Mario… Después de darse una ducha caliente y de enfundarse su pijama de algodón, se sentía protegida en su mullida y enorme cama pero también abatida por un cansancio demoledor. Se llevó la mano a la frente y la notó caliente. *Quizá tenga algunas décimas, pero no pienso morirme esta noche*, se dijo sonriente a sí misma.

Ella había sido más valiente que las princesas del lago; había dejado que el apuesto joven le quitara la ropa y la besara, y se había rendido a sus caricias…

Aquella noche, Violeta no bajó a cenar. Cayó vencida por un profundo sueño en el que la fiebre hizo de las suyas con princesas que se ahogaban, flores descoloridas que renacían y apuestos jóvenes que, a veces, acudían a socorrer a las mozas, y otras, huían despavoridos al ver sus cuerpos desnudos. Abrazada al jersey polar de Mario, mientras soñaba, el suave aroma a naranja y bergamota la hizo sentir protegida.

PENSAMIENTO

—**S**on huellas de dinosaurios fosilizadas.

Violeta se giró y se encontró con Basilio a sus espaldas. Iba cargado con una enorme lechera de acero, llena a rebosar. Parecía cansado. Se encontraban en los confines del pueblo, en dirección hacia las montañas. Para llegar hasta allí, Violeta había cruzado la empinada cuesta que conducía a la iglesia, atravesando la plaza del ayuntamiento, donde un enorme reloj marcaba siempre las doce del mediodía. Aquel detalle le hizo gracia y pensó que el pueblo entero, con sus casas antiguas de chimeneas cónicas y sus calles empedradas, parecía también detenido en el tiempo. Lucía le había explicado que cuando algún turista preguntaba a alguien del pueblo por qué no arreglaban el reloj y lo ponían en hora, la respuesta de los lugareños siempre era la misma: "¿Para qué?, si ya da bien la hora dos veces al día".

Aquella mañana, la llamada a misa de las campanas de las siete la había despertado de un profundo sueño, como el día anterior. Pero antes de ponerse a pintar, esta vez, tomó una manzana y decidió dar un paseo para inspirarse.

Basilio dejó la lechera en el suelo y siguió con su explicación.

–Durante años, los habitantes de Regumiel caminamos sobre esta roca –dijo señalando una enorme y lisa piedra caliza que se extendía sobre el valle a modo a alfombra pétrea– sin saber que estábamos pisando más de ciento cincuenta millones de años de historia. Hace unos veinte, un turista aficionado a la Paleontología descubrió las huellas y, poco después, muchos arqueólogos vinieron dispuestos a estudiar la roca.

–Debió de ser un animal enorme el que dejó estas huellas para que se conserven tanto tiempo después.

–Sí, son rastros de un iguanodonte, un dinosaurio enorme del jurásico… Pero tienen que producirse varias circunstancias para que se formen y se conserven en el tiempo; y el peso del animal no es la más importante.

–¿Y cuál es?

–El agua.

–¿El agua?

–Sí, en esta zona probablemente había un río o un lago. El animal pisó en la orilla sobre tierra blanda, y dejó una marca intacta durante mucho tiempo. Más tarde, la zona debió inundarse por lluvias o la crecida de un río, de manera que, al retroceder las aguas, las huellas quedaron expuestas al aire, lo que hizo que se solidificaran y cubrieran de un sedimento que les dio consistencia.

Violeta contempló las huellas con curiosidad, algunas de ellas medían más de medio metro, y pensó que el agua, en forma de lluvia, lagos, ríos o huellas de dinosaurio, estaba muy presente en la vida mágica y cotidiana de aquel lugar.

Por una simple asociación de ideas, ese pensamiento la transportó a la mañana lluviosa en la que conoció a Mario después de haber resbalado en un charco. El agua también había dejado una huella imborrable en el corazón de los dos niños... o, al menos, en el de ella.

A unos metros, un pequeño riachuelo daba de beber a unas vacas, mientras otras pacían tranquilas en el valle.

Violeta pensó esta vez en sus acuarelas y en cómo el agua daba vida a sus flores, permitiendo al pincel deslizarse sobre la lámina.

—El agua es mágica.... —reflexionó Violeta en voz alta.

—Ya lo creo —respondió Basilio—. ¿Has oído hablar de Masaru Emoto?

—No.

—Es un japonés que hace fotos del agua.

—¿Quieres decir que retrata lagos, ríos, mares... y paisajes de ese tipo?

—No exactamente. Fotografía cristales congelados de agua.

—Qué interesante... —comentó Violeta.

—Mucho —continuó Basilio quitándose la boina y rascándose la cabeza—, porque al hacerlo descubrió que el agua no solo es mágica, también es muy sensible.

—¿Sensible? ¿El agua tiene sentimientos?

—En cierto modo, sí. Emoto detectó que las moléculas del agua pura de manantiales, glaciares o lagos, al congelarse, cristalizan formando hexágonos de gran belleza. En cambio, del agua contaminada o estancada surgen formas irregulares de aspecto desagradable. La gran sorpresa —continuó Basilio— llegó cuando consiguió transformar esas formas irregulares de agua contaminada en hermosos cristales, poniéndoles música clásica o al susurrarles bellas palabras de amor o agradecimiento.

—Sorprendente…

—Sí, sobre todo si tenemos en cuenta que nosotros también somos agua, al menos en un setenta por ciento de nuestro cuerpo…

—Y que la Tierra también está formada por agua en un porcentaje similar —añadió Violeta.

—Exacto. Si el agua de un manantial responde así a una melodía dulce o a una palabra bonita, imagínate nosotros. Somos muy sensibles a nuestro entorno y, al mismo tiempo, podemos modificar lo que nos rodea más de lo que imaginamos. Las palabras son armas muy potentes y tenemos que tener cuidado con lo que decimos, tanto a los demás como a nosotros mismos…

Durante unos instantes Violeta se prometió a sí misma no volverse a castigar con pensamientos de autodesprecio. Desde hacía algún tiempo, en la banda sonora de su vida siempre se repetían las mismas canciones: "Soy una inútil", "Mi vida es un desastre" o "Todo lo estropeo". Había llegado el momento de cambiar de melodía. También se acordó de las duras palabras de Malena, su editora, cuando le dijo que había sido "estúpida y nada profesional" al permitir que la lluvia estropeara su trabajo y que quizá no estaba preparada para asumir retos importantes. Decidida a no dejar que esa mujer altiva influyera en "la estructura molecular de su agua" y en sus propias emociones, Violeta empezó a reproducir en su mente la misma escena de aquella tarde lluviosa, pero cambiando las palabras desagradables por otras de ánimo y comprensión. En su fantasía Malena le decía algo así:

"–Has hecho un buen trabajo. Estas flores son preciosas. Siento mucho que cinco de ellas hayan decidido ahogarse –esto último lo decía con una sonrisa entre irónica y divertida–. Pero ¿sabes qué? Hemos adelantado otro libro a imprenta y contamos con una semana más para que las repitas… No te preocupes, mujer, anima esa cara y ¡a trabajar!".

A lo que Violeta respondía de manera muy profesional:

"–Gracias por tu amabilidad y comprensión. Debí de ser más precavida, pero créeme: no me volverá a pasar… En siete días tendrás las flores más bonitas que jamás hayas visto".

Esa nueva escena la reconfortó al instante y la llenó de fuerzas para afrontar su segunda flor.

Entonces recordó que eso era algo que Lucía le había enseñado cuando eran pequeñas. Si una situación le angustiaba mucho, ella jugaba a inventar otro desenlace, sustituyendo el recuerdo amargo por otro bonito. Violeta rio para sus adentros al darse cuenta de que quizá por eso los recuerdos de Lucía eran, a veces, tan distintos a los de ella… Pero ¿acaso eso importaba? Ahora era una persona encantadora, segura de sí misma, optimista y triunfadora, y Violeta estaba segura de que su éxito no solo se debía a su talento, sino también a su forma de enfrentarse a la vida y de interpretar lo que le ocurría. *Transformando nuestros pensamientos, nos transformamos a nosotros mismos*, reflexionó Violeta con acierto.

Después miró a Basilio y pensó que bajo esa apariencia de hombre sencillo se escondía una persona realmente sabia. Él debió notarlo en su expresión de admiración, porque al momento se justificó:

—Lo leí en un libro que un turista se dejó olvidado en la posada… *Mensajes del agua* —dijo Basilio—. Creo que ese era el título. Pero dime, niña, ¿qué flor nos toca hoy? Las plantas sí son mi especialidad.

—El pensamiento —respondió alegremente mientras agarraba el asa libre de la lechera y lo ayudaba a cargar el peso hacía Villa Lucero.

—Es la flor de la intuición, en esencia nos ayuda a estar atentos y despiertos a lo que ocurre a nuestro alrededor… Y además, es familia de la violeta.

—¿De verdad? Pues no la he tratado muy bien últimamente. Creo que se trata de una prima muy lejana… —bromeó Violeta pensando que estaba dispuesta a cambiar eso y a tener pensamientos más amables sobre sí misma.

Mientras atravesaban nuevamente el pueblo, Basilio se detuvo junto al jardín de una casa. Con delicadeza, arrancó una flor amarilla y morada y se la ofreció a Violeta.

—Es un pensamiento de jardín. Los plantan porque son flores que aguantan muy bien las heladas del invierno, pero también puedes encontrarlos de forma silvestre en la sierra —Basilio desvió la mirada hacia las montañas que se extendían en el horizonte—. Allí crecen libremente, en los caminos, siempre atentos a lo que ocurre en el bosque, vigilando a todo aquel que se adentra para avisar al resto de la naturaleza. Es la flor más despierta…

—¿Y estas no lo están? —preguntó Violeta haciendo girar entre sus dedos la florecilla.

—Estas están dormidas…

Violeta contempló la florecilla que tenía entre los dedos y le pareció distinguir el dibujo de un ave con las alas abiertas en el centro.

–¡Parece un águila!

–Así es. Aunque estén cautivas en un jardín, son flores de naturaleza salvaje… y sueñan con volar y volver al bosque.

–Son mágicas… –reflexionó Violeta mientras se prendía la flor en el pelo.

–Ya lo creo… Antiguamente se utilizaban para encantamientos y filtros de amor –añadió Basilio–. Hay quien dice que rociando el jugo de un pensamiento sobre los párpados de alguien dormido, este se enamorará de la primera persona que vea al despertar… Sale en *El sueño de una noche de verano*.

Violeta lo miró impresionada y se preguntó si Basilio habría leído a Shakespeare por iniciativa propia o si algún turista se habría dejado olvidado ese libro en Villa Lucero. Desde luego, aquel anciano era una caja de sorpresas y un pozo de sabiduría.

Sumidos cada uno en sus pensamientos, llegaron a la casona dispuestos a afrontar el día con una sonrisa. Violeta se acomodó de nuevo en su rincón luminoso del salón, junto a la ventana. Sus acuarelas y utensilios de dibujo la esperaban ahí, sobre el escritorio, y no tardó nada en entrar en el trance creativo que la pintura le proporcionaba.

Esta vez, mientras deslizaba sobre la lámina el pincel mojado, con un toque de amarillo para dar vida a su pensamiento, visualizó unos ojos color miel, almendrados y de largas pestañas; e imaginó que el néctar amarillo de su flor penetraba en ellos creando un filtro de amor.

De pronto, unas risas provenientes de la cocina la sacaron de su ensoñación y se acercó a la puerta. Desde su ángulo podía distinguir perfectamente, sin ser vista, dos figuras que hablaban con tono confidente junto a una ventana. Eran Mario y Alma. En otras circunstancias hubiera corrido a saludar y abrazar a la nueva invitada. Hacía quince años que no se veían y había esperado sinceramente ese reencuentro... Sin embargo, había algo en aquella escena que hacía que sus sentimientos se inclinaran más a fulminarla que a darle un abrazo.

Violeta la reconoció al instante por sus rasgos exóticos y cautivadores. Seguía teniendo ese pelo negrísimo y brillante que incitaba a acariciarlo como el lomo de un gatito. Sus ojos rasgados, igual o más negros, de largas y espesas pestañas, podían hipnotizar a quien los mirara fijo durante más de dos segundos.

Consciente de su magnetismo, ya de muy pequeña, se había entrenado en el arte del encantamiento, con una voz suave y melodiosa, y una caída de pestañas capaz de enamorar a cualquiera. Violeta siempre había admirado su desenvoltura, su forma de caminar y de deslizarse por la vida, con gracia y soltura. Las redondeces que lucía en la adolescencia se habían convertido en sensuales y exuberantes curvas.

Sin embargo, su carisma con los hombres era proporcional a la antipatía que despertaba entre las chicas. Violeta y Lucía habían sido sus únicas amigas en la adolescencia, aunque ella siempre prefirió la compañía de Salva o Mario.

En ese momento, estaba sentada en el alféizar interior de la ventana. Llevaba un bonito vestido campestre con pantimedias de lana y botas vaqueras. Violeta reconoció en el corte y en el vistoso estampado geométrico, la firma de su amiga. Era un vestido Shone, y Alma lo lucía con una elegancia desenfadada. Mientras con una mano sujetaba un vaso de agua, con la otra jugueteaba con un hilo que sobresalía del jersey de Mario, retorciéndolo y enredándolo entre sus dedos. Hablaba con voz pausada y serena, mirándolo fijamente a los ojos. De a ratos, reía inclinando la cabeza hacia atrás y desviando coquetamente la mirada.

Violeta se dirigió al escritorio para seguir con su pensamiento, pero tardó varios minutos en lograr concentrarse de nuevo en la flor. No podía quitarse de la cabeza el beso compartido con Mario, ni tampoco la imagen de Alma charlando con él… Su intuición le decía que debía estar atenta, pero ¿y si aquel beso no había significado nada para él?

El resto de la casa estaba en silencio. Basilio había dejado la leche en el fogón y había acompañado a Anselmo a su furgoneta. En unos minutos, el resto del grupo bajaría a desayunar.

Violeta lamentó haberse quedado dormida la noche anterior. Le hubiera gustado estar presente cuando llegó Alma. Ahora se moría de curiosidad por saber cómo había ido la cena y por qué Mario y Alma habían coincidido tan temprano solos en la cocina… ¿Acaso eran celos?

Mientras pensaba todo eso, alguien se acercó por detrás del sillón y le tapó los ojos con las dos manos. Violeta reconoció al instante las manos suaves y el aroma a *white musk* de Lucía.

—Buenos días, princesa. ¿Te has recuperado de tu baño helado en el estanque? —le preguntó divertida mientras le revolvía el pelo cariñosamente y se hacía un hueco con su trasero en el mismo sillón de Violeta–. ¡Menudo susto! Tenías los labios morados y no dejabas de castañear los dientes. Anoche entré en tu habitación, pero al ver cómo dormías plácidamente no quise despertarte para la cena.

–No te preocupes, estoy bien. Nada mejor que un baño helado para tonificar la piel. Te lo recomiendo, en serio –bromeó Violeta–. Te deja como nueva.

–Ya, ya, así que tú misma decidiste zambullirte un rato… Pues no fue eso exactamente lo que nos explicó Mario.

Violeta sintió que su cara y sus orejas se ponían tan rojas como la chaqueta de Alma. Como en un sueño, recordó vagamente lo que había ocurrido bajo el enorme pino: los brazos de Mario que la sacaban del lago y la sujetaban con fuerza, los besos, las caricias… Sacudió la cabeza como queriendo desprenderse, en aquel instante, de esa imagen y le preguntó preocupada a Lucía:

–¿Y qué les dijo exactamente?

–Pues nada mujer, que resbalaste… Estos días ha llovido mucho y la tierra está muy blanda y resbaladiza. Quizá te acercaste demasiado a la orilla, y ¡zas! te caíste al agua.

–Vi a Alma en la cocina… –comentó Violeta cambiando de tema, para ver si Lucía le explicaba algo de la noche anterior.

–Sí, llegó anoche –ahora Lucía se había puesto seria–. Esta chica no cambia…

–¿Qué quieres decir? –preguntó Violeta mientras se quitaba como podía la chaqueta; con la chimenea encendida y el calor de su amiga a su lado notaba que le faltaba el aire.

Lucía le contó a Violeta cómo Alma había irrumpido a las doce de la noche en el caserón, rompiendo la tranquilidad de todos, que a esas horas se encontraban tomando infusiones al calor del hogar y charlando de sus cosas.

De entrada, Alma había decidido sustituir las infusiones por un potente licor de hierbas que encontró en la cocina y su entretenida conversación por ese ridículo juego de "Yo nunca…". El juego consistía en decir una frase que empezara con ese enunciado y esperar a ver la reacción del grupo. Quienes se identificaran con la frase debían terminar el vaso de un trago. Hasta aquí parecía un juego inocente y divertido; pero las frases malintencionadas de Alma, que revelaban antiguas rencillas entre los chicos, acabaron por crear un clima de mala onda que se saldó con varias discusiones y recriminaciones sobre el pasado, mientras el alcohol subía a sus cabezas de manera alarmante. Curiosamente, los chicos parecían encantados con Alma y no se daban cuenta de que era ella quien provocaba los enfados.

—Pero ¿qué tipo de cosas decía Alma?

—Pues no sé, frases como: "Yo nunca he escrito 'marica' en la carpeta de un amigo", descubriendo a Salva cuando se enfadó con Víctor al confesarle a la profesora que habíamos robado un examen. O "Yo nunca he escrito una carta de amor falsa a un amigo", delatándonos a Mario y a mí cuando hicimos creer a Salva que una chica del colegio gustaba de él, solo para divertirnos… Cosas de ese estilo.

—¡Qué malvada! —rio Violeta sorprendida, no tanto por la mala idea de Alma, sino porque el resto se hubiera enfadado tanto por antiguas travesuras de niños.

—No te rías… —le dijo Lucía también con una sonrisa burlona—. Poco rato después, estábamos todos muy bebidos. Te aseguro que ayer saltaron chispas. Cuando Alma empezó a coquetear con Mario y Salva, ya no lo resistí más y salí a dar un paseo por el bosque, necesitaba despejarme un poco.

—¿Tú sola?

Lucía tardó varios segundos en responder.

—Salí sola… pero Salva me siguió.

—¿Te siguió?

—Sí, quería saber por qué había escrito aquella carta de amor falsa de parte de otra chica cuando íbamos al instituto.

—¿Y por qué lo hiciste?

—Qué sé yo… Ha pasado mucho tiempo… —Violeta la miró a los ojos esperando una respuesta más sincera—. Supongo que no me atreví a firmarla y… y que tenía miedo de que me rechazara. Salva era un chico muy listo y carismático… Pero ya casi no me acuerdo.

Siempre había sospechado que a Salva le gustaba Lucía, pero nunca imaginó que aquel sentimiento era correspondido.

—¿Le diste esta explicación ayer a él?

—¿Estás loca? ¡Claro que no! Le dije que no me acordaba de nada de eso.

—Es curioso que él sí se acuerde. Quizá aceptó tu invitación porque quería volver a verte…

—Hasta donde yo sé, está casado y tiene una hija —resumió Lucía—. Además, me explicó qué es lo que lo trajo de verdad estos días aquí y no soy yo.

—¿Y qué es?

—No es qué, sino quién. Vino por Víctor.

—¿Salva es gay?

—No, pero quería pedirle disculpas por haberlo llamado "marica" y haberlo escrito en su carpeta. Dice que se sentía mal por eso y que le pesaba no haberle pedido nunca disculpas. Ocurrió poco antes de que dejáramos de reunirnos en la vieja barbería, cuando Mario se fue a Boston y el grupo se disolvió... Lo más curioso de todo es que Víctor ni lo recuerda.

—¿Le pidió disculpas delante de ustedes?

—Sí, Alma sacó el tema con su estúpido jueguecito, y Salva le pidió perdón y le confesó que sentía mucho no haberse portado bien con él...

—Es un detalle bonito, aunque llegue quince años tarde.

—Sí, pero lo más curioso es que Víctor ni se acordaba de eso. Nos dijo que solo guardaba recuerdos bonitos de Los seis salvajes.

—Otro con amnesia —bromeó Violeta—. Pero, dime, tú sí recuerdas a Salva y lo que sentías por él, ¿verdad?

—Claro —reconoció Lucía—. Éramos solo unos niños, pero el primer amor no se olvida tan fácilmente, ¿no crees?

Antes de que pudiera responder, Víctor apareció y se unió a ellas. A pesar de su buen aspecto, conseguido al darse una larga ducha de agua fría, ropa sport cuidadosamente escogida y algo de gomina para domesticar su grueso cabello, unas profundas ojeras delataban su tremenda resaca.

Lo primero que hizo fue preguntar por Anselmo, el panadero.

—¿Ya se fue? —dijo con pesar—. ¿Por qué todo el mundo madruga tanto en este pueblo?

—Los panaderos son los más madrugadores. Tienen que servir el pan muy temprano —le explicó Lucía divertida.

—Tomo nota —resolvió él antes de continuar—: "Yo nunca he deseado matar a Alma" —puso los ojos en blanco y se llevó un vaso imaginario a los labios, como si bebiera—. Les aseguro que estoy muerto. ¡Menuda resaca! Pero ¿cómo estás tú, Violeta? No te vimos en la cena y Mario nos explicó lo de tu caída al lago. Nos pidió que no te molestáramos y que te dejáramos dormir.

Violeta se preguntó si tal vez él se avergonzaba de lo ocurrido en el lago y había preferido evitarla durante la cena, pero rápidamente sustituyó aquel pensamiento negativo por uno más realista y amable con ella misma. La intención de Mario había sido dejarla descansar y que se recuperara de su enfriamiento. Era todo un ejercicio esto de cambiar creencias.

—¿Y qué te pareció Alma? —le preguntó muy bajito, temerosa de que el vozarrón de Víctor se oyera desde la cocina.

—¡Una fastidiosa y una enredadora! Pero hay que reconocer que está increíble. ¿Se fijaron en su vestido Shone? Qué gran estilo…

Las dos chicas se sonrieron con complicidad. Violeta era la única que conocía la identidad de Lucía como creadora y propietaria de la firma Shone y le había prometido guardar el secreto. Con solo treinta años estaba forrada de dinero y a cargo de un importante emporio y, por experiencia, sabía que ambas cosas podían incomodar o hacer que la trataran de forma diferente. Además, sus amigos de la infancia la habían conocido cuando todavía vivía, como ellos, en un vecindario humilde, y no quería crear barreras innecesarias. Con Violeta era distinto… aunque hubieran estado separadas mucho tiempo, le bastó compartir unos minutos en aquel coche para saber que con ella podía conectar de una forma sincera y auténtica, desde el corazón.

—Estaba poniendo al día a Violeta de los últimos acontecimientos, pero tú te fuiste más tarde a dormir… Cuéntanos, ¿cómo acabó la velada? —preguntó Lucía a Víctor.

—Salva se fue a dormir justo después de ti. Y fue una pena, porque después de sus disculpas públicas, pensé que vendría una declaración de amor en toda regla —bromeó.

—¿Pero no está casado? Dijiste que tenía una hija…

—Eso creía yo, pero ayer nos contó a Mario y a mí que está divorciado… —miró a Lucía durante unos segundos antes de confesar—: en cualquier caso, no es mi tipo.

Lucía puso los ojos en blanco antes de replicar:

—Me alegra que las artimañas de Alma no acabaran en enfado entre ustedes. Es bonito que todos pudieran arreglar sus diferencias y hablar del pasado con cariño.

—Así es. Y algunos se han pasado la noche dándose cariño —dijo Víctor señalando hacia la cocina con la cabeza, mientras recibía un ligero codazo de Lucía, quien se apresuró a aclarar:

—No sabemos lo que ocurrió…

Violeta se sintió profundamente decepcionada. Como decía Lucía, no sabían qué había pasado realmente, pero el hecho de haberlos visto juntos, tan temprano, riendo divertidos, explicaba muchas cosas. En cualquier caso, Alma había sido la primera persona que Mario había visto esa mañana…

Ese pensamiento la llevó a otro "pensamiento" con forma de flor, y a recordar la historia de Basilio sobre la propiedad de esa planta para hacer que alguien se enamore de la primera persona que vea al despertar. Violeta tenía razones para pensar que habían pasado la noche juntos… ¿Habría sucumbido Mario a su hechizo de amor?

El resto del día transcurrió tranquilo. Entre la resaca de unos y el enfado de otros, habían decidido, mientras desayunaban, darse una tregua y concederse el día libre para que cada uno hiciera lo que quisiera. Ya más tranquilos, volverían a reunirse en la cena.

Violeta pensó que esas horas libres le vendrían muy bien para avanzar con sus acuarelas. Mario se apuntó a la propuesta de Basilio y Lucía de ir a buscar setas al monte. La idea era hacer un recorrido hasta Covarnantes, un hermoso paraje de la sierra con una gran cueva, y visitar Tazaplata, un pequeño manantial de agua cristalina situado a pocos metros. Aquel era el lugar favorito de Lucía; de pequeña, su madre la llevaba a pasear por allí, atravesando los frondosos bosques de pinares y prados verdes, mientras caminaban de la mano y la arrullaba con bonitas canciones serranas. Desde entonces, no había dejado de visitarlo siempre que iba a Regumiel.

Por supuesto, Alma se unió al plan. Víctor había llevado su ordenador portátil y pensó que era un buen momento para pasar en limpio su informe sobre el congreso de cardiología en Soria. Salva tenía una pila de libros y decidió pasar un día tranquilo de lectura en el jardín y ponerse al día de las últimas novedades de su librería.

Antes de irse, Alma se había mostrado encantadora con Violeta, interesándose por sus acuarelas y por su vida. Aunque intuía que no debía fiarse del todo de ella, Violeta se sentía mal por tener ese pensamiento. La rivalidad entre mujeres no iba con ella y menos aún por conseguir la atención de un hombre. Acababa de salir de una relación, si es que su huida de la casa de Saúl podía considerarse una ruptura oficial, y lo último que quería era complicarse de nuevo la vida. Además, ¡solo había sido un beso! Entonces, ¿por qué se sentía tan perdida y, al mismo tiempo, tan emocionada cuando Mario estaba cerca?

Ya instalada, con todos sus utensilios de pintura en la luminosa mesita escritorio del salón, orientada al jardín frente a un enorme ventanal, el inconfundible perfume de Mario le anunció que se acercaba.

—¿Seguro que no quieres venir? —le preguntó él cariñosamente—. Será divertido…

Era la primera frase que le dirigía después de lo del lago y Violeta sintió que se le aceleraba el corazón y la invadía una súbita timidez. Durante el desayuno había notado alguna mirada furtiva, que había sabido esquivar hábilmente, y algún roce casual al pasarse la mermelada o la miel, que le había producido auténticas descargas eléctricas… pero Alma siempre había acabado desviando la atención de Mario hacia ella, y no lo soportaba. La idea de ir a recoger setas y pasear de nuevo por el monte la seducía, pero no estaba dispuesta a sufrir viendo cómo Alma y él flirteaban todo el rato.

—Lo dudo… hoy no tengo pensado caerme en ningún lago ni… —Violeta frenó en seco sus palabras y dejó escapar una frase que delató lo celosa que se sentía–: No importa, estoy segura de que a Alma se le ocurrirá la manera de que te diviertas.

Al momento, Violeta se arrepintió de lo que había dicho. Estaba dolida, sí, pero eso no era motivo suficiente para hacérselo saber y dejarse a ella misma en evidencia. Así que, tras observar que Mario arqueaba, entre divertido y extrañado, una ceja, añadió con tono más conciliador:

–Prefiero quedarme y avanzar con mis acuarelas.

Mario se fijó en las láminas y recortes que había dispuestas sobre la mesa, todas con la misma flor amarilla, y le susurró muy cerca del oído:

–El pensamiento es una flor muy hermosa, pero mi favorita sigue siendo la violeta.

Ella levantó tímidamente la vista de su lámina para agradecerle el cumplido con una sonrisa. Al hacerlo, sus miradas se encontraron durante unos segundos y se dijeron algo que sus labios aún no se atrevían. Sin embargo, antes de que terminara aquel diálogo visual, Alma interrumpió la escena jalando del brazo de Mario y alegando que había visto a varias personas salir esa mañana a buscar setas y que, si no se daban prisa, no encontrarían ninguna.

Cuando se fueron, Violeta se centró en su flor. La primera capa se había secado y era el turno de darle relieve y jugar con las texturas del centro. Ahora que conocía el carácter soñador de la flor y su espíritu libre, no le costó nada darle forma de águila a la parte central y se esmeró en dotarla de todo el realismo y la belleza que fue capaz.

El resultado la dejó extasiada. Se sentía feliz y, durante unos segundos, tuvo la certeza de que algo bueno ocurriría muy pronto en su vida. ¿Le habría transmitido la flor su alma intuitiva y soñadora?

En aquel momento, Víctor y Salva vinieron a rescatarla de su abstracción para ir a comer. Los tres decidieron ir a una fonda que habían visto a la entrada del pueblo junto a la carretera comarcal. Durante la mañana, Violeta había visto, a través de la ventana, que Salva y Víctor hablaban en el jardín y hacían las paces. Los dos habían recapacitado y se habían dado cuenta de que no había motivo para enfadarse por cosas del pasado que a duras penas recordaban. Sin Alma incordiando por ahí, todo volvía a fluir de manera natural.

El restaurante solo servía menús y ese día tocaba caldereta de toro, morcillas asadas y pimientos fritos. Mientras devoraban con gusto aquellos manjares típicos, Salva les habló de su divorcio:

—No me lo esperaba —confesó con la mirada fija en su plato—. Yo vivía confiado, creyendo que todo estaba bien. Y de pronto, me dijo que ya no me amaba, que no me soportaba y que quería intentar otra vida sin mí. Entonces no sabía que esa otra vida era otro hombre.

—¿Y cómo no te diste cuenta? ¿Cómo podías pensar que eran felices si ella no te soportaba?

—Supongo que no quise verlo. Estaba muy ocupado con la librería… Arrancar un negocio requiere mucho esfuerzo. Lo peor de todo es que ahora me doy cuenta de que nunca la quise de verdad. Se quedó embarazada al mes de conocernos y nos casamos sin más. Pero nunca sentí algo fuerte por ella, e imagino que ella tampoco por mí.

Violeta pensó en Saúl… Ella tampoco lo amaba, pero sí lo quería. Era un hombre bueno y cariñoso, y siempre la había tratado de forma dulce. Quizá ese había sido su problema. En su relación había habido mucho cariño, pero poca pasión. Le hubiera resultado más sencillo que no se soportaran…

—¿Cómo es ser padre? —le preguntó Violeta tratándose de imaginar a su amigo en ese papel. La última vez que lo había visto apenas era un adolescente con acné, y ahora tenía una hija de siete años.

La cara de Salva se iluminó.

—Pues es genial y terrible al mismo tiempo. Cuando eres padre ya nunca más vuelves a dormir tranquilo. Al principio, cuando tienes un bebé en casa, no duermes por algo obvio; pero luego, es como si siempre tuvieras el temor de que podría pasarle algo. Te hace vulnerable. Cuando nos divorciamos sentía que le había fallado a nuestra hija.

—Pero tú no tuviste la culpa…

—Lo sé, y me costó entenderlo, y también agradecerle a mi esposa que me dejara.

—¿Cómo se consigue eso? —le preguntó Víctor—. Te dejó por otro.

—Pero fue valiente. Yo jamás la habría dejado a ella. Siempre he sido una persona muy responsable, con una idea equivocada de la lealtad. Ella me fue infiel, sí, pero fue leal a lo que estaba sintiendo. Y ahora mis valores han cambiado.

—¿Y qué es lo más importante para ti ahora?

—Yo. Mi propia felicidad. Solo así puedo ofrecer lo mejor de mí y hacer felices a los demás, sobre todo a mi hija. Gracias a mi esposa, ahora me siento libre y, por primera vez en muchos años, me ilusiona la idea de llegar a enamorarme de alguien loca y perdidamente.

Violeta pensó en Lucía y lamentó que su amiga no estuviera allí para escuchar las palabras de Salva.

Habían regresado de su excursión cargados de setas y Basilio les preparó una suculenta cena: timbal de verduritas y trompetillas de la muerte, níscalos fritos con cebolla confitada y patatas, y manitas deshuesadas rellenas de hongos y trufas.

—Propongo un juego —dijo Alma divertida tras la cena.

Aunque todos temieron al instante su ocurrencia, ninguno se atrevió a protestar. Se sentían satisfechos después de las delicias de Basilio y algo "alegres" por el pacharán y el orujo de setas que corría velozmente por la mesa; y nadie quería ser un aguafiestas.

—¿Recuerdan cuando jugábamos a "Verdad o reto" en la vieja barbería?

—Yo recuerdo más las largas partidas de *Dungeons & Dragons* —dijo Lucía.

—No, por favor —replicó Víctor—, a veces todavía sueño que soy un semiorco.

Violeta solo recordaba haber jugado un par de veces al juego que proponía Alma, pero no le parecía mal para pasar un rato entretenido.

–Si mal no recuerdo, nos poníamos en círculo y hacíamos girar un lápiz –explicó Mario antes de llevarse una copita de orujo a los labios.

–Y cuando el lápiz dejaba de girar –continuó Víctor–, la persona a la que señalaba debía elegir entre responder una pregunta con sinceridad o ejecutar una orden impuesta por el resto del grupo.

–¿Y el beso? –preguntó inocentemente Violeta despertando las risas de los demás.

–El beso lo utilizábamos como comodín cuando la elección del lápiz no estaba clara. Es decir si, por ejemplo, señalaba un vacío entre dos personas, la alternativa era el beso.

–¿Y cómo se decide las personas que deben besarse? –preguntó Lucía.

–Muy fácil –respondió Alma tomando un dado del bolsillo y demostrando que lo tenía todo pensado–: cada uno de nosotros tendrá un número. Haremos dos tiradas y, como somos seis, las dos caras del dado que salgan tendrán que besarse.

Antes de empezar, recogieron la mesa, ayudaron a Basilio a meterlo todo en el lavavajillas, y se acomodaron en la sala junto a la chimenea.

Distribuidos en círculo, entre el sofá, los sillones y la alfombra, se dispusieron a empezar el juego. Faltaba el lápiz y Alma, luego de echar una ojeada rápida a la sala, se dirigió al escritorio en el que Violeta había estado trabajando esa mañana, tomó uno de sus pinceles de un vasito de agua, lo secó con sus dedos pulgar e índice y lo situó en el centro de la mesilla.

Salva organizó, en un momento, cómo debían distribuirse alrededor de la mesa, alternando chico y chica; y se acomodó entre Violeta y Lucía.

—¿Preparados? —preguntó Alma—. Primero debemos elegir a alguien para que ponga las pruebas y haga las preguntas... Y les informo —añadió con una sonrisa pícara— que yo ya elegí por todos: lo haré yo.

El resto del grupo rio divertido ante la imposición de Alma. Lucía fue la única que se atrevió a protestar.

—¿Y por qué tú? —dijo con tono desafiante, pero sin perder la sonrisa—. ¿No podríamos decidirlo entre todos?

—Sí, cuando el pincel me señale tendrán la ocasión de decidir entre todos de qué forma se vengarán de mí... Además, el juego lo propuse yo, y a ustedes se les ve a la legua que son unos blandos.

—¿Y qué pasará si alguien se niega a hacer alguna prueba? —preguntó Salva para no dejar ningún cabo suelto.

—Pues quedará como un cobarde y mañana hará de esclavo para el resto del grupo... Es el mismo castigo que nos imponíamos de pequeños, ¿se acuerdan?

Nadie dijo nada más y, acto seguido, Alma hizo girar con decisión el pincel. Durante unos segundos todos cruzaron los dedos; nadie quería ser el primero en ponerse en las manos de Alma. Esta vez, para darle emoción, el pincel no señaló a nadie, sino que se detuvo entre Mario y Lucía. Así que decidieron que fueran ellos dos los que lanzaran el dado para ver quienes se besaban.

—Ah, y no valen piquitos —aclaró Salva—. Los besos deben ser besos de verdad, ¿eh?

—Estamos de acuerdo —añadió Víctor para sorpresa de Salva, quien no había contemplado la posibilidad de que le tocara besarse con otro chico.

Rápidamente asignaron los números pares a cada una de las chicas y los impares a los chicos. Mario fue el primero en lanzar el dado.

—¡El seis! —exclamaron todos y sus miradas se dirigieron a la primera víctima—: ¡Lucía!

La segunda tirada, la que decidiría con quién tenía que besarse, le tocaba a Lucía. Sopló un par de veces sobre su puño, cerró los ojos y…

—¡El tres! ¡Salva!

Ninguno de los dos protestó, pero la timidez con la que se levantaron de sus sillas y se aproximaron el uno al otro delataba lo mucho que les incomodaba la situación.

Antes de besarse, se miraron frente a frente y a los dos les entró una risa floja. Después, ella respiró hondo y fue la primera en acercarse a la boca de él. Sorprendido, Salva dejó que entreabriera sus labios y lo besara profundamente antes de colocar una mano en su nuca y devolverle el beso. Durante unos segundos, olvidaron que aquello no era más que el reto de un juego infantil y absurdo, y se entregaron al instante. Cuando Lucía se abrazó a su cuello y cerró los ojos, permitiéndose disfrutar de los extraños sentimientos que empezaban a apoderarse de ella, el resto del grupo comenzó a jalarlos, devolviéndolos a la realidad.

Violeta pensó que hacían muy buena pareja. Los dos eran altos y guapos, y con esa clase de elegancia natural que se transmite desde adentro hacia afuera. Por un momento se los imaginó con quince años: cuando ella le llevaba una cabeza y él era un chico flaquito y desgarbado; ella con brackets y él con el rostro cubierto de acné, inseguros y vulnerables, pero tan maravillosos como los adultos en los que se habían convertido. Parecían dos actores de cine y, como no podía ser de otra manera, el beso que se dieron también fue de película a ojos de los demás.

Con los dedos aún temblorosos y el rostro encendido, esta vez fue Salva quien hizo girar el pincel. El azar quiso, esta vez, que señalara a Víctor.

—¿Verdad o reto? —lo desafió Alma.

—Verdad. No hay nada que no pueda confesar a estas alturas de mi vida.

—¿Estás seguro? —preguntó ella amenazante.

—Prueba.

—Ahí va: ¿Es verdad que una vez te atraparon robando ropa en una tienda de moda?

En ese instante, Víctor enmudeció y su cara y sus orejas empezaron a teñirse de rojo. No entendía cómo Alma podía haberse enterado de eso. Tenía diecisiete años cuando ocurrió, acababa de empezar la facultad y estudiaba mucho para conseguir becas que le pagasen la carrera de Medicina. El dinero que sus padres le daban apenas le alcanzaba para comprar libros y el bono mensual de transporte, así que su vestuario se reducía a tres vaqueros y un puñado de camisas y jerséis convencionales. Aunque no podía pagarla, era un fanático de la ropa de diseño y estaba muy al día de las últimas tendencias. Una tarde, un suéter negro de diseño italiano lo llamó desde un escaparate. Fue probárselo y caer en la trampa de la maquiavélica prenda. Sencillamente sintió que no podía salir de la tienda sin él. Poseído por la atracción hacia el jersey, comprobó que no tenía alarma, entró en el cambiador con varios artículos para disimular y lo escondió bajo su cazadora. Estaba tan nervioso que no se fijó en que una manga le asomaba por detrás. A punto de salir de la tienda, la vendedora se dio cuenta y llamó a seguridad. Después vino la vergüenza y la llamada a sus padres.

Aquel episodio le producía una tremenda vergüenza y nunca se lo había contado a nadie, pero en ese momento cayó en la cuenta de que la vendedora podría habérselo contado a la madre de Alma, que trabajaba en el supermercado de al lado.

—Es verdad —respondió Víctor bajando la cabeza—. Tenía diecisiete años y…

—Yo sigo llevándome bolígrafos de todas partes —dijo Mario para rebajar la tensión.

—Cuando éramos pequeños, mi tío nos llevaba a mis hermanos y a mí a un supermercado enorme y nos decía: "Tomen niños, a merendar gratis…" —explicó Salva—. Comíamos lo que teníamos ganas y dejábamos el envoltorio vacío en la estantería.

Las risas de todos inundaron la sala y Víctor agradeció el esfuerzo de sus amigos por relajar la tensión.

—No se puede ser más tacaño… —dijo Alma cortante—. Y además, esto no es terapia de grupo, chicos. A ustedes dos nadie les preguntó. Ya les tocará confesar sus propias miserias cuando el pincel lo decida. Sigamos con el juego.

Al instante se hizo de nuevo el silencio. Víctor tomó el pincel entre sus dedos y lo hizo girar con delicadeza. Esta vez la elección era clara. Para horror de Violeta, ella era la siguiente víctima.

—¿Verdad o reto? —preguntó Alma desafiante.

Durante unos segundos, Violeta dudó. No sabía hasta dónde era capaz de llegar Alma con sus pruebas, pero se sentía más vulnerable a sus preguntas indiscretas cargadas de mala intención.

—Reto —respondió nada convencida.

Las miradas de todos se centraron de nuevo en Alma, expectantes por saber cuál sería su próxima ocurrencia.

Alma se levantó, tomó algo de su bolso y se dirigió al equipo de música que había en un rincón de la sala. Comprobó que funcionaba y puso un CD. La música alegre de Holly Valance, versionando una famosa melodía turca, con la canción *Kiss Kiss* hizo que Violeta temiera lo peor. Alma, sonriente, volvió a su sitio juntando las manos por encima de la cabeza y desplazando con gracia su cuello a ambos lados, imitando ese movimiento egipcio tan emblemático de la danza oriental.

—Tienes que bailar esta canción encima de la mesa. Te damos tres minutos para que subas a tu habitación y te pongas lo que quieras para este baile… O para que te rindas, te escondas allí y ya no bajes en toda la noche —añadió con una risita sofocada.

Violeta sabía que Alma había premeditado esa prueba para ella. De pequeña siempre fue motivo de burla por su torpeza.

No tenía habilidad para el baile ni para los deportes y sus compañeros siempre la escogían última cuando tenían que formar equipos para algún partido en el recreo. Su flexibilidad era nula y aunque lo intentaba y le ponía gracia, no conseguía moverse con la destreza y naturalidad de Alma.

–Acepto el reto –respondió Violeta. Y corrió escaleras arriba para buscar algo que le ayudara a ponerse en situación.

Rápidamente, cambió su jersey de lana por una elegante camisa negra, que dejó sin abrochar en la parte inferior para anudarla por debajo del pecho; y sus pantalones de pana marrones, por un vaquero de cintura muy baja, que dejaba su ombligo al descubierto. Buscó su pañuelo de seda verde, se soltó los rizos, se quitó las botas y los calcetines, y regresó descalza al salón. Antes de acercase a la mesa, apagó la luz principal, encendió las lamparitas de tela plisada, conectó el equipo de alta fidelidad y se dirigió contorneándose al ritmo de la música hacia la mesa.

Había algo con lo que Alma no contaba. Desde luego tenía memoria y recordaba muy bien los puntos débiles de cada uno, pero habían pasado muchos años y poco sabía de la vida actual de ellos. En el caso de Violeta, las clases de danza del vientre que tomaba desde hacía años le habían ayudado a confiar en su cuerpo y a moverlo con sensualidad al ritmo de cualquier música.

A la luz de la chimenea y del destello tenue de las lamparitas, Violeta parecía una diosa. Su pelo ondulaba al ritmo de sus movimientos de cabeza y hombros, mientras sus brazos se balanceaban en hipnóticos movimientos de serpiente. Sabía mover las caderas, desplazar el pecho en varias direcciones y dibujar ondas con el ombligo. Ayudada por su pañuelo verde, fue deteniéndose un instante en cada uno de sus amigos, deslizando la suave prenda por sus rostros o asiéndoles por sus nucas mientras ella les dedicaba un delicado movimiento de hombros. Cuando le llegó el turno a Mario, Violeta no pudo evitar sonrojarse al ver el brillo en sus ojos y su expresión de deseo. Y poseída por la energía sensual del baile, se atrevió a sostener su mirada y a mover las caderas en círculo, con habilidad.

Mientras Violeta bailaba y marcaba el ritmo con golpes de cadera, hombros, vientre y pecho, los demás la seguían con palmas, asombrados de su destreza. Para terminar, Violeta se arrodilló en la mesa y empezó a curvar su tronco hacia atrás, dibujando un arco perfecto y moviendo los brazos de arriba a abajo.

Cuando la canción acabó, Alma corrió a encender las luces y a apagar el equipo de música. Todos estallaron en un rotundo aplauso y, por primera vez desde que había empezado esa prueba, Violeta sintió temblar sus piernas. Aunque asistía a clases todas las semanas, era algo que hacía por ella misma, para relajarse y destensar la rigidez de su cuerpo, y nunca había bailado para los demás, ni se había exhibido así... Ni siquiera para Saúl que, en más de una ocasión, le había pedido que danzara el baile de los siete velos para él.

—¡Qué increíble sorpresa! —exclamó Salva mientras la tomaba por la cintura y la alzaba en brazos para ayudarla a bajar de la mesa.

—Desde luego, Violetita —añadió Alma visiblemente contrariada.

—Ni la mismísima Shakira lo hubiera hecho mejor… —dijo Víctor haciéndole prometer a Violeta que le enseñaría algunos pasos.

Violeta estaba contenta de haber superado airosa esa primera prueba, pero sabía que a partir de ahora debía rezar para que el pincel no volviera a elegirla. Aquello había sido una deliciosa casualidad, pero no era mujer de muchos recursos y estaba segura de no tener más ases bajo la manga.

Esta vez el azar, o la mano de Violeta haciendo girar el pincel, quiso que la elegida fuera Alma.

—¿Verdad o reto? —dijeron todos.

—Verdad —respondió ella muy decidida.

Los cinco se miraron entre ellos con curiosidad para ver quién tenía la pregunta más comprometedora. Salva fue el primero en hablar, sacando un tema que había intrigado a todos muchos años atrás…

—¿Es cierto que tuviste una relación con el profesor de gimnasia y que por eso lo trasladaron de centro?

Alma miró a Víctor buscando su complicidad, pero antes de que él pudiera decir nada, ella empezó a hablar con voz débil.

—No, no es cierto… Fue él quien abusó de mí. Un día me acorraló en el vestuario y me besó. Yo me quedé paralizada, tenía fama de haber estado ya con muchos chicos, supongo que yo misma alimentaba ese rumor porque me daba igual, pero no era así. Y, además, él era mayor. Tenía veinte años y era nuestro profesor…

Violeta sintió compasión por Alma. Aquella era una experiencia que ninguna niña debía vivir, y lamentaba no haber estado más atenta a lo que pasó su amiga siendo apenas una adolescente. Recordaba el rumor y, aunque nunca le había dado mucho crédito, tampoco se había acercado a Alma para preguntarle.

—Después del beso, no supe reaccionar —continuó Alma—, y él lo interpretó como que le estaba dando permiso, y empezó a tocarme. Le di una patada y salí corriendo antes de que pasara algo más.

Alma tomó aire y cerró los ojos un instante. Los demás se miraron compungidos, sin saber qué decir...

—Se lo conté a la directora —continuó Alma—, pero no me creyó.

—Lo siento mucho, Alma. Yo... no sabía que... —se disculpó Salva por haber sacado aquel tema—. ¿Por qué no nos dijiste nada?

—Eran mis amigos, pero me sentía avergonzada. Solo lo sabía Víctor... Y ahora ya lo saben todos. Pero no sufran por mí, lo tengo más que superado. Así que... sigamos con el juego.

Se hizo un silencio largo antes de que Alma sacudiera la cabeza y volviera a hacer girar el pincel.

Violeta ya no tenía ganas de continuar con aquel juego, pero al ver a Alma de nuevo animada y con ganas de fastidiarlos a todos con sus pruebas, creyó que eso ayudaría a disipar la tensión. También pensó que, tal vez de una manera inconsciente, Alma se estaba vengando un poco de todos ellos por no haberla apoyado cuando más lo necesitaba.

Se sucedieron unas cuantas tiradas más, en las que Víctor tuvo que interpretar el que fue su hit en todas las funciones del último año de la escuela: *A quién le importa*, de Alaska y Dinarama, de la que salió bastante airoso; Salva tuvo que responder una pregunta incómoda sobre su escasa vida sexual en la actualidad, y Mario tuvo que preparar unos cócteles para todos.

A Lucía le llegó el turno justo antes que a Violeta y, de nuevo, el ambiente volvió a caldearse.

Después de elegir verdad, Alma soltó la bomba:

—¿Es verdad que la firma Shone es tuya, que eres multimillonaria y que esta enorme casona es de tu propiedad?

A Lucía le cambió la cara al instante y respondió con una frialdad desconocida en su dulce rostro.

—Cuidado, Alma. Son tres preguntas. No rompas las reglas de tu propio juego.

Sin embargo, sabía perfectamente que respondiendo una ya resolvía las tres. Estaba claro que habían subestimado la malicia de Alma y que había esperado la ocasión para descubrirla y dejarla en evidencia delante de todos. Pero ¿cómo podía haberse enterado? Violeta era la única que lo sabía, pero Lucía se resistía a creer que su amiga la hubiera delatado.

—Es verdad —respondió secamente Lucía—. Soy la creadora de la firma Shone. ¿Satisfecha?

—La creadora y propietaria —matizó Alma.

—Exacto —confirmó Lucía fulminándola con la mirada.

Durante unos segundos todos se miraron en silencio. Violeta sabía que Lucía quería mantenerlo en secreto y lamentó que su amiga acabara confesándolo de esa manera. Ignoraba que la posada rural fuera suya, pero ahora las piezas encajaban. La exquisita y elegante decoración de aquella cuidada casona revelaba la mano de alguien con mucho gusto y presupuesto. Solo esperaba que Lucía no pensara que ella le había contado su historia a Alma.

El resto no hizo ningún comentario. Todos se dieron cuenta de que Lucía hubiera preferido ocultar su exitosa identidad. Les había dicho que era diseñadora de moda y con eso les bastaba. Unos cuantos millones de euros no iban a interferir en su reciente recuperada amistad.

El único que no reaccionaba y que parecía haberse quedado en estado catatónico mirando a Lucía era Víctor. Tenía delante de él a una de sus mayores ídolas y todavía no salía de su asombro.

—Claro —murmuró Víctor para sí mismo—. *Shone* es el pasado de *shine*, "brillar" o "lucir" en inglés. La traducción es "Lucía".

—Sí, no fui muy original que digamos… —confesó Lucía—. Pero ¡no me mires así! —rio finalmente divertida dirigiéndose a Víctor—. Tú eres uno de los mejores cardiólogos de este país… yo solo hago ropa.

El ambiente se relajó y todos decidieron hacer girar un par de veces más el pincel antes de irse a dormir.

Violeta miró insistente a Lucía esperando alguna mirada cómplice que no llegó a producirse.

La siguiente en caer en las redes del pincel fue Violeta, quien volvió a elegir reto cruzando los dedos…

—¿Has visto una posada que hay en las afueras del pueblo junto a la carretera comarcal, llamada "Casa Abundio"?

—Sí —respondió Violeta extrañada. Era el lugar donde había comido ese día con Salva y Víctor.

—Tienes que ir allí y pedir que te frían unas morcillas para todos.

Eran las doce pasadas y Violeta no daba crédito a lo que Alma le pedía… ¡La estaba mandando a freír morcillas!

Para llegar hasta allí tenía que cruzar todo el pueblo y la zona de aserraderos por la carretera que atravesaba de punta a punta Regumiel y recorrer, al menos, una distancia de dos kilómetros. Calculó más de media hora entre ir y volver, sin contar con el mal rato que pasaría en la posada pidiendo que le preparasen las morcillas a esas horas… pero no se atrevió a protestar.

Subió a su habitación a ponerse de nuevo su jersey de lana, las botas, y el abrigo. Antes de cerrar la puerta, buscó la mirada de Lucía, pero no la encontró.

Salva salió en su defensa y se ofreció a acompañarla saltándose las normas del juego, pero Alma cortó su iniciativa en seco.

—Son las reglas del juego. Si la acompañas y abandonas, mañana serás nuestro esclavo.

La propia Violeta aclaró que no era necesario que nadie la acompañara y les dijo a todos que fueran haciendo sitio para las morcillas. Ya en el jardín, pudo escuchar que todos gritaban el nombre de la última víctima del pincel:

—¡Mario!

Una hora más tarde, Violeta entró en Villa Lucero con varias morcillas crudas. El dueño de la posada le había dicho que la cocina estaba cerrada y que si quería morcillas fritas tendría que hacérselas ella misma. No había señal de sus amigos en el salón. Le extrañó que no la hubieran esperado levantados; aunque solo fuera para comprobar que cumplía con su cometido. Pero estaba tan cansada que dejó el paquete en la cocina y subió enseguida a su dormitorio.

El paseo nocturno le había sentado bien. El aire era fresco y no había luna, pero eso hacía que en la oscuridad de la noche, un manto de estrellas brillara con fuerza en el cielo. El espectáculo era tan alucinante que Violeta sintió dolor en el cuello de tanto mirar hacia arriba mientras caminaba. Nunca había visto nada igual… A pesar de la belleza de la noche estrellada, se sentía triste. Su amiga parecía haberse enfadado con ella. Pero también ella tenía motivos para estarlo; al fin y al cabo, Lucía la estaba juzgando injustamente.

Mientras se desataba las botas, sentada en la cama, Violeta oyó unas voces cercanas provenientes de la habitación de al lado. No podía entender bien lo que decían, pero distinguió claramente risas y las voces de un hombre y una mujer. Movida por una curiosidad inquietante, Violeta entró en el baño, cerró sigilosamente la puerta contigua con el pestillo y se quedó inmóvil tratando de escuchar.

Ahora podía identificar perfectamente a Mario y a Alma. También pudo escuchar un ligero crujido de los resortes de la cama, risas y una nítida conversación.

–Si quieres me quito la camiseta –escuchó en voz de Alma.

–Como quieras… –respondió Mario.

MARGARITA

l abrir los ojos, lo primero que Violeta vio fue un enorme nubarrón negro asomar entre los montes de pinares. Le gustaba dormir con las persianas subidas y las cortinas abiertas para que la claridad del alba la despertase; pero esa mañana ni los primeros rayos de sol ni las campanadas de las siete de la torre de la iglesia vinieron a rescatarla de su letargo. Miró su móvil y comprobó aliviada que solo pasaban veinte minutos de las siete. Se había propuesto madrugar todos los días para terminar a tiempo las láminas de flores, y las primeras horas de la mañana eran las mejores para avanzar, pues la inspiraban de un modo especial y nadie la molestaba. También vio que tenía dos mensajes de Saúl en su buzón, pero se resistió a leerlos en ese momento. Se sentía cansada y confundida por los acontecimientos de la noche anterior y necesitaba poner en orden sus pensamientos antes de enfrentarse a nuevas emociones.

Violeta se incorporó en la cama apoyando la espalda y la cabeza sobre dos mullidos cojines y volvió a posar la mirada en la ventana. Entonces vio que el cielo gris se teñía de violeta y negro en el horizonte, y cómo las primeras gotas chocaban impetuosas contra el cristal hasta desencadenar en una lluvia torrencial. A lo lejos, dos diminutas figuras corrían hacia una cabaña de madera para guarecerse de la tormenta. Violeta adivinó que habían salido a buscar setas por las enormes cestas de mimbre que colgaban de sus brazos. Junto a la cabaña, dos gigantescos pinos talados y tres vacas yacían inmóviles, ajenos a la lluvia, en un prado vallado. Violeta contempló emocionada cómo la luz de la mañana se colaba poderosamente en el horizonte entre las densas y negras nubes; y pensó que aquella fracción de cielo, enmarcado en esa ventana de madera verde, parecía un cuadro de William Turner. En casa tenía un libro de arte sobre el romanticismo inglés y nunca se cansaba de mirar las obras del artista. Sentía debilidad por sus cielos poderosos y por la atmósfera que creaba con sus acuarelas, a través de pinceladas vaporosas y etéreas.

También vio el humo gris que salía de la chimenea cónica de la panadería de Anselmo, situada junto a otras idénticas casitas serranas, de tejas árabes, en la ladera. Aun con la ventana cerrada, casi pudo sentir el delicioso aroma a pasteles y pan caliente que el panadero les servía cada mañana.

De repente, un relámpago iluminó el cielo y, de forma instintiva, contó los segundos hasta la irrupción del trueno. *Uno, dos, tres, cuatro…* Arrugó el ceño y se tapó los oídos con las manos para amortiguar el estruendo. Entonces la luz de la lamparita que descansaba sobre la mesilla tembló débilmente un instante hasta extinguirse.

Violeta se tumbó de nuevo en la cama, estiró el edredón de flores hasta cubrir su cabeza, dejando que la pereza la invadiera durante unos segundos y, después de estirar los brazos hacia arriba para desperezarse, dio un largo bostezo y saltó de la cama con los pies juntos.

Entró en el baño descalza, con una camiseta de tirantes azul y una braga del mismo color, se frotó el pelo, bostezó de nuevo y, tras accionar el interruptor y comprobar que allí tampoco había luz, subió la persiana de tablillas verdes. Una luz clara, que se iba tiñendo de color a medida que transcurrían los minutos, iluminaba tenuemente la estancia. A pesar de la poca claridad que entraba por aquella minúscula ventana, Violeta ahogó un grito al ver la imagen que le devolvía el espejo del baño. Tenía dos sombras violetas bajo los ojos hinchados y la piel pálida y apagada. Recordó que había llorado de rabia, antes de que el sueño la venciera, al descubrir que Alma y Mario estaban juntos en la habitación de al lado, y se sintió de nuevo abatida.

El potente chorro de agua templada hizo que se sintiera mejor al instante. Cerró los ojos e inclinó la cabeza hacia atrás, esperando que el agua arrastrara hacia el desagüe todo el cansancio y la tristeza de su rostro.

Cuando salió, se enrolló una toalla y comprobó aliviada en el espejo que tenía mejor cara. El agua caliente había encendido sus mejillas y desdibujado un poco las ojeras, que ahora tenían solución con un poco de maquillaje ligero.

Antes de salir del baño se acercó a la puerta contigua para abrir el pestillo y dejar la entrada libre. En ese momento, acercó su oreja y trató de escuchar algo. Aparte de sus propios latidos acelerados, ningún sonido le llegó desde el otro lado y, por un momento, se los imaginó durmiendo abrazados, plácidamente acurrucados bajo el edredón color chocolate que ella misma había visto al colarse en aquel dormitorio. Sintió una fuerte punzada en el corazón.

Entonces le pareció escuchar la respiración pausada de alguien durmiendo… Durante unos segundos estuvo tentada a abrir esa puerta y salir de dudas; pero, antes de pensarlo dos veces, su curiosidad ya había decidido por ella. Las bisagras intentaron delatarla con un leve chirrido, así que se conformó con acercar su ojo derecho a una pequeña ranura. La habitación estaba a oscuras, pero de una rápida ojeada enseguida detectó un solo bulto bajo el edredón y el pelo ondulado de Mario asomando sobre la almohada. Aquella imagen la reconfortó al instante, pero mientras cerraba sigilosamente la puerta, una voz ronca la sorprendió desde la cama.

—Buenos días, pecosa. Pasa si quieres…

El susto hizo que la puerta se cerrara de golpe y Violeta se sintió furiosa consigo misma por lo que acababa de hacer. Que Alma no estuviera en su cama a esas horas no demostraba absolutamente nada. Además, ¿qué le importaba a ella? Sí… No podía negar que sentía algo especial por Mario. Sus besos y caricias la habían hecho estremecer con sensaciones muy distintas a las que experimentaba con Saúl. Pero eso no significaba nada. Después de quince años, él era un extraño para ella. No sabía nada de su vida. Los dos se habían dejado llevar en el lago y Violeta estaba segura de que si las circunstancias hubieran sido otras, habrían llegado más lejos… Pero ya no tenían quince años y esas cosas pasaban entre adultos de treinta.

A partir de ahora se concentraría más en sus flores y en pasarla bien, y trataría de pensar menos en Mario y en no entrometerse entre Alma y él. Mario le gustaba mucho, pero si no era correspondida no tenía sentido seguir atrapada en esos sentimientos; debía soltar y no dedicarle más energía a un hombre que se había fijado en otra mujer.

Notó un nudo en la garganta y supo que no iba a ser fácil dejar de sentir todo aquello por Mario teniéndolo tan cerca esos días; pero lejos de enfadarse, sintió ternura y compasión por ella misma. Amar a alguien era algo maravilloso; tal vez su corazón se había equivocado al elegir a Mario, pero al menos sabía que era capaz de latir con intensidad y de removerla por dentro con la fuerza de un volcán.

Pensó en Saúl y comprendió de pronto que a él le había sucedido lo mismo. Se había equivocado al elegirla a ella.

Mientras pensaba en todo eso, se puso el abrigo, bajó los peldaños de la gran escalera y se dirigió a la salida. La casa estaba en penumbra, todavía no había señal de luz corriente y tan solo las llamas crepitando en el hogar iluminaban el salón de tonos anaranjados.

Ya en la calle, Violeta se protegió la cabeza con la capucha de su abrigo y atravesó el jardín por un caminito de piedras que conducía al cobertizo: una cabaña de madera situada a unos cincuenta metros de la casona, donde Basilio guardaba utensilios del jardín y algunos trastos. Recordaba que allí había visto un arbusto de enormes margaritas y era una de las flores que tenía que pintar. Seleccionó las más bonitas hasta formar un ramillete y se fijó en la forma perfecta de sus pétalos blancos y ovalados que rodeaban un botón central dorado como el sol.

Instintivamente empezó a desojar una, cuando la voz de Basilio la llamó desde la puerta del cobertizo.

—Ven muchacha, entra o tendrás una pulmonía…

Violeta asintió con la cabeza y entró en la cabaña. Desde fuera, el cobertizo tenía un aspecto de lo más encantador. La madera, de color tostado, parecía recién barnizada y las ventanas con porticones exteriores terminaban de conferirle un aspecto rústico y cuidado. Por eso, se sorprendió tanto al ver el interior. Para poder entrar tuvo que sortear varias pilas de alambres, tuberías y maderas esparcidas por el suelo. Mientras levantaba las piernas para no tropezar, ayudada por la mano de Basilio, se fijó en los cientos de cachivaches, apilados al azar, amontonados por las esquinas y pensó que era un milagro que no se derrumbaran cediendo a la ley de la gravedad. Además de muebles antiguos para restaurar, como varias cabeceras de cama oxidadas de hierro forjado, un escritorio de principios de siglo y diversas sillas y mesas de madera de roble devoradas por las polillas, Violeta contó tres viejas lavadoras, dos vigas de hierro, piezas de varias bicicletas desmontadas, ruedas de coche y todo tipo de hierros y trastos más propios de una chatarrería que de un cobertizo.

Basilio, al ver la cara de Violeta, se justificó:

—Nunca se sabe qué puede hacerte falta…

Violeta no supo qué responder y se encogió de hombros como respuesta.

Si no hubiera sido por el aspecto pulcro y cuidado de Basilio, y por el perfecto estado en el que conservaba Villa Lucero, siempre ordenada, limpia y con flores en todos los jarrones, Violeta hubiera pensado que sufría el síndrome de Diógenes, esa enfermedad que padecen algunos ancianos solitarios y que les lleva a acumular de forma irracional todo tipo de basuras y objetos inservibles.

Violeta había conocido un caso así. Durante años, una anciana octogenaria, vecina suya, se había dedicado a coleccionar en su casa cartones y latas vacías. El problema vino cuando dejó de lavarse y empezó a guardar también restos de comida, que terminaron pudriéndose e invadiendo el edificio de un olor nauseabundo. Cuando la policía vino a limpiar el apartamento tras varias denuncias de los vecinos, Violeta la encontró llorando desconsoladamente en la escalera.

–*Mis cosas… –gemía la anciana–. Se lo han llevado todo. Me dejan sin nada…*

Más tarde, la ingresaron en un geriátrico y Violeta se enteró de que aquella vieja huraña, que vivía en la más absoluta miseria, rodeada de desperdicios, atesoraba en el banco una fortuna de más de un millón de euros. Violeta recordaba que la asistente social que llamó a su puerta para hacerle algunas preguntas sobre la anciana le había explicado la enfermedad con una frase desconcertante:

–*Estas personas no tienen la capacidad de ver que no necesitan esas cosas…*

Sentados en dos tambores de lavadora, que Basilio había improvisado a modo de banquetas, el anciano empezó a reflexionar en voz alta.

–Diógenes fue un filósofo de la Grecia clásica, famoso por vivir de forma muy austera y renunciar a todo tipo de comodidades.

Violeta sacudió la cabeza tratando de mostrarle que la idea de la enfermedad no había pasado por su mente.

–Antes del incendio yo era así –continuó Basilio ignorando

el gesto de Violeta—. Vivía solo y no necesitaba nada de nadie. Me pasaba el día en el monte con mis vacas y solo me relacionaba con Magdalena, la tendera, a quien le vendía la leche a cambio de alimentos, provisiones y libros que me traía de Burgos todas las semanas. Era feliz con mis lecturas, el aire fresco de la sierra y mis vacas. No necesitaba más.

—¿Antes del incendio?

—Sí. Fue hace diez años. De la antigua vaquería solo quedó la fachada. Yo me salvé de milagro y conseguí rescatar a cinco o seis vacas que malvendí en la feria del ganado. Estaba tan deprimido que pasé varios meses sobreviviendo como pude entre las ruinas. De no ser por Lucía, hubiera acabado mendigando por los pueblos o, aún peor, en un manicomio. Pero ese ángel me salvó la vida y me rescató del abismo de la soledad. Por aquel entonces habían demolido lo que quedaba de la casa de Don Anselmo, el bisabuelo de Lucía, después de expropiarla para hacer la plaza del ayuntamiento más grande, así que me propuso comprarme aquellas ruinas y volver a levantar Villa Lucero para convertirla en una posada rural. Al principio la miré con desconfianza, aquella jovencita era demasiado generosa conmigo para tratarse de una extraña... pero la idea de ver de nuevo mi casa en pie era muy tentadora. Además, el trato incluía que yo la regentase a cambio de un salario. Acostumbrado a la soledad, creí que no sería capaz de tratar con los turistas, pero después de un tiempo sentí que volvía a la vida.

—¿Conocías a Lucía antes del incendio? —preguntó Violeta con curiosidad.

—La había visto de chiquilla veraneando con sus padres, pero entonces no sabía que ella era…

—Que era… —repitió Violeta esperando que Basilio terminara la frase.

—Es una historia muy larga.

La lluvia estaba empezando a remitir y Violeta pensó que Basilio daría por concluida la conversación en ese punto, pero el anciano se quitó la boina y empezó a juguetear con ella, haciéndola girar entre sus dedos, mientras empezaba a narrar su historia.

—Me enamoré de Laureana la primera vez que la vi bajar a la fuente. Por aquel entonces se estaban restaurando y asfaltando todos los caminos que unían entre sí los pueblos de la comarca, y su padre, Don Anselmo, era el capataz. Lo habían trasladado de otro pueblo de la sierra, y su familia y él eran forasteros en Regumiel.

»Yo tenía veinte años y estaba solo en el mundo. Acababa de perder a mi padre por las fiebres de Malta, una enfermedad que contrajo a través de las cabras que explotábamos, y que me obligó a sacrificar todo el rebaño y buscar otro empleo; así que solicité un puesto de peón caminero. Entre las obligaciones de aquel trabajo se incluía permanecer en el camino todos los días del año, de sol a sol, recorrer los kilómetros asignados y conservar la carretera en perfecto estado, sin más descanso que las horas señaladas para el almuerzo y la comida. Las condiciones eran duras y pocos estaban dispuestos a soportarlas, así que me dieron el trabajo enseguida y me asignaron siete kilómetros de carretera. Laureana recorría cada mañana unos metros de mi camino para ir a la fuente Blanca, un manantial natural de agua ferruginosa que el doctor le había recetado, por su alto contenido en hierro, como tratamiento para su anemia.

»Era la chica más bonita del pueblo, alta y elegante, de tez muy fina y blanca, pelo negro carbón y ojos verdes como pinares… pero su salud era delicada. Al principio pasaba a mi lado y ni me miraba. Pero, poco a poco, fui captando su atención acompañándola durante su camino mientras le explicaba historias y leyendas del pueblo, que casi siempre inventaba. Cada vez que ella reía o me miraba atenta con aquellos enormes ojos, sentía que ese día había valido la pena. Un día me tomó de la mano y me arrastró hacia una arboleda del camino. Sin decir palabra, me rodeó con sus brazos y me besó apasionadamente en los labios. A partir de ese día, siempre desviábamos su trayecto hacia algún pinar o algún prado cercano. Un día de verano, en que el calor apretaba con fuerza, nos bañamos desnudos en el río. Todo empezó como un juego, pero terminamos haciendo el amor a orillas del Zumel. Ese día Laureana me explicó que su padre quería casarla con el dueño del aserradero y me pidió que huyéramos del pueblo.

»"Fuguémonos", me dijo. "Estos kilómetros de asfalto que has estado cuidando con tanto tesón serán el camino hacia nuestra libertad". Su plan consistía en huir a Soria, donde una tía suya nos refugiaría unos días en su casa. Después, buscaríamos algún empleo y nos instalaríamos en la ciudad. Yo me sentía muy feliz pero, al mismo tiempo, estaba asustado. Su padre era muy estricto y estaba seguro de que se vengaría de mí por interferir en los planes que tenía para su hija. Le pedí a

Laureana que me dejara unos días para ir a Burgos y arreglar unos asuntos antes de escaparnos. Le prometí que volvería a buscarla una semana más tarde, a medianoche, a la fuente Blanca… Pero nunca lo hice. Pensé que tenía poco que ofrecer a aquella muchacha y que tendría mejor porvenir si me apartaba de su camino. Conseguí un empleo de picapedrero en las obras de restauración de la catedral de Burgos y me quedé allí durante cinco años. Cuando volví a Regumiel, no había rastro de Laureana ni de su padre, se habían esfumado del pueblo hacía años y nadie sabía nada de ellos. El dueño del aserradero se había acabado casando con otra joven del pueblo. Acomodé de nuevo mi casa y el establo de las cabras, y compré unas vacas para vivir, mientras esperaba en silencio tener algún día noticias de ella. Con los años, un matrimonio joven con dos niños empezaron a veranear en la casa de Don Anselmo… pero no fue hasta hace diez años, cuando mi nieta vino a rescatarme de las ruinas de mi vida, que supe que Laureana había tenido una hija mía y había muerto de pena a los pocos meses de dar a luz en un convento.

—Qué historia tan triste —dijo por fin Violeta mientras deshojaba la última margarita de su ramillete—. ¿Cuándo te dijo Lucía que era tu nieta?

—No me lo dijo. No hizo falta.

Violeta reparó en ese momento en que los ojos de Basilio eran del mismo azul intenso que los de Lucía.

—Su madre se llamaba Blanca.

—Como la fuente… —añadió Violeta con un suspiro—. Laureana le puso a su hija el mismo nombre del lugar donde se conocieron…

—Sí, y el mismo donde la dejé abandonada aquella noche.

Violeta contemplaba ahora los pétalos blancos que había ido dejando caer al suelo mientras escuchaba absorta la historia de Basilio.

—No dejes nunca que el miedo te dicte lo que debes hacer. En caso de duda, no lo dejes al azar, ni le preguntes a una margarita —continuó Basilio señalando los pétalos deshojados—. La respuesta está en tu corazón… Yo tomé una decisión equivocada y lo he lamentado toda mi vida.

Durante unos segundos los dos se quedaron en silencio contemplando, a través de la puerta abierta del cobertizo, cómo la lluvia repiqueteaba en los charcos.

—Así que hoy nos toca la margarita… —comentó Basilio cambiando de tema.

—Sí, pero me quedé sin modelo —replicó Violeta divertida mostrándole los tres botones amarillos que pendían de los tallos de las flores.

—No te preocupes, la función de las margaritas es ofrecer sus pétalos para que encontremos respuestas a nuestras dudas. El truco es hacer la pregunta correcta después de saber su respuesta.

—Pues esta me dijo que no… —confesó Violeta señalando uno de los tallos.

—Entonces la pregunta correcta es: ¿Me quiere menos que yo a él?

De camino a Villa Lucero, con un nuevo ramillete de margaritas, Violeta pensó que tanto Basilio como Lucía eran muy afortunados por haberse reencontrado. También pensó que el cobertizo descuidado no era más que una parte del lado oscuro y caótico de Basilio, y que todos tenemos. Estaba muy contenta de que se lo hubiera mostrado con confianza a ella. Al fin y al cabo, era solo un espacio pequeño y desde luego no olía mal ni había basura. Estaba segura de que Basilio creía que podría llegar a utilizar algunas de esas chatarras y quizá estaba en lo cierto. Conocía a otras personas, como Alma, con un exterior bello y encantador, pero con un cobertizo o un lado interior oscuro y sucio. Trató de ser compasiva con ella al recordar lo que le había pasado siendo apenas una niña. Estaba segura de que no había sido el único episodio duro en su vida. Violeta recordaba haber visto al padre de Alma tambaleándose por el barrio cuando salía del bar, y a su madre con los ojos llorosos en el supermercado en el que trabajaba. Sin duda, Alma no lo había tenido fácil, y necesitaba limpiar su interior, barrer el dolor y la suciedad acumulados.

Ya instalada en el viejo escritorio del salón, mientras dejaba secar la aguada del fondo de su margarita trazada a lápiz, Violeta contempló una vez más la flor que finalmente había escogido para ilustrar su lámina, haciéndola girar del tallo entre sus dedos y fijándose en cada detalle. El resto del ramillete reposaba en uno de los recipientes de agua que normalmente utilizaba para aclarar los pinceles.

Le gustaba que sus pinturas fueran realistas como los herbarios del Renacimiento, unos bellos cuadernos de acuarelas con bocetos de plantas que los botánicos de la época elaboraban para estudiarlas, y que eran verdaderas obras de arte. Pero también se esforzaba para que esa realidad no resultase fría o distante, por lo que trataba de captar la esencia de cada flor con pinceladas insinuantes y sugestivas que conferían a sus obras una magia especial.

Todavía no había vuelto la luz y, aunque el ventanal situado junto al escritorio dejaba entrar bastante claridad, Violeta había encendido una vela del candelabro de plata, con una llama de la chimenea, para tener mejor iluminación mientras trabajaba.

—¿Me das una margarita? —le preguntó Lucía acercándose por detrás y señalando el ramillete.

—¿Dudas de algo... o de alguien? —preguntó Violeta.

—No —dijo mientras sostenía la flor entre los labios y abría con los dedos la horquilla que debía sujetarla a su pelo—. Pero confieso haber dudado y lo siento mucho.

Violeta entendió que se estaba refiriendo a la pregunta que le hizo Alma en el juego de "Verdad o reto" sobre Shone y a su sospecha de que ella la hubiera delatado.

—Yo nunca diría nada que...

—Lo sé, lo sé, pero me pareció tan extraño que ella lo supiera... Lo siento, de verdad, sé que tú no fuiste. Ella misma me dijo que lo descubrió porque durante un tiempo estuvo trabajando en nuestras oficinas. Le bastó con mirar el organigrama de la empresa para ver mi nombre y atar cabos. Así de sencillo. Por lo visto ahora tiene una tienda de ropa y compra género a nuestra distribuidora. Siempre lo supo.

—¿Estás bien?

Esa pregunta englobaba a muchas otras. Violeta quería saber si se sentía incómoda ahora que todos sabían que era rica y que estaban en su casa; si Alma la había importunado, si había tenido noticias de Esteban, el chico al que dejaron en la estación de Sants... Pero dejó la pregunta abierta para que Lucía le explicara lo que quisiera.

—Sí —respondió con una sonrisa—. Estoy bien. Soy quien soy y no tengo nada de que esconderme... Debí haber confiado más en los demás. Nadie parece haberle dado importancia al asunto. Víctor está encantado y Alma, en el fondo, me hizo un favor quitándome la máscara y dejándome ser yo misma. Anoche, al ver lo afectada que estaba me pidió disculpas y me dio un abrazo de reconciliación.

—¿En serio? —preguntó incrédula Violeta.

—Sí, pero después de eso... la muy lista me pidió descuentos especiales para su tienda.

Las dos chicas empezaron a reírse a carcajada limpia. Desde luego, Alma era incorregible. Lucía recordó también lo de las morcillas y empezó a ponerse roja y a retorcerse de la risa. Violeta se sintió muy feliz de ver de nuevo a su amiga de tan buen humor.

—¿Cómo es que tardaste tanto en volver anoche de Casa Abundio? —preguntó Lucía.

—¿Pero tú sabes dónde me envió esa arpía a freír morcillas?

De nuevo Lucía empezó a reírse con ganas al imaginar a la pobre Violeta cruzando todo el pueblo de punta a punta.

—Bueno, no te perdiste gran cosa. Al ver que tardabas pensamos que te habrías involucrado con Don Abundio y nos fuimos a dormir.

—¿Te refieres al atractivo setentón de la boina de lana y el mondadientes en los labios? Mmm… estuve a esto —dijo Violeta mostrando a Lucía un minúsculo espacio entre sus dedos índice y pulgar— de caer en sus redes.

—Hablando de redes… Alma tendió las suyas en cuanto te fuiste.

—Lo sé.

—¿Lo sabes?

—Escuché algo en la habitación de Mario.

—¿Sabes cuál fue la última prueba del juego?

—No, pero creo que tampoco quiero saberlo —confesó Violeta.

Estaba cansada de preocuparse por algo que escapaba a su control y que poco tenía que ver con ella. Bastante mal lo había pasado ya esa noche al descubrir a Alma en la habitación de Mario, como para tener que escuchar ahora los detalles de Lucía, así que prefirió cambiar de tema.

—Me muero de ganas por saber qué nos ha preparado hoy Basilio para el desayuno… —improvisó Violeta.

—¿No te lo imaginas? —preguntó Lucía con expresión pícara.

—¿Pasteles de azúcar con mermelada casera de frutos del bosque? —preguntó Violeta poniendo cara de éxtasis.

—No. Hoy nos ha preparado un desayuno inglés a base de chorizo, huevos fritos, panceta y… ¡morcillas de Casa Abundio!

—Ahhh, qué mala eres. Seguro que fue sugerencia tuya.

—¡Claro! —dijo Lucía divertida—. Recuerda que soy la señora de esta casa.

Y se dirigió hacia la cocina decidida, alzando el cuello con fingido orgullo y mirando a Violeta de reojo mientras se aguantaba la risa.

Durante el desayuno, todos volvieron a mostrarse alegres y divertidos. La lluvia no parecía dispuesta a remitir y el cielo se había puesto tan negro que Basilio tuvo que encender varias velas para que se vieran bien las caras mientras comían. Los chicos parecían encantados con el día y aprovecharon la ambientación para gastar bromas y contar historias de miedo alrededor de la mesa.

—A nosotras ya nada nos asusta —dijo Lucía rodeando a Violeta por los hombros—. En el camino hemos viajado con una autoestopista fantasma. ¿No es así, Violeta?

Violeta sintió que el vino tinto de mesa que Basilio había puesto para acompañar el pan, el chorizo y las morcillas, le estaba subiendo a la cabeza. ¿Qué hacía bebiendo a esas horas de la mañana? Podría haberse servido un café con leche, como solía hacer, pero tampoco estaba acostumbrada a comer chorizo o morcillas para el desayuno, y le estaba resultando delicioso. Notaba sus mejillas encendidas y la voz ligeramente aguda, pero aun así respondió muy seriamente.

—Es verdad, pero esa fantasma estaba más viva que yo.

—¿Quieres decir que tú no estás viva? —preguntó Mario con una sonrisa.

—Claro que no —añadió Alma burlona—. Violeta siempre ha sido una mosquita muerta. ¿Se acuerdan de aquella fiesta en la vieja barbería cuando Bruno le tomó el pelo haciéndole creer que quería bailar con ella? La pobre se quedó muerta…

Se hizo un silencio incómodo, antes de que Violeta respondiera:

—Yo lo recuerdo perfectamente, Alma. Y también lo que ocurrió justo después…

Violeta apuró la copa y bajó la mirada hacia la inscripción del brazalete de plata que llevaba en su muñeca desde hacía unos días: "Vive rápido, siente despacio". Y en ese momento supo exactamente lo que tenía que hacer. Movida por un resorte invisible, que no acertaba a comprender cómo había accionado, se levantó de su silla y se dirigió hacia Mario.

Durante una décima de segundo le vino a la cabeza una escena que de pequeña la había impresionado muchísimo. Solo tenía cinco años cuando ocurrió, pero lo recordaba con una precisión fotográfica. Estaban en clase de lengua, repasando el abecedario en silencio, durante una tarde lluviosa, cuando su compañera de pupitre se levantó de la silla, se acercó a Pablo, el dulce y paciente profesor que tenían en primaria, y le plantó un sonoro beso en la mejilla. Durante unos segundos todos los niños se miraron sorprendidos sin saber cómo reaccionar, hasta que uno rompió el silencio con una carcajada y empezó a señalar a la niña con el dedo. Rápidamente el resto se contagió de ese niño y empezó a burlarse de ella como monitos de repetición. Violeta hizo lo mismo que los demás, pero en el fondo siempre sintió una admiración secreta por esa niña atrevida que había tenido el valor de besar al profesor, al que todos adoraban, delante de toda la clase. "Nunca se burlen de alguien que les demuestra su amor por muy inoportuno o inconveniente que les parezca", les había dicho el profesor muy serio. "Solo los más valientes no le tienen miedo al amor".

Veinticuatro años después, movida por una lealtad invisible hacia aquella niña, Violeta se sorprendió imitándola. Ante la sorpresa de todos, se acercó a Mario, lo miró a los ojos y lo besó dulcemente en los labios. Sin más. Sin venir a cuento y sin saber por qué. Era la primera vez que cometía una locura así y, mientras volvía a su silla, sintió cómo la adrenalina le bullía por todo el cuerpo y la hacía perder la cabeza. ¿O tal vez era el vino?

Después se dirigió a Alma y le dijo:

—Ya no, Alma, ya no soy una mosquita muerta.

El resto interpretó ese gesto como un pulso de poder, una provocación hacia Alma, que había intentado seducir a Mario la noche anterior y se había pasado con las pruebas de Violeta en el juego de "Verdad o reto". Pensaron que se trataba más de una especie de venganza, por las bromas pesadas de Alma, que de una demostración de amor hacia Mario. Así que todos aplaudieron su "representación" y Violeta suspiró aliviada al darse cuenta de que su acto impulsivo no se había saldado con las burlas de los demás. Mario fue el único que no dijo nada y se limitó a atravesarla con una mirada que Violeta no supo cómo interpretar.

Después del desayuno, y en vistas de que el mal tiempo no permitía excursiones ni salidas a la montaña, decidieron concederse la mañana libre para que cada uno la empleara como quisiera. Como no podían ir muy lejos, Basilio les había prometido una sabrosa comida al mediodía, así que tomó su impermeable y se fue a buscar varios productos e ingredientes a la tienda del pueblo. Salva se ofreció a acompañarlo.

Mario y Lucía se acurrucaron en el sofá del salón, junto a la chimenea, y escogieron un libro cada uno de los que les había traído Salva de su librería. Víctor descubrió una revista antigua, olvidada por algún turista hacía más de cinco años, y se acomodó en uno de los sillones. Mientras pasaba las hojas, con un dedo ligeramente humedecido en saliva para despegarlas unas de otras, dejaba escapar comentarios jocosos sobre las declaraciones de aquel entonces de algunos famosos o de cómo habían cambiado durante ese tiempo.

Alma bajó su neceser de la habitación y empezó a retocarse la manicura mientras escuchaba música de su iPhone, con las piernas estiradas y los pies acomodados sobre el regazo de Mario.

Violeta se sentó de nuevo en el escritorio de trabajo para terminar su margarita, tratando de afinar el pulso y esquivando nerviosa las miradas curiosas que Mario le dirigía desde el sofá.

A la hora de la almuerzo, Salva se sentó al lado de Lucía y comenzaron a hablar del libro que ella había empezado a leer: *La ninja de los libros*, una novela romántica sobre una chica que deja sus libros favoritos en trenes de cercanías, junto con sus datos de contacto, esperando encontrar así al hombre de sus sueños y compartir lecturas con él. Aunque en la contraportada ponía que "nunca hay que valorar un libro por la cubierta ni a un hombre por sus gustos literarios", Lucía estaba analizando a Salva por su pasión por la literatura fantástica.

—Reconócelo, con quince años ya eras un friki. Te sabías párrafos enteros de *El señor de los anillos* y hasta escribías poemas en el idioma de los elfos.

—Cierto, pero ¿qué tiene eso de malo? Tú también eras una friki de Harry Potter.

—¡Y lo sigo siendo! Hay cosas que no cambian… Aunque también disfruto con una buena novela negra o de suspenso.

—Yo soy más de novela romántica —confesó Salva—. No me mires así, me encantan los finales felices.

—Yo prefiero un buen crimen, pero reconozco que la novela que me diste es muy buena. Además, opino igual que la protagonista: los libros son una buena excusa para conectar y conocer mejor a la persona que tienes delante.

—Eso es justo lo que estamos haciendo ahora, ¿no? —comentó Salva mientras se llevaba el tenedor a la boca.

—¿Nos estamos conectando?

La pregunta de Lucía hizo que Salva casi se atragantara.

—Bueno… Estamos hablando de libros… y conociéndonos, porque aunque te conocía hace quince años, ha pasado mucho tiempo. Antes eras una niña tímida y preciosa que leía a Harry Potter y jugaba al básquet… y ahora… —Salva se interrumpió un segundo—. Espera… ¿Estamos conectándonos?

Lucía soltó una carcajada.

—Bueno, ya nos hemos besado, ¿no?

Violeta pudo ver cómo Salva se sonrojaba. Era un tipo sociable y divertido, pero cuando hablaba con Lucía lo hacía de forma atropellada y algo insegura. Y eso, pensó Violeta, lo hacía todavía más encantador, más humano.

Lucía, en cambio, se mostraba más abierta y divertida, más cómoda en su piel, como si no tuviera nada que perder o como si no le preocupara lo que pudiera pensar Salva de ella. Y eso, pensó también Violeta, la hacía más libre.

Basilio optó por una comida ligera: una sopa de verduras de la huerta y truchas al horno. Violeta sufrió un poco con las raspas del pescado y estuvo a punto de tragarse alguna. Le costaba encontrarlas y se acordó de Saúl. Él siempre se ofrecía a separarle las espinas y a ella le encantaba observarlo mientras lo hacía. Le parecía un gesto amable y delicado, como muchos de los gestos que Saúl tenía con ella. Él siempre la había cuidado y había sido cariñoso. Entonces, ¿por qué no era suficiente? ¿Qué había fallado?

Quizá justo eso, que nunca había sido "suficiente".

Aquel sencillo gesto de separarle las espinas del pescado, por ejemplo, que ella interpretaba como algo amable, escondía en realidad una falta de confianza. Lo mismo ocurría con la ropa o con su pelo; él siempre opinaba sobre las prendas que le quedaban mejor o estilizaban su figura, y le sugería que se recogiera el pelo para parecer más sofisticada. Saúl no creía que ella pudiera hacerlo sola o, peor aún, quería que lo necesitara.

Pero el amor no podía basarse en la necesidad, ni en la dependencia… Ahora entendía por qué se había mostrado tan preocupado cuando ella le contó que iba a dejar su trabajo para dedicarse a ser ilustradora. Saúl le había dicho que vivir del arte no era una opción seria, pero que podía contar con su dinero cuando se le acabaran los ahorros. Violeta lo había interpretado de nuevo como un gesto noble y generoso, pero ahora veía que no era así y que siempre la había tratado como a una niña, tal vez por miedo a perderla.

Aun así, ella lo había permitido. Hasta el momento de la ruptura, necesitar a Saúl le había resultado más cómodo que confiar en sí misma y tomar las riendas de su vida.

Aquella revelación la dejó aturdida durante unos segundos.

—¿Estás bien, Violeta? —le preguntó Lucía cuando se levantaron de la mesa y se dirigían al salón—. Estuviste muy callada durante la cena.

—Sí, solo estaba pensando…

—Este lugar es ideal para eso. Creo que es por el aire de la montaña, que ventila la mente y da claridad —reflexionó Lucía.

Tras el almuerzo, Basilio propuso que pasaran al salón y se acomodaran junto a la chimenea mientras él preparaba café e infusiones de manzanilla y menta.

—Basilio, ¿es usted viudo o soltero? —preguntó Alma antes de que se hiciera el silencio.

Basilio arqueó una ceja y miró a Alma sorprendido, no tanto por la pregunta sino por el trato repentino de usted. Había dejado claro a los chicos, desde el primer día, que lo tuteasen; pero Alma pensó que quizá su indiscreta pregunta sonaría más respetuosa con ese trato.

El anciano depositó la bandeja en la mesita que había junto al sofá y dejó que Lucía sirviera el café y las infusiones en las tazas de porcelana. Antes de responder, tomó su pipa curvada, de madera de brezo, del bolsillo de su camisa de franela y se dispuso a encenderla.

—Nunca me casé, pero me considero viudo.

Violeta contempló admirada cómo Basilio cargaba su pipa, desmenuzando cuidadosamente las hebras de tabaco con los dedos y presionándolo en la cazoleta hasta cubrirla, y la encendía con un fósforo de madera. Se trataba de un modelo clásico y elegante, de madera oscura, con un aro plateado entre la boquilla y el caño. Basilio agitó la cerilla para apagarla y volvió a depositar la cajita sobre la repisa de la chimenea. Al momento, un delicado aroma a vainilla y almendras fue inundando la habitación mientras Basilio se fundía en un ritual de aspiraciones suaves y regulares.

—¿Y cómo se explica eso? —insistió Alma volviendo al trato de confianza—. Tenías una pareja sin estar casado y murió…

—Digamos que la única mujer a la que amé de verdad murió.

—¿Hace mucho?

—Cincuenta y seis años —respondió rápidamente sin necesidad de hacer cálculos mentales.

—¿Y nunca más volviste a enamorarte? —preguntó Lucía tímidamente.

—No como aquella vez… Por eso nunca me casé. Hice una promesa y no la cumplí. ¿Qué sentido habría tenido comprometerme con cualquier otra mujer amándola menos que a ella?

Consciente de que hablaban de su abuela, Lucía le dirigió una mirada de ternura y comprensión y, por primera vez desde hacía más de medio siglo, Basilio sintió su alma en paz.

—Eso es amor verdadero —suspiró Víctor—. Ya no hay romances como los de antes…

—Afortunadamente, ¿no? —añadió Alma—. Tiene gracia que precisamente tú, que eres gay, idealices un amor del siglo pasado. En un pueblo como este, hace cincuenta años, tu única posibilidad de relacionarte con algún macho hubiera sido con un cabrón… Y que conste que me refiero al animal.

–Qué bruta eres, Alma… –dijo Violeta con voz suave–. Víctor se refería a los romances intensos, a las pasiones que te arrastran toda la vida, a los amores que se clavan en el alma aunque no quieras… Ahora somos mucho más prácticos y cerramos el corazón cuando olemos dificultades o sufrimiento.

–Pues yo creo que el amor ha de ser fácil… –protestó Salva–. Si te hace sufrir, no es amor.

–Estoy contigo, Salva –dijo Lucía mientras se llevaba la taza a los labios y daba un sorbo a su humeante infusión de menta–. Yo también estoy cansada de equivocarme y de hacer malas elecciones. Durante demasiado tiempo me he sentido atraída por lo contrario de lo que realmente merezco. El amor como concepto romántico e ideal está muy bien… pero para la vida real hay que ser más práctica y elegir con la cabeza. Si dejo que mi corazón elija, siempre me quedo con hombres aprovechadores que no me convienen o que terminan haciéndome daño.

–Lo que tú haces se llama "elegir con los ovarios", no con el corazón –apuntó Alma–. La atracción física y el sexo salvaje están muy bien, siempre y cuando no te engañes o lo confundas con sentimientos más profundos. A mí si un hombre me gusta, voy por él. Sin complicaciones ni remordimientos. Sé que es solo sexo, y lo disfruto. Y hago que él también disfrute. Pero cuando la pasión se acaba, ¡a otra cosa, mariposa! La vida es demasiado corta para complicárnosla con sentimientos…

—Aceptamos el amor que creemos merecer —resumió Mario.

Violeta reconoció la frase de *Las ventajas de ser invisible* y se preguntó si Mario habría leído también la que era una de sus novelas favoritas o solo conocía la cita. Jamás se hubiera imaginado a Mario leyendo algo juvenil, suponía que como hombre de ciencias era más de ensayos sesudos o libros científicos, y eso la hizo advertir lo poco que en realidad se conocían… Y, también, que Lucía tenía razón y "no se puede juzgar a un hombre por sus gustos literarios".

Después pensó en la frase y se dio cuenta de que, en realidad, no era tan distinta a Lucía o a Alma. Las tres elegían a los hombres por razones distintas, pero no por amor. El temor de Lucía era que solo la quisieran por su éxito o su dinero, pero curiosamente ella se fijaba en hombres aprovechadores, incapaces de valorarla como merecía… A pesar de haber sufrido abusos cuando apenas era una niña, Alma conectaba con los hombres a través del sexo, pero se cerraba a los sentimientos y a las relaciones profundas. ¿Y ella? Violeta había elegido el camino seguro; un hombre amable y atento que la cuidaba, pero al que no amaba. En lo profesional había actuado del mismo modo, con empleos estables, que le permitían pagar el alquiler, pero que no le hacían vibrar. *Álbum de flores* había sido su primer encargo importante, pero había tenido que llegar a la treintena para darse cuenta de que debía apostar por su lado artístico si quería ser feliz.

De algún modo, las tres le tenían miedo al amor.

Violeta pensó de nuevo en Saúl. Puede que él no hubiera confiado en ella, pero ella no se había portado mejor con él.

Lo había tratado como a uno de esos objetos que Basilio guardaba en el cobertizo por si alguna vez le "hacía falta". Sabía que Saúl aún esperaba que ella volviera, y ella se había aprovechado de eso, por miedo a estar sola o a darse cuenta de que lo echaba de menos y se había equivocado. A la vuelta quedaría con él para dejarle claro que la relación se había terminado y para agradecerle los años que habían compartido.

–Pues yo creo que es posible elegir con la cabeza y tenerlo todo: amor y sexo, complicidad y pasión, ternura y deseo... –añadió Víctor–. Esas son las relaciones a las que debemos aspirar.

–Vaya, ¡cómo estás hoy! –intervino Alma divertida–. Yo te creía más promiscuo.

–Mientras no llega ese amor perfecto, podemos ir practicando. Cuantas más veces, mejor –respondió Víctor con una sonrisa–. La cuestión es disfrutar de la vida y estar preparado para hundir las raíces en tierra fértil cuando llegue el momento.

–El problema de las relaciones estables es que a todo el mundo le asusta lo cotidiano, como si se tratara de una fatalidad que trae consigo aburrimiento y costumbre –añadió Salva–. Y yo no estoy de acuerdo con eso.

–Ah, ¿no? –preguntó Alma con ironía.

–Creo en lo cotidiano como fuente de complicidad. Para mí no hay nada más completo que una pareja duradera y estable, que acepta que la ternura gane espacio a la pasión, y la complicidad al misterio. Solo cuando somos capaces de amar las imperfecciones del otro, casi tanto como todo aquello que nos enamoró al principio, amamos de verdad.

—Pero ¿es posible elegir racionalmente un amor? ¿No es una contradicción enamorarse con la cabeza? –preguntó Mario interviniendo por primera vez en la conversación y recuperando el tema central–. Realmente, ¿somos libres para elegir?

—No lo creo –intervino Basilio echando el humo de su pipa por la boca–. El amor es imprevisible; uno nunca sabe cómo, dónde o cuándo va a aparecer. Es como el agua; cae del cielo sin que nadie lo planee… Del mismo modo que no podemos poner un balde en la calle y esperar que el cielo lo llene cuando queramos, tampoco podemos pedirle a nuestro corazón que se enamore cuando nos convenga. Como la lluvia, el amor cae del cielo. Sucede cuando menos lo esperas y siempre es una bendición para el corazón sediento.

Durante unos segundos, todos dirigieron sus miradas hacia al exterior, a través de los ventanales de la sala, y contemplaron cómo la lluvia caía de forma insistente formando una espesa cortina de agua. En el silencio, el crepitar de los troncos en el hogar y el rumor de las gotas contra el suelo sonaba como música de fondo.

Tumbada boca abajo y apoyada sobre sus codos en la enorme cama de hierro de su habitación, Violeta hojeaba un grueso libro de plantas medicinales que había encontrado en una estantería del salón. Era un tomo muy antiguo, con láminas a color y una descripción muy detallada de las propiedades de cada planta. Después de la agradable tertulia en el salón, todos habían decidido descansar un rato antes de la cena. Ya había vuelto la luz y Violeta estaba encantada de poder pasar un ratito a solas en su dormitorio leyendo y contemplando el paisaje a través de la ventana. La lluvia no había cesado y ya estaba oscureciendo, pero se distinguían las tenues luces del atardecer en el horizonte.

La calefacción central estaba muy alta y Violeta sintió que los dos enormes radiadores del dormitorio desprendían demasiado calor, así que se quitó el jersey de lana, dejó los vaqueros en una silla, y se puso unos ceñidos pantalones tobilleros de algodón, de rayitas blancas y azules, y una camiseta haciendo juego.

Mientras balanceaba sus pies arriba y abajo y canturreaba *Good Girls Don't Lie* del CD de Ruth Lorenzo, que tantas veces había escuchado durante el viaje con Lucía, alguien llamó a la puerta.

Violeta se incorporó de un salto y corrió a ver quién era. Hubiera esperado a cualquiera de los chicos, menos a él. De pie, junto al marco de la puerta, a Violeta le pareció todavía más alto. Era algo en lo que nunca se fijaba, tenía la extraña percepción de ver a casi todo el mundo de igual estatura. Solo se percataba de la diferencia de centímetros cuando los veía en espacios cerrados, en contraste con el techo o con los marcos de las puertas. Mario le dirigió una tímida sonrisa y le revolvió el pelo como saludo. Violeta llevaba unos gruesos calcetines grises de lana y, descalza a su lado, se sintió realmente bajita.

—Vengo a visitar a mi vecina de habitación… —a Violeta le pareció que estaba algo nervioso, por la forma en la que se mordía el labio, como si no supiera qué más decir o qué diablos hacía llamando a su puerta—. Echaba de menos sus espontáneas intromisiones en mi dormitorio —volvió a sonreír hasta mostrar los hoyuelos.

—De haber sabido que recibiría esta visita, me hubiera puesto mi toalla de gala. Siento no estar vestida, o mejor dicho desvestida, para la ocasión —respondió Violeta alegremente, siguiéndole el juego.

Con ese comentario, había dado pie a que Mario repasara su atuendo de arriba a abajo.

—Ya sabemos que una minúscula y elegante toalla es una apuesta segura, pero esos ceñidos pantaloncitos tampoco están mal…

Violeta señaló su cama invitándolo a que se sentara. El edredón estaba revuelto por el lado en el que había estado tumbada e, instintivamente, alargó un brazo y pasó su mano por encima para alisarlo. Quiso también cerrar el grueso tomo de plantas y apartarlo del centro de la cama, pero la visión de una pequeña araña oscura paseándose muy tranquila, con sus finas patas, entre las líneas de una página abierta, hizo que Violeta soltara precipitadamente el libro y se apartara asustada hacia atrás.

Al ver que se trataba de una araña, Mario se acercó despacio, extendió su mano y dejó que el invertebrado trepara por ella. Durante unos segundos la observó pensativo. Luego se dirigió a la ventana, la abrió y acercó su mano a la pared exterior para que la araña pudiera trepar a salvo por la fachada.

–No sabía que te interesaran tanto los animales –dijo Violeta sorprendida al ver la delicadeza con la que Mario había puesto a salvo a aquella araña–. Si no me hubiera asustado al verla, mi reacción natural hubiera sido aplastarla entre las páginas del libro o darle un zapatillazo.

–Era una araña común e inofensiva. No habría razón para exterminarla… ¿Has oído hablar alguna vez de los monjes jainistas de la India? –preguntó Mario.

Violeta hizo un gesto negativo con la cabeza.

–Caminan siempre con una escoba para barrer el suelo por donde pasan y así no pisar ningún pequeño animal. Como creen que podemos reencarnarnos en cualquier tipo de ser vivo, temen ir por ahí aplastando a algún antepasado suyo.

–¿Me estás diciendo que esa arañita podría ser de mi familia? –preguntó Violeta divertida–. Entonces seguro que no era venenosa –añadió poniendo cara de niña buena.

–Todas las arañas lo son. Es su manera de defenderse de las sádicas que las aplastan con libros o zapatos –dijo Mario poniendo una divertida cara de reprimenda–, pero su picadura solo te hubiera causado una pequeña hinchazón, como la de un mosquito.

–La próxima vez lo tendré en cuenta antes de dar rienda suelta a mi lado exterminador.

–Eso espero. Y si no lo haces por tus antepasados, hazlo al menos por mí. Recuerda que soy biólogo y que estos pequeños animalitos de ocho patas me dan de comer.

–¿Te refieres a que las preparas fritas con un poquito de ajo y perejil?

Los dos rieron. Violeta le preguntó por su trabajo y Mario le explicó que después de doctorarse en Biología, con una tesis sobre arañas, había pasado varios años entre Hawái, California y Londres investigando la evolución de las especies a través del comportamiento de una familia de arácnidos. Recientemente, la Universidad de California y el Museo de Historia Natural de Londres habían intentado ficharlo con importantes becas; sin embargo, sus sorprendentes descubrimientos habían despertado también el interés del departamento de Biología Animal de la Universidad de Barcelona que, encantados con los descubrimientos de uno de sus científicos, le habían ofrecido un contrato por ocho años.

En ese momento, la lamparita volvió a reproducir el temblor de aquella mañana hasta apagarse de nuevo. Sin dejar de prestar atención a las explicaciones de Mario, Violeta se levantó de la cama, abrió la gaveta de su mesita y tomó un mechero con el que encendió varias velas que había repartidas por la habitación.

—A pesar del miedo que provocan a mucha gente, las arañas son uno de los organismos más interesantes del planeta. Existen miles de decenas de especies y son uno de los seres más antiguos de la Tierra; su estructura genética apenas ha variado en más de cuatrocientos millones de años.

—Sorprendente —dijo Violeta admirada, no tanto por los datos que revelaba Mario sino por su vehemencia al hablar de un tema que se notaba que le apasionaba.

—Su seda es uno de los materiales más elásticos que hay. Desde hace años, algunos investigadores proponen utilizar tela de araña en operaciones quirúrgicas, porque repele los microbios y es más resistente que el acero.

–¿En serio? –dijo Violeta fingiendo interés. Aunque el tema le parecía curioso, no lograba concentrarse en las explicaciones de Mario. Se perdía en sus palabras y se quedaba en el movimiento de sus labios. Deseaba tanto volver a besarlos…

–Desde luego –continuó Mario–. ¿Sabías que juntando cientos de hilos de la seda de una araña que habita en Brasil se podría incluso detener un avión en pleno vuelo?

–Ya veo que Spiderman cuenta con un arma muy potente.

Mario sonrió y cesó en su discurso. No quería parecer pesado y sabía que, una vez iniciado el tema, podía pasarse horas hablando de esos invertebrados. Quizá se había excedido en sus explicaciones, pero la atenta mirada de Violeta, con aquellos enormes ojos, cuyas pupilas se habían dilatado de manera encantadora por la oscuridad de la habitación, lo había animado a hablar de su trabajo.

–Eres muy afortunado.

–¿Por qué lo dices?

–Porque se nota que tu trabajo te apasiona.

–He visto tus flores y no me ha parecido precisamente que tú sufras pintando.

Violeta sonrió y Mario le devolvió la sonrisa. Ambos estaban sentados en el borde de la cama con los pies descalzos, apoyados sobre la alfombra de coco. En un arrebato de ternura, Violeta colocó su cabeza sobre el hombro de Mario con naturalidad. Él la rodeó con un brazo y así estuvieron durante algunos minutos, en silencio y casi a oscuras, a la luz débil de las velas. Mario la reclinó con dulzura hasta que ambos se encontraron tumbados en la cama. El leve rumor de la lluvia y de los árboles del jardín meciéndose por el ímpetu de la tormenta los transportó a un tiempo en el que los dos eran niños y un fuerte sentimiento de amor y complicidad los unía.

—Recuerdo que de pequeño, una vez, te disfrazaste de Spiderman —dijo Violeta bajito, temerosa de romper el silencio con un detalle nimio.

—Ese año tú ibas de Sirenita...

Violeta lo recordaba muy bien. Su madre se había pasado días enteros cosiendo las escamas de papel de seda plateado a su disfraz; pero había estrechado tanto la tela para conseguir el efecto de la cola, que apenas podía caminar con el traje puesto. Como solo podía moverse dando pequeños pasitos, aquel año Violeta casi no pudo bailar en la fiesta del colegio. Percatándose de su escasa movilidad, Mario se ofreció a llevarla en brazos de vuelta a casa, atravesando con ella a cuestas el paseo de la avenida. La imagen de un niño Spiderman rescatando a una pequeña Sirenita resultaba muy curiosa e hizo que la gente se girara divertida a su paso.

A Mario le gustó que ella lo recordara y sonrió. Entonces fue consciente del roce de Violeta contra su cuerpo, intuyó su contorno y el tacto suave y cálido de su piel, y se estremeció al percibir el peso de su cabeza sobre el brazo y de su melena rizada haciéndole cosquillas en el cuello. Recordó el día en que la conoció, mojada y vulnerable. Mientras su madre y él la observaban y la vestían, ella no protestó en lo más mínimo. Estaba asustada, pero se mantuvo firme, con los ojos bien abiertos y la boquita apretada, aferrada al mango inservible de su paraguas. Desde ese momento la amaba y ahora sentía que toda su vida cobraba sentido si finalmente desembocaba en ese instante perfecto en el que la tenía entre sus brazos. Sintió el deseo como un impulso poderoso y urgente, y comenzó a besarla en el cuello.

Violeta giró su cara hacia él y ambos se miraron bajo la cálida luz de las velas, descubriendo el amor adulto en los ojos del otro. Mario la atrajo buscando sus labios y abriéndolos en un beso apasionado. Ella tembló y dejó escapar un leve suspiro mientras sus manos se aferraban a la espalda de él y asían con fuerza su cuerpo hacia ella. Mario aspiró el aroma a vainilla y canela de su piel, y cerró los ojos para memorizar su perfume.

Entonces la incorporó de nuevo y levantó sus brazos para poder pasar la camiseta celeste de algodón por encima de su cabeza. Sus pechos, redondos y turgentes, quedaron al descubierto mostrando orgullosos sus pezones rosados, endurecidos por el deseo. Mario los acarició con dulzura, como quien toca una delicada pieza de porcelana china, y siguió el contorno de su cuerpo con los dedos, haciendo que la piel de la joven se estremeciera al contacto. Después, recorrió las curvas de sus senos con los labios y los dibujó con su lengua.

—Violeta…

La voz ronca y susurrante de Mario hizo que un volcán de emociones la sacudiera por dentro y deseara que ese momento no terminara nunca. Mientras le desabrochaba la camisa, Violeta acercó la cara al pecho de él, aspirando la tibieza de su piel e inspeccionando con las manos abiertas y mucha curiosidad ese torso desconocido. Ávida de contacto, aproximó su cuerpo desnudo para fundirse en un abrazo de fuego. Por primera vez, Violeta descubría maravillada el cuerpo adulto de su amor de la infancia. Su torso era más escultural de lo que había imaginado bajo sus ropas. El pecho y abdomen, sus amplios hombros y sus brazos, delgados y atléticos, parecían cincelados por un escultor. Violeta quiso fundirse con el calor y la suavidad de su piel, mientras lo sembraba de caricias y cedía al vaivén de sus cuerpos. Los pantalones de ambos yacían ya en el suelo, cuando unos golpes en la puerta devolvieron a los dos amantes a la realidad.

–Violeta, ¿estás despierta? –se oyó desde el otro lado–. ¿Puedo pasar?

Violeta se incorporó de la cama y miró asustada a Mario, quien de un brinco recuperó su ropa del suelo y corrió veloz a ocultarse en el baño que comunicaba con su habitación. Aunque agradecía que él hubiera reaccionado con tanta rapidez y sabía que era mejor no hacer público lo que había ocurrido entre ellos, en el fondo se sintió decepcionada por el final repentino de un encuentro tan mágico.

Rápidamente, Violeta se puso los pantalones y la camiseta, y corrió a abrir la puerta.

Lucía entró como un torbellino y se dirigió directo hacia el interruptor de la luz.

–¿Qué haces a oscuras? Hace rato que tenemos electricidad. Pobre, y tú aquí leyendo a la luz de las velas –dijo Lucía señalando el libro de plantas que Violeta había dejado abierto sobre su mesilla, al tiempo que soplaba las llamas de los cirios que iba encontrando a su paso–. Pero ¿te encuentras bien? –preguntó al ver los ojos vidriosos, el pelo revuelto y la cara encendida de Violeta–. No tendrás de nuevo fiebre, ¿verdad? Quizá todavía te quede algo del enfriamiento que agarraste en el lago de las princesas… –añadió mientras llevaba la mano a su frente.

Violeta la tranquilizó diciéndole que estaba bien, que se había quedado dormida y que se acababa de despertar.

–Solo vengo a decirte que la cena estará lista en media hora. Alma ha insistido en prepararla… Pasé por la cocina hace un momento y olía realmente bien, pero desconfío de sus intenciones. No sé si pretende impresionarnos o envenenarnos a todos –dijo con una sonrisa.

Violeta se había olvidado de Alma desde el momento en el que Mario había entrado en su habitación, pero la visita de Lucía y la huida apresurada de él hicieron que se acordara nuevamente de la conversación que escuchó en el baño.

–Lucía, esta mañana no quise saber cómo acabó anoche el juego en mi ausencia –dijo Violeta dubitativa antes de hacerle la pregunta–, pero me muero de curiosidad… ¿Cuál fue la última prueba que Alma le puso a Mario?

–Lo obligó a hacernos un masaje en la espalda, durante diez minutos, a cada uno antes de irnos a dormir. Todos fuimos desfilando por su habitación para que cumpliera su prueba. Alma fue la última en visitar su dormitorio, pero sé que salió a los diez minutos porque nuestras habitaciones comparten baño y me crucé con ella poco rato después… Me dijo que había intentado "cobrarse algo más que un masaje", pero por lo visto Mario no se mostró muy receptivo a su jueguecito.

Ahora, con el misterio resuelto, la felicidad de Violeta era completa… O, al menos, eso creía.

Mientras se daba una ducha, Violeta no quitó ojo a la puerta que comunicaba el baño con la habitación de Mario. No había echado el pestillo y, en el fondo, albergaba una mezcla de ilusión y temor a que él la sorprendiera.

Al entrar en el baño, había encontrado la bañera mojada, gotas de agua en el suelo y un agradable olor a su perfume que delataban que Mario había estado allí durante la visita de Lucía. El espejo del lavabo no estaba empañado y no pudo evitar sonreír al intuir que él se había dado una ducha con agua fría.

Cuando Violeta entró en la cocina, todos estaban ya dispuestos alrededor de la mesa. Se alegró de tener a Mario justo enfrente y le dirigió una mirada de complicidad, que fue correspondida con un divertido guiño de ojo. Alma fue la única en percatarse de la escena y miró extrañada, alternativamente, a Mario y a Violeta.

Sabía que Alma era capaz de cualquier cosa para salirse con la suya. Si se había encaprichado con Mario, no se rendiría con facilidad. Ya lo había dicho esa misma tarde en la conversación que tuvieron junto a la chimenea: "A mí si un hombre me gusta, voy a por él", y a Violeta no le quedaba ninguna duda de que lo intentaría hasta el final… Pero, lejos de preocuparla, la situación la divertía. Sentía incluso curiosidad por ver qué artimañas emplearía Alma en su empeño. Confiaba en Mario y, sobre todo, confiaba en ella misma. Ya no era una adolescente insegura a la que podían herir fácilmente. ¿De qué modo podía dañarla Alma, entonces?

Basilio se había tomado el resto del día libre, había quedado en el bar del pueblo para su partida semanal de Mus, y Alma se descubrió como una cocinera realmente buena. Les había preparado una lasaña de calabacín deliciosa, y salsas de yogur y pepino, y humus para acompañar con pan. Una vez fregados los platos y con la mesa limpia, Salva trajo una baraja de cartas española y propuso jugar unas partidas al Cinquillo.

—Pero si eso es para niños o jubilados… —protestó Alma por la simplicidad del juego.

—Todos conocemos las reglas, jugábamos mucho en la vieja barbería. Así que no habrá que aburrirse con largas explicaciones y rememoraremos el pasado —se justificó Salva.

—Está bien —cedió Alma—, pero con una condición… Pongámosle un poco de emoción al juego.

—Eso, eso —añadió Víctor con gracia—, juguemos con garbanzos… A ver quién se gana un potaje.

Todos rieron divertidos por la ocurrencia de Víctor.

—Mejor aún —añadió Alma con voz misteriosa—, quien pierda tendrá que cumplir un reto.

—Está bien —dijo Salva con ganas de cerrar la discusión y empezar el juego lo antes posible—. Fijemos ya la prueba.

—Tiene que ser algo que fastidie de verdad —concluyó Alma mientras se rascaba la cabeza pensativamente y dirigía su mirada hacia la ventana.

El temporal no había remitido y la lluvia continuaba cayendo con fuerza en el exterior.

–¡Ya lo tengo! A unos tres kilómetros de aquí, justo a la salida del pueblo, por la comarcal que conduce a Soria, hay una fuente de agua ferruginosa. Lo sé porque vi el letrero desde el autobús cuando llegué a Regumiel. Quien pierda deberá ir hasta allí y llenar una botella como prueba.

–Es la fuente de la Teja. ¡Pero está muy lejos y llueve mucho! –añadió Lucía.

–Ahí está la gracia –comentó Alma.

–¿No es esa la fuente Blanca? –preguntó Violeta con curiosidad recordando la historia de amor entre Basilio y Laureana.

–Sí… –respondió Lucía, extrañada de que Violeta conociera ese otro nombre–. La llaman así por el color turbio característico de este tipo de agua de manantial… Cuando sus virtudes empezaron a conocerse y comenzó a venir gente de la ciudad, los del pueblo se reían de ellos por beber un agua que consideraban "sucia" y empezaron a llamarla burlonamente "la fuente Blanca".

Nadie quería quedar mal así que, aparte de Lucía, no hubo más protestas sobre la prueba. El peor de treinta partidas debería caminar bajo la lluvia hasta la fuente y volver con una botella llena.

La presencia cercana de Mario turbaba a Violeta. Cada vez que levantaba la cabeza de sus cartas y sus miradas se cruzaban sentía cómo los latidos se le aceleraban y la sangre le bullía por dentro encendiéndole hasta las orejas. Violeta recordó el dicho popular: "Afortunado en el juego, desafortunado en el amor" y se extrañó de que la suerte la acompañara durante las primeras manos, después de lo que había ocurrido en su habitación hacía apenas unas horas.

Como si con ese pensamiento hubiera roto la música del azar que hasta el momento sonaba a su favor, la suerte de Violeta cambió de pronto y empezó a perder partida tras partida. Le pareció extraño que siempre le tocaran los peores naipes, lo que le daba poca opción de triunfo, pero ni por un momento imaginó que Alma pudiera estar haciendo trampas mientras repartía las cartas…

Al cabo de una hora, ya había una perdedora.

Violeta se puso el impermeable y salió asqueada. Era la segunda vez que la desterraban de la casa en plena noche y se veía obligada a andar sola por caminos que no conocía hasta las afueras del pueblo. Esta vez era el azar quien la castigaba. Podría haberle tocado a cualquiera de los seis. Y Alma había fijado el castigo antes de conocer al perdedor… Pero, aun así, a Violeta le pareció sospechoso que Alma siempre la dejara "fuera de juego" al final de la noche. La idea de que quizá trataba de despejar el camino para tener vía libre con Mario hizo que Violeta frunciera el ceño en un mohín. *¡Será bruja!*, gritó para sus adentros. Pero rápidamente se sobrepuso a su enfado y empezó a caminar con paso decidido para estar de regreso lo antes posible.

Por mucho que Alma se empeñara, Mario ya había elegido, y Violeta se sentía viva por la expectativa de lo que ocurriría a partir de entonces.

El fuerte viento que soplaba en su contra y la lluvia que le azotaba la cara no parecían dispuestos a ponérselo fácil, pues le impedían avanzar con toda la rapidez que deseaba. En la posada, el calor del hogar y la cena la habían sumido en una agradable modorra. Se sentía cómoda en la cocina jugando y charlando alegremente con sus amigos. Pero ahora, el frío la despertaba a bofetada limpia de lluvia, aire helado y soledad.

A los pocos metros de sufrir las inclemencias de un tiempo cruel, Violeta se lamentó de su propia suerte y estuvo a punto de dar media vuelta. Sin embargo, el orgullo venció finalmente su batalla interna y empezó a acelerar el paso. Abrió una mano y algunas gotas cuajaron en su palma formando agua nieve. Llevaba la botella en uno de sus bolsillos y el crujido del plástico vacío, mientras caminaba, le sonaba a reclamo urgente. Se moría de ganas de verla llena.

Cuando llegó a la salida del pueblo, se encontró con una intersección de dos direcciones. Dudó por un momento y no supo qué camino tomar, así que decidió entrar en Casa Abundio, el restaurante donde le habían vendido las morcillas la noche anterior, y consultar. El dueño de la posada la miró extrañado y le preguntó de dónde era... Cuando Violeta respondió "de Barcelona", el anciano la miró comprensivo, como si le hubiera dicho "Estoy loca" o "Yo soy así", y salió con ella hasta la calle para indicarle el camino con todo lujo de detalles.

A Violeta le hizo gracia la reacción del anciano y empezó a caminar en la dirección señalada con una sonrisa en los labios. Mientras avanzaba por el arcén de aquella carretera, se acordó de que Basilio había trabajado durante años en ese tramo para remendar los pequeños socavones del uso y conservarlo en perfecto estado. Pensó también en Laureana, la abuela de Lucía, y en su trágico destino ligado a aquel camino y a aquella fuente de agua turbia.

La lluvia caía con fuerza y Violeta empezó a sentir cómo el frío y la humedad se calaban en sus huesos. La luna se dejaba ver de a ratos, entre intervalos de nubes negras, sumiendo a Violeta la mayor parte del tiempo en una desconcertante oscuridad. De vez en cuando, los faros de algún coche solitario también le iluminaban algún tramo del camino. Lucía le había dado una linterna para alumbrarse, pero su luz era muy tenue y apenas le permitía distinguir sus propios pasos.

Poco tiempo después, Violeta divisó un cartel blanco que anunciaba la fuente, pero le costó algunos minutos más encontrarla. Tuvo un pensamiento para Laureana y se le hizo un nudo en la garganta al imaginarla aquella noche sola, esperando en vano a que Basilio viniera a su encuentro...

Cuando ya estaba a punto de desesperarse, el sonido de un manantial de agua a sus pies le hizo bajar la vista y descubrir un pequeño caño de hierro en el suelo, protegido con una teja roja. Suspiró aliviada y se dispuso a llenar la botella.

Mientras desandaba lo andado, de nuevo camino hacia Villa Lucero, Violeta se sintió feliz. Ahora veía la botella llena y nada podía perturbarla. A pesar de estar empapada y temblando de frío, sabía que en unos minutos estaría de nuevo a salvo. Entonces podría darse una ducha de agua caliente y secarse al calor de la chimenea.

De pronto, el chirrido infernal de unos neumáticos que trataban de frenar en el asfalto mojado hizo que Violeta se girara asustada. La luz cegadora de unos faros, que la apuntaban a pocos metros, la empujó hacia el precipicio de la cuneta. Por suerte, los reflejos de Violeta funcionaron en el momento decisivo haciendo que saltara hacia un lado, pero no pudieron evitar que se golpeara con una piedra. Sintió un dolor agudo en la sien y un manantial caliente brotando de su cabeza. Los temblores se sucedieron en espasmos y Violeta se aferró al mundo de los vivos por un hilo de conciencia.

Antes de perder el conocimiento, sintió unos brazos que la alzaban con fuerza y la rescataban del fondo de su abismo. Sonrió al recordar la imagen de Mario vestido de Spiderman llevando en brazos a la Sirenita. Entre delirios, pensó que el hombre araña había aprendido mucho de esos invertebrados que tanto le apasionaban. A ella la había atrapado en sus redes de acero y ya no había escapatoria posible. Entonces, ya no opuso más resistencia, se abandonó en aquellos brazos y se dejó arrastrar dócilmente de la mano de Morfeo.

AZALEA

—¿Estás bien? ¿Quieres un poco de agua?

Violeta intentó inútilmente abrir los ojos. Los párpados le pesaban como losas y un fuerte dolor de cabeza martilleaba sus sentidos. Cuando por fin lo consiguió, solo vio oscuridad y sombras a su alrededor. Trató de enfocar la mirada en aquella voz que le hablaba con dulzura y le apartaba de la cara los mechones humedecidos por el sudor, pero solo logró identificar una figura difusa que la incorporaba con delicadeza por detrás y le acercaba un vaso a los labios.

Sentía la boca seca y el cuerpo ardiendo. Como si se tratara de una flor marchita, el agua fresca la reconfortó e hizo que se sintiera mejor al instante. Antes de dejarse abandonar nuevamente a un profundo y desconcertante sueño, agradeció el gesto con una sonrisa.

Al cabo de unas horas, que a Violeta le parecieron una eternidad por las sucesivas pesadillas, volvió a abrir los ojos. De nuevo distinguió solo sombras en la oscuridad, pero esta vez se dio cuenta de que las persianas estaban bajas y las cortinas corridas, así que trató de levantarse para iluminar la habitación. Al apoyar los pies sobre la alfombra, tropezó con su propia ropa esparcida por el suelo. Entonces reparó en que estaba completamente desnuda y volvió a acurrucarse en la cama bajo el edredón. Intentó recordar cómo había llegado hasta la posada la noche anterior, y no lo consiguió. La escena difusa de unos faros enceguecíéndola hizo que otras imágenes se sucedieran como flashes en su mente: la partida de cartas, la lluvia, el camino, la fuente Blanca... Pero ¿quién la había traído de vuelta a casa? ¿Y quién le había quitado la ropa? Violeta tenía una laguna a partir de ese momento.

No recordaba lo mucho que sus amigos se habían asustado al verla entrar inconsciente, empapada y con una brecha sangrante en la cabeza, en brazos de un desconocido. Tampoco se había enterado de la visita del médico del pueblo, quien después de examinarla y limpiarle la herida, había resuelto ponerle una tirita de sutura. La brecha no era profunda, pero le preocupaba el golpe y su estado de semiinconsciencia, y había sugerido que alguien la vigilara durante toda la noche.

La cabeza había dejado de dolerle y Violeta se sorprendió al encontrar en su frente una aparatosa venda cubierta de esparadrapo. Trató de arrancársela con cuidado, cuando alguien la detuvo.

—No lo hagas.

Aquella voz le resultaba tan familiar... Al cabo de unos segundos, la luz cegadora de un sol radiante de mediodía la deslumbró. Y pudo ver la identidad de aquel hombre que subía las persianas de tablillas verdes y descorría las cortinas de su habitación. Al principio le costó ubicarlo en ese contexto y tuvo que restregarse los ojos un par de veces para asegurarse de que no era un espejismo o una alucinación de su cabeza golpeada. Pero sí, no había duda, era Saúl.

Al verla con los ojos abiertos, Saúl le sonrió desde la ventana y se acercó velozmente a la cama para abrazarla.

Solo hacía un mes que no se veían, pero Violeta lo encontró cambiado. Su aspecto habitual, escrupulosamente afeitado y peinado con gomina extrafuerte, se había transformado con una varonil barba de tres días y un pelo ondulado, sin domesticar, que acentuaba su rostro cuadrado y le daba un aspecto más juvenil. Su estilo de banquero serio se había suavizado con un aire más desenfadado. También había cambiado su eterno traje oscuro por unos vaqueros azules y un jersey de lana verde musgo, a juego con sus ojos.

–¿Cómo estás, cielo? –le preguntó Saúl mientras le acariciaba la mejilla con el dorso de su mano.

Violeta distinguió su perfume habitual a regaliz, y se sintió reconfortada por ese aroma familiar y tranquilizador. Pero, después de fundirse en su abrazo cálido y protector, de nuevo las dudas volvieron a asaltarle. ¿Qué hacía allí Saúl?

–¿Qué pasó? ¿Qué haces aquí? ¿Cuándo llegaste?

Las preguntas brotaron de su boca como un torrente incontrolable.

–Tranquila… Te diste un golpe en la cabeza.

–Lo sé… Yo… venía de la fuente Blanca y un coche…

–Mi coche.

–¿Tú?

–La carretera estaba oscura, llovía mucho y, de repente, vi una figura saltar ante la luz cegadora de los faros. Paré el coche y corrí a socorrerla. Cuando vi que eras tú, casi me muero. Estabas inconsciente y te sangraba la cabeza. Temí lo peor…

A Violeta le sorprendió la expresión afectada del rostro de Saúl y agradeció sinceramente su preocupación por ella. Sin embargo, aún no terminaba de entender qué hacía allí.

—Pero ¿cómo llegaste hasta aquí?

—En tu mensaje mencionaste el nombre de este pueblo. Al principio me enfadé un poco, hacía semanas que quería verte… y ni siquiera me llamaste para explicármelo. Pero luego pensé: "Si Mahoma no va a la montaña… iré yo a Regumiel de la Sierra". Solo me diste el nombre, pero fue muy fácil dar con la única posada de todo el pueblo. Te envié dos mensajes para decirte que venía. Violeta, ¡tenemos tantas cosas de las que hablar!

Ella recordó haber visto esos mensajes en su móvil la mañana anterior, pero al final, con los acontecimientos del día, olvidó leerlos.

—Lo que no esperaba —continuó Saúl— es que tus amigos fueran tan impresentables. Todavía no entiendo cómo dejaron que salieras en plena noche, con esa lluvia, a caminar sola por una carretera tan oscura. No quiero ni pensar qué podría haberte ocurrido si no llego a pasar yo por ahí.

Violeta estuvo a punto de responder que, en ese caso, ella no habría acabado en la cuneta. Saúl conducía demasiado deprisa para circular por aquellos caminos comarcales. Sin embargo, no quería herir sus sentimientos y se limitó a sonreírle de forma tranquilizadora.

—Estoy bien. Afortunadamente no pasó nada.

—En eso te equivocas. Crees que estás bien… pero no podemos estar seguros. Hoy mismo, en cuanto recuperes un poco las fuerzas, nos vamos de aquí. Quiero llevarte a un hospital y que te hagan un chequeo completo. Ayer respondiste bien a las preguntas del médico y dijo que no parecía nada grave, pero debemos asegurarnos.

—¡Estoy bien! —repitió Violeta agobiada por la preocupación excesiva de Saúl. No recordaba nada de la noche anterior y le dolía un poco la cabeza, pero se encontraba bien—. ¿Qué me preguntó el médico?

—Tu nombre, tu edad, si nos reconocías a los demás…

—¿Y respondí a todo eso?

—Sí. ¿De verdad no lo recuerdas? Quizá tengas una conmoción cerebral. Hay que ir a un hospital urgentemente —Saúl se acercó a su cara y la miró fijo, preocupado—. ¿Te sientes mareada? ¿Ves borroso?

—Ya te dije que estoy bien… —Violeta cerró los ojos y trató de poner en orden sus pensamientos—. ¿Qué dijeron mis amigos anoche?

De pronto sintió curiosidad por saber cómo habían reaccionado al verla llegar herida en brazos de Saúl.

—Parecían preocupados. Los chicos, al ver que tardabas, habían salido a buscarte hacía rato y no estaban en la posada. Alma se lamentaba de haberte dejado salir con ese tiempo. Y la rubia… —Saúl se detuvo un instante tratando de recordar su nombre.

—Lucía.

—Sí. Lucía fue a buscar al médico del pueblo y se presentó con él al instante. Después de revisarte, dijo que la herida era superficial, pero que había que vigilarte toda la noche para ver cómo evolucionabas. Me explicaron lo del juego y la apuesta… Alma lloraba y se disculpaba constantemente. Esa chica es un sol. En verdad estaba afectada por lo que te había ocurrido. Lo que no entiendo es cómo los tres chicos te dejaron ir sola. Lo siento, cariño, pero ¿en qué estabas pensando para salir con esa tormenta? Fue imprudente y temerario. Y tú no haces ese tipo de cosas.

—Era solo un juego… —respondió Violeta muy bajito, avergonzada ante la mirada recriminatoria de Saúl.

—Después llegaron los chicos y se sorprendieron mucho al verme. Les dije que era tu novio y que yo mismo te ayudaría a meterte en la cama y me quedaría contigo en la habitación para cuidarte toda la noche.

—¿Les dijiste qué…? —preguntó molesta. En ese momento recordó que estaba completamente desnuda. También vio el otro lado de su cama revuelto y entendió que había dormido junto a ella. Se sintió vulnerable. Saúl la había visto desnuda cientos de veces, conocía bien su cuerpo… pero ya no estaban juntos. Hacía más de un mes que habían roto y aquel gesto le pareció ahora una intromisión a su intimidad.

Violeta pensó en Mario. Recordó los momentos de pasión vividos en esa misma habitación, en esa misma cama, la tarde anterior, y sintió una punzada de tristeza en su corazón. Habían estado a punto de hacer el amor… ¿Qué pensaría ahora de ella después de que Saúl se hubiera presentado como su novio?

—Les dije la verdad, Violeta, que somos una pareja. Tú y yo pasamos momentos difíciles, pero todas las parejas atraviesan crisis y nosotros podemos superarlo. Estuve pensando mucho y sé dónde hemos fallado. No podemos echar por la borda todo este tiempo de felicidad.

Sumida en sus propios pensamientos, Violeta desvió por un momento la mirada hacia el prado mojado que se extendía más allá de los vidrios salpicados por la lluvia de la noche anterior. Ahora el sol calentaba con fuerza y hacía que el verde intenso de los pinos y la hierba brillaran de un modo especial mientras se secaban al calor de los rayos de otoño.

Con tono pausado y firme, Saúl volvió a captar la atención de Violeta con una convincente explicación de lo que les había ocurrido. Le habló de cómo la costumbre había "matado" a la pareja; y de cómo los dos habían dejado que la rutina diaria devorara la pasión, poco a poco, a bocados lentos pero voraces, dejando en su lugar los restos de una relación agotada y aburrida que no habían sabido salvar.

Saúl le recordó el momento mágico en el que se conocieron en aquel parque cubierto de hojas secas; las primeras citas, cuando él acudía nervioso y hablaba sin cesar por miedo a los silencios incómodos y ella le llevaba regalos curiosos: un frasquito con tiempo libre para verse más, una bolsita atada con un lazo rojo llena de besos para cuando la echara de menos…; también recordó su primer viaje juntos a Roma, donde no paró de llover ni un solo día y ella compró un enorme paraguas transparente para que pudieran mirar en cualquier dirección sin perderse ni un solo detalle de la ciudad; el verano que pasaron pintando las paredes de su apartamento y retozando cada tarde en el suelo, cubiertos de pintura…

Violeta no pudo evitar que una lágrima resbalara por su

mejilla. Hasta el momento, no había llorado por aquella relación muerta. Había asumido el final de ese amor como algo irremisible. Cuando tomó la decisión, hacía meses que ya no hacían el amor ni se dirigían miradas o palabras apasionadas. Su relación se había convertido en algo demasiado fraternal; como dos amigos que comparten apartamento, gastos, alguna salida al cine y poco más. Y había vivido aquella ruptura más como una liberación necesaria, que como una pérdida. Sin embargo, las palabras de Saúl la transportaban a un momento en el que los dos habían sido felices juntos. Las lágrimas entonces empezaron a brotar de sus ojos, y se sintió realmente confundida…

–No quiero perderte –continuó Saúl tomando el rostro afectado de Violeta entre sus manos–. Empecé a amarte de verdad hace un mes; cuando leí tu carta de despedida. Sé que suena contradictorio, pero fue exactamente en ese momento cuando me di cuenta de que lo que había sentido hasta entonces por ti no era nada comparado con esa mezcla de dolor y desesperación que me invadía al perderte. Cuando viniste aquel sábado a recoger tus cosas y encontré el apartamento vacío, sin ningún rastro tuyo, como si nunca hubieras existido ni pasado por mi vida… me sentí morir.

–Para mí tampoco fue fácil –dijo Violeta recordando aquel momento.

–Hubiera hecho cualquier cosa por retenerte a mi lado, pero algo me decía que debía dejarte espacio. Quería que pensaras… Tenía la esperanza de que tú también me echaras de menos y volvieras a mi lado. Ahora sé lo que es amar. Te amo con esa clase de amor en la que solo me importa una cosa: hacerte feliz. Y quiero que sepas que puedo hacerlo… si tú me dejas. Te echo tanto de menos, Violeta.

—Estoy aquí, Saúl. Y sabes que puedes contar conmigo para lo que quieras.

—Pero yo no añoro solo tu presencia. Añoro tu piel, tu risa, tu aliento, tu mirada, tu alegría… Hace tiempo que no te veo reír, que ya no sonríes, y sé que en parte soy culpable.

—Tú no tienes la culpa…

—Sí, sí la tengo. Sé que no me he portado bien, Violeta. He querido protegerte demasiado y maté tu amor con asfixia. ¡Quiero recuperarte! Te echo tanto de menos… a ti y a tus pinceles mojados sobre mis camisas recién planchadas, a tus manchas de pintura en mis papeles, a tus macarrones quemados, a tus despistes…

A pesar de la emoción y de las palabras de Saúl, Violeta era consciente de los contras que pesaban en el otro lado de la balanza. Saúl había tenido un gesto de amor y nobleza al reconocer sus errores y su responsabilidad en que la relación fracasara, pero el problema principal era que ella había dejado de amarlo. Recordó las palabras que Salva había pronunciado en la sobremesa del día anterior junto a la chimenea: "Solo cuando amamos las imperfecciones del otro casi tanto como sus virtudes, amamos de verdad", y pensó que no merecía un amor como el que Saúl le profesaba. Pero… ¿cómo podía intentarlo de nuevo con él sin traicionar sus verdaderos sentimientos? Si no se hubiera reencontrado esos días con Mario, ¿le habría dado otra oportunidad a esa relación?

Saúl se aproximó a Violeta y la besó en los labios. Fue un beso largo y profundo. Su boca exigente se retorció sobre la de ella para saborear lentamente su dulzura, buscando una pasión que no logró despertar. A Violeta no le disgustó ese beso familiar, pero no logró encender la bola de fuego que ardía en su interior cada vez que Mario la besaba. El mero recuerdo de aquel primer beso en el lago de las princesas lograba debilitar sus piernas y hacer vibrar su pecho por el deseo de más caricias.

Violeta se llevó la mano a la herida y Saúl interpretó el gesto como una queja de dolor. Entonces recordó que el médico le había recetado algunos medicamentos para Violeta y que debía ir al pueblo más cercano a comprarlos.

—Antes de irme, déjame que te ayude a bañarte y a vestirte.

—No es necesario —replicó Violeta—. Puedo hacerlo sola. Estoy bien, de verdad.

Saúl cerró la puerta sin demasiada convicción y le recordó a Violeta que, en apenas unas horas, saldrían de vuelta para Barcelona.

Ella no estaba nada convencida de esa decisión que él había tomado sin siquiera consultarle pero, por el momento, asintió con la cabeza y dejó que se fuera tranquilo.

Una vez bañada y vestida, bajó impaciente a la cocina. Se moría de ganas de ver a Lucía, o a alguno de sus amigos, y explicarles que estaba bien. También quería empezar su cuarta acuarela. Ya solo le quedaban dos flores y no quería bajar el ritmo. Mientras se daba una ducha, se había quitado el esparadrapo y había descubierto la tirita de sutura que contenía una pequeña brecha. Se sorprendió al no notar ningún tipo de dolor en la cabeza y sí, en cambio, en su estómago: estaba hambrienta.

No halló rastro de sus amigos ni en el salón ni en la cocina. El único que estaba en casa a esas horas era Basilio, quien después de ofrecerle un delicioso pan tostado con queso fresco y membrillo casero y preguntarle cómo estaba, le explicó que, aprovechando el buen tiempo, el resto había salido de excursión a las lagunas de Neila.

Violeta se sintió decepcionada de que ninguno de ellos la hubiera visitado a su habitación para ver cómo estaba o, al menos, para despedirse de ella, pero Basilio los justificó enseguida:

—Vendrán a comer en un par de horas —dijo mirando el reloj de cuco de la entrada—. Pensaron que querrías descansar toda la mañana o estar a solas con tu novio.

Violeta trató de explicar, como pudo, la relación que la unía a Saúl y el motivo de su visita, pero el anciano cambió de tema.

—¿Qué flor nos toca hoy?

—La azalea —respondió Violeta esperando impaciente las explicaciones de Basilio.

—Vaya, en esta época del año no hay azaleas por aquí. Florecen en primavera… Sin embargo, hay un libro de láminas antiguas que puede ayudarte —comentó el anciano mientras se colocaba unas gafas de alambre y buscaba entre las estanterías del salón.

—Lo tengo yo. Lo tomé prestado ayer para inspirarme.

—Chica lista. Elegiste un buen libro.

Mientras Violeta devoraba con ganas su enorme pan tostado, Basilio le sugirió salir a dar un paseo por el jardín. Después de la lluvia, el cielo estaba despejado y había adquirido un intenso tono azul, y el verde de los prados casi molestaba a los ojos con su sorprendente brillo.

—La azalea es la flor de la templanza y la fuerza interior. Esta planta nos anima a tomar decisiones difíciles desde el corazón y a asumir los cambios con entereza. Nos ayuda a actuar cuando debemos hacerlo.

—No me vendrían mal unas gotitas de azalea —dijo Violeta pensando en su situación de incertidumbre e indecisión.

—Quizá pueda conseguirte la esencia mañana. Hay un herbolario en el pueblo de al lado…

—No sé si mañana estaré aquí, Basilio…

—Entonces deberás buscar la azalea que llevas dentro. O inspirarte en ella mientras la dibujas. Su nombre viene del latín y significa "tierra seca". Es capaz de crecer en los terrenos más áridos, de ahí viene su fortaleza.

—¿No necesita agua?

—Bueno, aunque resiste muy bien en tierras sedientas, solo florece con la lluvia primaveral. Como todas las flores, agradece el agua que le cae del cielo…

Violeta se quedó un rato pensativa. Ella también necesitaba templanza para resolver su dilema interior. Se encontraba en medio de una encrucijada y no sabía qué camino tomar. Por un lado estaba la pasión, el misterio y la incertidumbre de un amor nuevo que hacía que su sangre hirviera y se sintiera viva. Por otro, tenía el amor reposado y tranquilo de Saúl. Un amor sin emociones ni sobresaltos, pero conocido, previsible y seguro.

Era consciente de que Saúl se merecía algo mejor, pero, aun así, debía volver con él y explicárselo. No podía dejar que regresara solo a Barcelona después de lo que había hecho por ella. Había ido hasta allí para recuperarla. Él sí se había atrevido a luchar por su relación, le había dicho que la amaba... ¿Y si solo tenía que esforzarse como él? Tal vez con terapia de pareja y voluntad para salvar la relación podrían arreglarlo. Quizá debía luchar por ese amor. ¿Y si nadie la amaba jamás como lo hacía Saúl? Al fin y al cabo, con Mario no había hablado de tener una relación ni nada parecido.

Otra opción era resolver la ecuación despejando las dos incógnitas y quedándose sola. Si no estaba segura de lo que quería, tal vez no merecía el amor de ninguno de esos dos chicos.

—Ojalá tuviera la fuerza de la azalea —resolvió finalmente.

—No subestimes el poder de la violeta —añadió Basilio sonriendo.

—Es que no sé qué camino tomar. Ya no estoy segura de nada, ni siquiera de mí.

—Los cambios siempre asustan. La rutina es cómoda; así que preferimos continuar con trabajos que no nos gustan, con relaciones infelices o con vidas prácticas y seguras, antes que enfrentarnos a lo desconocido.

—¿Y qué hay de lo que arriesgamos? —apuntó Violeta.

—La vida es un riesgo. Pero hay que vivirla como un misterio por descubrir, lleno de emocionantes aventuras, sorpresas e imprevistos, y no como un problema por resolver. La vida es un juego... y dura tan poco, mi niña. Vive, siente y deja que sea tu corazón quien se equivoque... Casi nunca lo hace.

—Entonces debo arriesgar… –pensó Violeta en voz alta.

—No estoy diciendo que la solución sea siempre cambiar o arriesgar lo que tienes… Solo digo que hay que ser valiente para cambiar de andén cuando estamos seguros de que viajamos en sentido contrario. Y no dejar que ningún tren arrolle nuestros sueños.

Violeta abrazó al anciano y se dirigió a la casona, pensativa e inquieta. ¿Por qué tenía que ser todo tan difícil? Cuando creía que ya lo entendía todo y que por fin tenía las cosas claras, ocurría algo que ponía de nuevo su mundo del revés y volvía a dudar de todo.

Sentada en el escritorio del salón, con sus acuarelas y pinceles preparados, y el libro de botánica abierto en la página de la azalea, Violeta se dispuso a empezar la lámina de su cuarta flor. Tomó uno de sus lápices afilados y se lo enroscó en el pelo, improvisando un recogido, para que los mechones rebeldes no interfirieran en sus planes. A pesar del golpe, de la visita incómoda de Saúl y de sus sentimientos palpitantes por Mario, se sentía inspirada. Delante de sus acuarelas, era capaz de desconectarse del mundo y centrarse solo en su trabajo. Mientras decidía el color de su azalea, comenzó trazando varias florecillas con un lápiz fino. La variedad cromática de esta planta le permitió escoger entre varios tonos. Al final, optó por un rojo fuego, el color de la acción, la pasión y la fuerza, y empezó a dar vida a aquellas flores acampanadas.

Al mismo tiempo que mojaba su pincel en un vasito transparente, tiñendo el agua de un intenso tono carmesí, Violeta miró a través de la ventana y vio a Saúl y a Alma charlando animadamente en el jardín. Ella llevaba el pelo recogido en una graciosa coleta y su abundante melena negra atraía los reflejos del sol con una intensidad asombrosa. Había cambiado los vaqueros y las botas de los días lluviosos anteriores por una falda acampanada, de paño negra, hasta las rodillas y un ceñido jersey rojo de cuello alto, que estilizaban su figura y acentuaban sus curvas. Después del paseo por el monte, sus mejillas estaban encendidas y algunos mechones habían escapado de su favorecedor peinado. Alma trataba de apartarlos sin éxito de su cara mientras la brisa de la sierra se empeñaba en hacerlos volar con libertad. A Violeta le pareció que Saúl la miraba fascinado y, por un momento, pensó que hacían una bonita pareja. Curiosamente, no sintió ninguna punzada de celos, como aquella otra mañana en la que había observado a Mario y a Alma en una situación similar en la cocina.

Justo en ese momento, ella le acababa de contar algo y él se reía a carcajadas. Hacía mucho tiempo que Violeta no lo veía reír de aquella manera, y se sintió triste por no haber sabido hacerlo feliz. Alma reparó en que los miraba tras el cristal y le dirigió una rápida mirada desafiante... o al menos eso le pareció a Violeta.

Al bajar la cabeza y fijar de nuevo la vista en la azalea del libro antiguo que le servía de modelo, reparó en un dato curioso sobre aquella flor: "La miel que producen las abejas a partir de la azalea resulta altamente venenosa". Leyó esa frase para sí misma y no pudo evitar volver a pensar en Alma, vestida ahora del mismo rojo intenso que su azalea. Estaba convencida de que no eran pocos los hombres a los que habría hecho sufrir tras probar su dulce néctar. Aunque, ¿quién era ella para juzgarla? ¿Acaso no estaba haciendo sufrir a Saúl con sus eternas dudas?

Mientras pensaba todo eso, vio a Saúl dirigirse hacia el cobertizo con Basilio. El anciano iba cargado con un baúl antiguo y agradeció la ayuda del muchacho propinándole una cariñosa palmadita en la espalda.

—¡Violeta! —exclamó Alma fingiendo sorpresa al entrar en el caserón y encontrarla sentada en el viejo escritorio del salón—. ¿Qué haces levantada y trabajando? Pensé que estarías descansando en tu habitación, después del golpe de anoche…

—Pues ya me ves… —le respondió sin siquiera levantar la vista de su lámina.

—¡Estaba tan preocupada por ti!

Durante unos minutos, Violeta la miró fijo tratando de descifrar la intención de sus palabras. Por primera vez, su voz sonaba sincera y arrepentida, pero no estaba dispuesta a dejarse convencer tan pronto.

—No debí sugerir una cosa así —continuó Alma con su disculpa—; salir en mitad de la noche, con esa tormenta… ¡No sé en qué estaba pensando!

—Ese es tu problema, Alma —se atrevió a decir Violeta con voz firme para su propia sorpresa—, que no piensas. Solo te preocupas por ti, por lucirte y por quedar encima de cualquiera, aunque para ello tengas que humillar o ridiculizar a los demás… ¿Qué pensabas? ¿Que soy tonta? ¿Que no iba a darme cuenta de tus trampas al repartir las cartas?

Ahora la voz de Alma había recuperado su habitual tono

envenenado y, sin sorprenderse ni desmentir la acusación de Violeta, respondió:

—No me hables tú de juego sucio… No creo que a Saúl, "tu novio" —dijo recalcando esas dos palabras—, le hiciera mucha gracia descubrir lo tuyo con Mario.

Violeta la miró sorprendida por la crueldad de sus palabras y pensó que no merecía un nombre tan bonito. Quizá podía engatusar a los demás con su dulce voz y su cara angelical, pero a ella ya no la engañaba. Alma era una desalmada. Y su nombre solo cumplía una misión: compensar su carencia. De eso estaba segura. Pero ¿cómo era posible que solo ella se diera cuenta? Los chicos siempre la excusaban, incluso Saúl había dicho hacía un rato que era "un sol".

Estuvo a punto de responderle y decirle que Saúl ya no era su novio, que quería a Mario de una forma que ella sería incapaz de comprender y que, pese a tener sus sentimientos clarísimos, no quería herir a Saúl ni precipitarse con Mario… Pero Alma se anticipó a sus palabras, añadiendo con desdén:

—No sufras, no le diré nada a tu novio. Además, ya no tienes que preocuparte por Mario. Se ha ido. Han descubierto una nueva especie de esos arácnidos que tanto le apasionan y se tuvo que ir a toda prisa a Brasil. Me pidió que lo despidiera de ti…

Un instante después, Violeta vio desde la ventana que el resto del grupo empezaba a asomar por el valle y Alma corrió a su encuentro con una manzana en la mano. A primera vista, con su deslumbrante sonrisa y su pelo negrísimo, cualquiera la hubiera confundido con la mismísima Blancanieves. Solo Violeta sabía que debajo de aquel disfraz se encontraba la bruja desalmada. Aquella reflexión hizo que una mueca, parecida a una sonrisa, asomara a sus labios.

La noticia le había caído como un balde de agua fría. Deseaba hablar con Mario, explicarle su verdadera situación y la presencia de Saúl. La idea de que él se hubiera ido pensando que ella no había sido honesta y que tenía pareja la llenaba de tristeza. ¿Qué sentido tenía haberse reencontrado con él, después de tanto tiempo, para alejarse de nuevo así?

Recordaba muy bien la sensación de pérdida que experimentó quince años atrás, cuando él se fue a Boston con su abuela. Entonces eran muy jóvenes y ninguno de los dos tuvo el valor de confesar su amor al otro. Violeta lo recordaba ahora como si el tiempo no hubiera transcurrido… La tarde anterior se habían visto en la plaza del mercado. Se limitaron a pasar el rato sentados en una banca, con la mirada fija en el suelo y sin hablar. No sabían qué decir… Los asustaba la separación, quizá nunca más volverían a verse, y ninguno de los dos quería decir nada que pudiera aumentar el sufrimiento de la ausencia. Al final de la tarde, cuando el sol ya estaba muy bajo y en la plaza solo quedaba alguna pareja de enamorados rezagada en alguna banca en la oscuridad, Mario rodeó a Violeta con sus brazos y la miró con ojos vidriosos. Así permanecieron durante un buen rato, abrazados en silencio, temerosos de que llegara el momento de separarse y decirse adiós. Cuando ya no podían estirar más la tarde, Violeta se armó de valor y besó a Mario en los labios. Fue un beso breve y dulce, muy distinto a los que habían compartido dos días atrás en la verbena de San Juan. Pero esa leve caricia de sus bocas, a modo de despedida, quedó bien gravada en su corazón. Antes de salir corriendo y atravesar la rambla en dirección a su casa, estuvo a punto de susurrarle dos sencillas palabras de amor al oído, pero no fue capaz. Quince años después, Violeta experimentaba la misma tristeza, el mismo nudo en el estómago, la misma sensación de vértigo de quien se enfrenta a un gran vacío.

–¡Violetita! ¿Te encuentras bien?

Lucía fue la primera de los tres en ir corriendo alegremente a su encuentro. La había visto desde el jardín, a través de la ventana situada junto al escritorio, y se había lanzado a la carrera para ver a su amiga y darle un abrazo.

Víctor y Salva entraron unos segundos después.

–Bella, tienes muy mala cara… –comentó Víctor sinceramente recibiendo un codazo de Lucía y una mirada de reproche de Salva–. Perdón, pero es que estás tan pálida… Si quieres luego paso por tu habitación y te echo un vistazo.

Por un momento, todos miraron sorprendidos a Víctor. Habían olvidado que era médico.

Violeta sabía que su cara era un reflejo de su alma. Se sentía triste tras la noticia de la partida de Mario y le apenaba que, en pocas horas, su aventura en la sierra acabara con el viaje de regreso con Saúl. Aun así, se limitó a asentir con la cabeza.

–Estoy un poco cansada. Solo es eso –añadió con una sonrisa para tranquilizar a sus amigos.

–Yo mismo podía haberte curado ayer –dijo aproximándose a Violeta y echando una rápida ojeada a la herida de su cabeza.

—Como habían salido a buscarla y no sabía cuánto iban a tardar, decidí llamar al médico del pueblo —se excusó Lucía—. Estaba semiinconsciente y deliraba.

—Es cierto. Decías algo sobre una tela de araña y una chica abandonada en una fuente... —comentó Víctor—. En cualquier caso, hiciste muy bien, Lucía. La herida no es profunda, pero con los golpes en la cabeza hay que actuar rápido. El médico del pueblo hizo bien su trabajo y, lo más importante, tranquilizó a Saúl, que estaba muy nervioso.

—Tu novio nos dio ayer una buena reprimenda —añadió Salva—, y con toda la razón. No debimos dejar que salieras con ese temporal. Siento mucho lo que te pasó... Suerte que Saúl es un tipo listo y vino a rescatarte de nuestras garras a tiempo.

Violeta interpretó el doble sentido de esa frase y recibió encantada el fraternal abrazo de Salva. Sin embargo, se sorprendió a sí misma emitiendo un débil quejido de dolor. Mientras se daba una ducha, había descubierto algunos magullones, pero no había sido consciente de su cuerpo golpeado hasta ese achuchón.

La puerta del reloj de cuco del salón se abrió y un pequeño pájaro de plumaje verde salió de su casita de madera de roble para anunciar la hora, cantando su singular "cucú" tres veces. En ese momento, Basilio entró a buscar a los muchachos para la comida. Alma y Saúl estaban ya en la cocina. Mientras ella terminaba de poner los cubiertos y los platos, él aliñaba una enorme ensalada.

—Bueno, entonces, ¿para cuándo la boda? —preguntó Alma a Saúl, mirando de reojo a Violeta.

—Sí, sí —bromeó Salva—. Aprovecha ahora que se dio un golpe en la cabeza para pedírselo.

Lucía propinó un suave codazo a Salva, quien la miró sorprendido, sin terminar de entender.

Saúl recibió los comentarios de buen agrado. Estaba encantado de que todos lo hubieran acogido como su pareja y de que Violeta no lo hubiera desmentido. La idea de que quizá ella estaba empezando a replantearse la situación, lo animó y lo llenó de esperanzas.

—No lo atormenten —intervino Lucía—. Quizá no son de los que se casan.

Ella era la única que conocía la situación de Violeta. Durante el viaje, su amiga le había explicado el desamor en esa relación y lo difícil que le había resultado la ruptura. Y ahora sufría al ver que Violeta lo estaba pasando mal.

—Yo en su lugar —dijo Alma refiriéndose a Violeta y tomando a Saúl del brazo—, lo tendría clarísimo. No dejo escapar a un hombre así ni loca.

Saúl le agradeció el cumplido con una sonrisa y miró a Violeta de soslayo para ver su reacción.

La muchacha empezó a notar un dolor agudo en su cabeza. Se sentía muy mareada y había perdido el apetito. Aunque el cordero al horno con setas que Basilio había preparado estaba delicioso, hacía rato que masticaba, una y otra vez, el mismo bocado. Se moría por retirarse un rato a su habitación y salir de aquella trampa de Alma, pero no sabía cómo hacerlo sin resultar maleducada. Por suerte, Víctor, que al igual que Lucía se había percatado de que algo no iba bien, salió a su rescate.

–Violeta, no te obligues a comer si no tienes hambre. Saúl nos dijo que no se quedan esta noche. Es mejor que descanses un rato y recuperes fuerzas para el viaje.

Saúl asintió con la cabeza aprobando la sugerencia de Víctor, pero justo cuando hacía el gesto de levantarse de la mesa para acompañarla a su habitación, Víctor intervino de nuevo:

–Deja que yo me encargue. Para algo hay un médico en el grupo, ¿no? Le echaré un vistazo a esa cabecita.

Violeta hubiera preferido subir sola a su dormitorio y abandonarse un rato a la oscuridad de su habitación y a la calidez de su mullida cama, pero dejó que Víctor la acompañara sin rechistar. Se tumbó con cuidado en la cama y cerró los ojos. Quería desaparecer durante un rato y que el mundo la dejara en paz. Sin embargo, Víctor no parecía dispuesto a dejarla sola tan fácilmente.

–Gracias, Víctor –dijo Violeta cerrando un solo ojo en un guiño–, pero mi cabeza está bien. Solo necesito descansar un poco.

–No es tu cabeza lo que me preocupa, sino tu corazón. Recuerda que soy cardiólogo –aclaró con una sonrisa–. Y puedo ver en él una herida mucho más profunda que la brecha que te hiciste anoche.

–¿Qué quieres decir?

–Pues que estás triste porque Mario se fue, que Saúl no es la persona que deseas a tu lado, que no quieres irte esta tarde a Barcelona con él y que tu corazón está harto de que no lo escuches…

–¿Ese es su diagnóstico, doctor? –bromeó Violeta.

—Sí, tú búrlate si quieres, pero un corazón triste es un corazón herido. Y mal curado, esa tristeza se convierte en desilusión... De vez en cuando está bien abandonarse a la melancolía, pero no cuando es el momento de actuar.

Violeta se sorprendió de las palabras de Víctor. Hasta el momento no había tenido ocasión de hablar con él de esa forma. Sus conversaciones solían girar en torno a temas frívolos como la ropa de diseño, los cantantes de moda o la vida de los famosos… pero estaba claro que no era tan superficial y que conservaba la misma sensibilidad de siempre. Violeta recordaba que de pequeño solía ejercer de hombro comprensivo para todos los del grupo, pues siempre era el primero en darse cuenta cuando alguno de los cinco tenía un problema.

—¿Y qué sugieres que haga?

—Hacerle caso a tu corazón.

—Estoy hecha un lío, Víctor. Mario se fue, y ni siquiera se despidió de mí, y Saúl me pide que volvamos a intentarlo. Vino hasta aquí para decirme que me quiere. Es bueno, atento, cariñoso…

—Y es comestible, sí… También lo he notado. Pero el caso es que no lo amas.

Violeta miró esta vez sorprendida a Víctor.

—Debo irme con Saúl —respondió sorprendida de su propia respuesta—. Se merece una segunda oportunidad… Y yo también.

—¿Y Mario? Tendrías que haber visto su cara anoche cuando te vio entrar en brazos de Saúl. Está confundido, pero volverá.

—Pero si se fue a Brasil, Víctor. Me lo dijo Alma esta mañana.

—¿A Brasil? ¿Y solo se despidió de ella? Es muy extraño.

Estaba convencido de que se había ido a pasar el día fuera, al monte, con la excusa de buscar no sé qué animales. Aunque, en el fondo, es obvio que huye de esta situación. No quiere enfrentarse a la presencia de Saúl.

—Es igual. Ahora ya es demasiado tarde.

—Salgamos de dudas. Entremos en su habitación y comprobemos si sus cosas siguen ahí o no.

—No, Víctor, por favor —suplicó Violeta—. Ya tomé una decisión. Regreso a Barcelona. Dentro de unos días entregaré mis láminas de flores y continuaré con mi vida. No sé si volveré o no con Saúl, pero se merece que lo escuche, que hablemos y, quizá, hasta que lo intentemos de nuevo.

Violeta bajó al cabo de un par de horas con su maleta en la mano. No había podido descansar mucho, pero al menos se sentía mejor después de la conversación con Víctor y de un relajante baño con sales de lavanda. Desde la escalera pudo ver cómo sus amigos charlaban animadamente alrededor de la chimenea con Saúl. Estaba empezando a oscurecer y sabía que no tardaría mucho en pedirle que partieran. Así que dejó sigilosamente su maleta y sus utensilios de pintura en la entrada, y salió a buscar a Basilio. No quería irse sin despedirse tranquilamente del anciano. Durante esos días, el abuelo de Lucía no solo había sido un perfecto anfitrión, conversador infatigable, soberbio cocinero y buen amigo para todos; a Violeta, además, le había confiado secretos que llevaban décadas enterrados en su corazón y la había ayudado con sus acuarelas, revelándole misteriosos mensajes de las flores.

Violeta lo vio a lo lejos, junto al cobertizo, partiendo leña para el hogar, y se aproximó lentamente, retrasando el momento de la despedida. Quería conservar en su mente aquella imagen del anciano recopilando los troncos partidos, con las montañas verdes de fondo y el sol poniéndose en el horizonte.

—¿Ya te vas, Violeta? —le preguntó Basilio.

—Sí, ha llegado el momento.

—¿Estás preparada?

—Mis maletas ya están en la puerta.

—No me refería a eso.

Violeta respondió esta vez encogiéndose de hombros y esbozando una sonrisa de resignación.

—Fíjate, Violeta, qué cielo más bonito; no hay ni una sola nube —continuó Basilio cambiando de tema.

Una esférica y blanca luna empezaba a hacer acto de presencia en el cielo, mientras el sol se hacía el remolón en el horizonte y con sus últimos rayos teñía el firmamento de un tono violeta y anaranjado.

—Esta noche nos espera un bonito cielo estrellado —continuó Basilio—. En las noches despejadas, a esta altura y en la oscuridad de la madrugada, pueden verse todas las constelaciones y decenas de estrellas fugaces que cruzan el firmamento.

Violeta recordó el espectáculo de estrellas que había presenciado hacía dos noches, cuando el juego del pincel la había mandado a freír morcillas. Nunca antes había visto un cielo así y, en ese momento, lamentó no estar esa noche para volver a verlo.

—Y mañana tendrán un día tan soleado como el de hoy —dijo Violeta mirando hacia el cielo. Después de tantos días de lluvia…

—Recuerda que la lluvia, como el amor, es imprevisible. Cae del cielo cuando menos lo esperas.

Una hora más tarde, Violeta ya estaba acomodada en el coche de Saúl y ambos se dirigían hacia Barcelona. Harían parada en Zaragoza para cenar y continuarían de un tirón hasta su destino.

Mientras se alejaban de Regumiel, Violeta no dejó de mirar hacia atrás ni un instante. La visión de sus amigos, que agitaban las manos junto a Villa Lucero e iban haciéndose cada vez más pequeños, la acompañó durante un buen rato. Ahora que se habían reencontrado, sabía que volverían a verse. Lucía había prometido llamarla cuando llegara a Barcelona, a Salva sabía muy bien dónde localizarlo, le había dado una tarjeta de su librería, y para ver a Víctor solo tenía que acudir al Hospital Clínico. A Alma también le había prometido visitar su tienda de ropa, curiosamente, se encontraba muy cerca de su apartamento de la calle Cisne, pero en este caso no estaba segura de cumplir su promesa.

En cuanto a Mario… A él no volvería a verlo. ¿Qué sentido tendría torturarse cuando ya había elegido? Él había decidido desaparecer y ella había actuado en consecuencia. Tenía que asumir su propia elección y no volver la vista atrás nunca más.

A unos metros de la fuente Blanca, Saúl, sin saberlo, recorría con Violeta el último tramo de aquella breve travesía juntos. Mientras los faros iluminaban las franjas blancas del asfalto y los frondosos bosques de altísimos pinos se despedían de ellos flanqueando el coche por ambos lados, Violeta bajó la mirada y leyó una vez más la inscripción del brazalete de la autoesto-pista: "Vive rápido, siente despacio". Entonces reflexionó sobre el mensaje, aparentemente contradictorio, que había llevado en su muñeca desde que llegó a aquel pueblo y lo vio claro. Aquella frase la estaba animando a ser valiente, a actuar, a vivir con intensidad el ahora, sin culpas ni temores. Y, al mismo tiempo, a ser fiel a su corazón y escuchar sus emociones, saboreando la vida, llevando al límite sus deseos.

Violeta se sorprendió de su propia reflexión y se acordó tam-bién de la frase de despedida de Basilio: "Cae del cielo cuando menos lo esperas…". ¡Se estaba refiriendo al amor auténtico! ¿Cómo podía haber sido tan tonta? Ahora lo veía claro. Probable-mente Mario se hubiera ido a Brasil y Saúl estaba ahí, a su lado, real y auténtico, al volante de su coche, conduciendo su vida y la de ella hacia un destino cómodo y conocido… Pero ¿era esa la realidad que quería? ¿Acaso había olvidado el mes de libertad e independencia que había vivido feliz en su apartamento de Gracia? ¿Y las caricias ardientes de Mario? ¿Estaba dispuesta a ol-vidar esas sensaciones en brazos de un hombre al que no amaba?

Y justo en aquel momento, frente al cartel de la fuente Blanca, Violeta sintió la necesidad apremiante de cambiar de rumbo, de pisar a fondo el acelerador de su vida y poner freno a la determinación de Saúl de alejarla de su camino.

—¡Frena! ¡Frena! ¡Detén el coche, por favor!

Saúl la miró desconcertado mientras pisaba el freno, obedeciendo a su deseo.

—¿Qué pasa, Violeta?

—Me quedo aquí.

—¿Qué quieres decir? ¿Quieres que paremos un rato en la fuente? ¿Deseas despedirte de este lugar? —preguntó Saúl temeroso.

—No, Saúl, me quedo aquí. No voy contigo a Barcelona.

—Pero… yo había pensado que… Además, tu cabeza. Tenemos que ir al hospital a que te vean.

—Saúl, mi cabeza está bien… y es capaz de razonar con más claridad que nunca. No necesito ir a ningún hospital. Quiero quedarme aquí con mis amigos. Hace un mes tomé una decisión y quiero mantenerla. Siento hacerte daño, te agradezco mucho que te preocupes por mí, pero yo no te pedí que vinieras. Lo siento mucho, pero necesito que respetes mi decisión.

—Pero yo te quiero, Violeta… No quiero perderte.

—Yo también te quiero, Saúl, y no me perderás como amiga si somos capaces de superar esto, pero no te amo. Y no puedo obligarme a sentir otra cosa, porque estaría traicionando a mi corazón —Violeta tomó su mano y lo miró a los ojos con ternura—. Lo siento mucho, Saúl, debí hablar contigo antes y ser más clara. Lo siento, perdóname, por favor.

—No puedo dejarte —dijo negando con la cabeza, confundido—. ¿Qué vas a hacer sola?

Violeta lo miró con ternura.

—Está oscureciendo… No puedo dejarte aquí sola.

—Me asusta menos la incertidumbre de lo que pueda pasarme a partir de ahora, que en lo que podría llegar a convertirme si actúo movida por tus deseos y no por los míos.

Saúl dudó por un momento. Quería convencerla, pero también sabía que no había nada que hacer. Primero sintió pena por él y después una mezcla de rabia y frustración que lo movió a hablar con desdén.

—Está bien, eres una caprichosa y no sabes ni lo que quieres… Haz lo que te dé la gana.

Y saliendo del coche de un salto, dejó el equipaje de Violeta en el arcén y cerró la cajuela de un portazo.

—Saúl…

—Esto no es justo, Violeta. Hice tantas cosas por ti… Me pediste tiempo y te di un mes. Me diste esperanzas y ahora me abandonas como un perro en la carretera.

A Violeta la herían las palabras de Saúl y sentía tristeza por su ira, quería calmarlo, pero sabía que su rabia se extinguiría con el tiempo. Un hombre como él tardaría poco en enamorar a otra chica que lo quisiera de verdad… y, quien sabe, quizá pronto podrían construir una amistad con los pedazos rotos de su relación.

Violeta lo vio alejarse, observando la estela plateada que dejaba su coche tras de sí antes de desaparecer en la siguiente curva. Acababa de vivir una experiencia dura, pero se sentía liberada y extrañamente feliz. Cuando perdió de vista a Saúl, bajó la mirada al asfalto y se encontró con un problema; tendría que cargar con su maletín de pintura y su macuto hasta Villa Lucero.

No llevaba ni diez minutos caminando cuando sintió que una mano le agarraba el maletín de pintura, liberándola de su carga. Violeta se giró asustada, decidida a luchar y a defender sus flores con uñas y dientes. ¡No estaba dispuesta a perder por segunda vez su trabajo! Sin embargo, una voz familiar la tranquilizó al momento.

—¿Qué pasa, pecosa? ¿Te han abandonado en la carretera?

Violeta se tapó la boca emocionada, sofocando un grito de alegría.

Después, sin mediar palabra, saltó de forma impulsiva a los brazos de Mario, enroscando las piernas alrededor de su cintura, para besarlo con pasión.

Él tuvo que soltar el maletín para sostenerla bien y evitar que cayeran al suelo, pero aun así se tambaleó un poco por la efusividad de aquel inesperado gesto.

Aferrada a su cuello, Violeta deseó fundirse en la suavidad de aquellos ardientes labios. No podía parar de besarlos.

¡Mario no se había ido a Brasil! Estaba allí, con ella, junto a la fuente Blanca, y esta vez aparecía cuando más lo necesitaba.

—Te estaba esperando —respondió ella finalmente en un susurro cuando sus pies volvieron a tocar el suelo...

Mario respondió sonriendo y arqueando una ceja de forma insinuadora, mientras se agachaba a beber un sorbo de la fuente. Violeta lo imitó y se sorprendió del agradable sabor dulzón de aquella agua. Había esperado un fuerte gusto a hierro, como el agua de ciudad cuando baja por tuberías antiguas, y no la frescura de aquel manantial que saciaba su boca.

Después de todo un día de excursión por el monte, la cara de Mario estaba bronceada y sus ojos color miel brillaban de un modo especial. Más tarde le contaría a Violeta que el aire de la sierra lo había invitado a reflexionar sobre su vida y los sentimientos que empezaron a embargarle desde su llegada a Regumiel. Tenía el pelo revuelto formando ondas que se movían libremente con la brisa nocturna, y sus vaqueros desgastados lucían manchas de lodo por todas partes. Violeta también reparó en una cajita de madera con agujeritos de la que salía un destello amarillo y tenue. Mario le explicó que eran luciérnagas, que emitían luz en la noche para atraer a sus parejas. Violeta rio a gusto cuando le explicó que las había capturado para improvisar una linterna.

Mientras caminaban en dirección a la posada, Mario tomó la mano de Violeta. Para ello tuvo que liberar primero a sus luminosos escarabajos voladores, que se alejaron agradecidos buscando amores entre la hierba. En su otra mano llevaba el maletín con las acuarelas y los utensilios de pintura y Violeta pensó que sus flores y ella nunca habían estado en mejor compañía.

—¿Qué haremos ahora sin linterna? —preguntó divertida al ver cómo las luciérnagas escapaban volando de la cajita de madera.

—Con esta luna llena y contigo a mi lado no necesito más luz para guiarme.

Violeta agradeció el cumplido con una sonrisa y sintió el contacto cálido de sus manos unidas como una caricia electrizante.

Mario no hizo ningún comentario sobre Saúl ni le preguntó cómo había llegado con sus cosas a aquel lugar, en mitad del camino; así que Violeta pensó que quizá había presenciado la escena, oculto en el pinar que bordeaba la fuente Blanca. En cualquier caso, lo único que importaba es que estaban juntos y no había lugar para preguntas inoportunas en aquel momento.

Al llegar a la siguiente intersección, junto a la posada Abundio, Violeta señaló el enorme peñasco que presidía la entrada a Regumiel. Estaba situado sobre un hermoso valle verde, que se extendía a los pies del pueblo a modo de felpudo natural de bienvenida.

—Esa enorme roca plana es "la peña del agujero" —comentó Violeta—. La gente del pueblo la utiliza como mirador natural para contemplar las estrellas. A pesar de su altura es fácil subir a ella. Tiene una pequeña escalera de roca al otro lado.

—Y adivino que también tiene un agujero…

—Sí, está arriba y es profundo. Una antigua leyenda dice que la roca, aliada con el cielo, harta de recibir visitas nocturnas que no apreciaban la belleza del firmamento estrellado, decidió abrirse en canal para engullir a todo aquel que no suspirase, al menos una vez, al contemplar su bóveda infinita.

—¿Cómo sabes tanto de este pueblo?

—Me lo contó Basilio —confesó Violeta—. También me dijo que en las noches cálidas de verano, cuando los paseos nocturnos se alargan hasta la medianoche, resulta muy curioso pasar cerca de la roca y escuchar los suspiros y aclamaciones que provienen de ella cada vez que una estrella fugaz atraviesa el firmamento.

Mario la miró a los ojos y ella asintió con la cabeza. Les costó muy poco localizar los peldaños de piedra que ascendían hasta la cima plana y, una vez arriba, los dos se tumbaron acomodándose en la roca y contemplaron el fascinante espectáculo que sobre ellos se cernía, imponente y vertiginoso. Mario acomodó la bolsa de Violeta bajo sus cabezas y rodeó a la muchacha con un brazo, mientras con el otro señalaba las constelaciones que iba descubriendo en el firmamento.

–¿Ves allá la Osa mayor? –preguntó Mario señalando con su dedo índice un punto del firmamento.

–No… –respondió Violeta girando la cabeza en busca del Carro.

–Está ahí junto a la Osa menor. Si sigues la estrella Polar, aquella tan brillante… descubrirás las dos constelaciones, una junto a la otra.

–¡Ya las veo! –exclamó Violeta, realmente emocionada. En la ciudad resultaba imposible ver las estrellas y allí estaba disfrutando como una niña. Millones de puntos de luz brillaban en todo su esplendor sobre un lienzo infinito y oscuro, y los dos permanecieron un rato en silencio, con las manos entrelazadas.

–Muchas de las estrellas que vemos en el cielo ya han muerto –dijo Violeta recordando un documental que había visto–. Por eso dicen que cuando miramos al cielo, estamos viendo el pasado.

—A mí me ocurre algo así desde que llegué a este lugar. Cuando te miro, no dejo de ver el pasado, y de sentir lo mismo que sentía cuando era un niño y estaba locamente enamorado de ti —los ojos de Mario brillaban como dos estrellas titilantes—. Me pongo nervioso cuando estás cerca, o te sorprendo mirándome de reojo cuando estamos sentados a la mesa, o me sonríes con esa boquita que me vuelve loco. Te juro que me sudan las manos y mi pulso se acelera como si fuera un adolescente…

Mario tomó la mano de Violeta y se la llevó al corazón.

—¿Lo notas?

Violeta le soltó la mano y se acercó a su pecho para oír mejor los latidos.

—Lo noto… Y me gusta mucho.

El cielo dejó escapar en aquel momento una estrella fugaz, que atravesó a toda prisa el firmamento de un lado a otro e impresionó a los dos enamorados. Después, cerraron los ojos a la vez y formularon, sin saberlo, el mismo deseo.

—Yo siento lo mismo —confesó ella—. Y me asusta… y me hace muy feliz al mismo tiempo.

—Hay que ser muy valiente para no tenerle miedo al amor —dijo Mario repitiendo las palabras de Basilio.

—¿Tú no estás asustado?

—Sí, pero no se lo digas a nadie.

—No lo haré…

Violeta fijó la mirada en la luna y pensó que nunca la había visto tan blanca y luminosa. Había empezado a refrescar y el cierzo soplaba con suavidad, haciendo silbar a los árboles del pinar, pero el cuerpo cálido y cercano de Mario hacía que no sintiera frío.

Durante unos segundos, se miraron sin decirse nada. Violeta se sentía relajada, embargada por el deseo. No se atrevía a moverse ni a hablar por miedo a romper la magia del instante. Sencillamente esperaba, con un suspiro atrapado en la garganta, a que él diera el siguiente paso.

En ese momento, Mario deslizó la mano por la cadera de Violeta, la atrajo hacia él y la colocó sobre su pecho. Sus bocas, exigentes e implacables, se unieron por fin en un torbellino de sensaciones y Violeta advirtió la evidencia de la pasión de Mario ejerciendo presión bajo sus muslos.

–Te deseo tanto… –murmuró él, emitiendo un gemido entrecortado que ella sofocó con otro beso interminable.

Él musitó su nombre con la voz ronca por la necesidad, y enroscó sus dedos en el pelo revuelto de Violeta, quien dejó escapar un leve quejido al notar un roce en la herida de su cabeza.

Él se apartó un poco y la miró preocupado.

–¿Estás bien? ¿Te hice daño?

Ella negó débilmente y sonrió.

–¿Bromeas? Nunca me sentí mejor… Pero ayer me caí y me hice una herida –señaló el golpe en su cabeza y Mario la besó dulcemente sobre la tirita de sutura.

–Perdona, ni siquiera te había preguntado. El médico nos dijo que hoy ya estarías bien…

–Y lo estoy, sobre todo después de ese beso.

Mario esbozó una sonrisa, satisfecho.

—¿Tienes más heridas? Si mis besos funcionan, tal vez podría...

—Por todo el cuerpo —lo interrumpió ella.

—Pues no perdamos más tiempo.

A Violeta le temblaron los labios, por el frío y por el anhelo anticipado de lo que sucedería esa noche. Se mordió el inferior con los dientes para frenar el temblor y él le miró la boca hipnotizado, sin poder apartar los ojos y haciendo un esfuerzo por no volver a besarlos.

—¿Nos vamos?

Descendieron de la roca y se dirigieron hacia la posada, ignorando que sus suspiros los habían salvado de ser engullidos por el agujero mágico de aquel enorme peñasco.

VIOLETA

V ioleta abandonó los brazos de Mario y se dirigió al baño. Aunque trató de no hacer ruido, caminando sigilosamente de puntillas, no pudo evitar que el suelo de madera emitiera un ligero gemido bajo sus pies. Era muy temprano y la ventana abierta había invitado a los primeros rayos de sol a que se adueñaran de la habitación y la tiñeran de una pálida luz dorada. Violeta se giró y comprobó aliviada que Mario seguía durmiendo plácidamente con una tierna sonrisa en los labios. El edredón color chocolate había resbalado hasta los pies de la cama y la fina sábana revelaba perfectamente su contorno. Durante unos segundos, estuvo tentada de refugiarse nuevamente en la cama y acurrucarse junto a aquel hombre, que ahora le inspiraba una mezcla de ternura y deseo que hacía que sus piernas temblasen solo con mirarlo.

La noche anterior, Violeta no había podido entrar en su habitación. Antes de marcharse con Saúl, había entregado las llaves a Basilio y, cuando regresó con Mario de la peña del agujero, la puerta con la inscripción "Manzanilla", tallada y pintada a mano, estaba cerrada. Lejos de desilusionarse, le encantó la perspectiva de pasar toda la noche en "Diente de león", la planta medicinal que daba nombre a la habitación de Mario.

—Aquí corres el riesgo de ser devorada salvajemente —bromeó Mario señalando la inscripción de su puerta.

—Si se trata solo de un riesgo, sin garantías… —dijo Violeta de forma provocativa— quizá prefiera dormir en el sofá de la sala.

—¿Dormir? ¿Quién habló de dormir?

Tras las palabras de Mario, los labios de Violeta se curvaron en una seductora sonrisa, al tiempo que entraba en aquella habitación, y sus ojos brillaban de deseo, prometiendo mucho más de lo que él había imaginado.

El calor de la chimenea encendida los invitó a despojarse de sus ropas. Violeta empezó a desnudarse de forma sensual junto al hogar, mientras Mario la observaba a escasa distancia, para no perderse detalle. Sus ojos ardieron con avidez al recorrer los suaves y pálidos senos, descendiendo luego hacia la delgada curva de su cintura y sus contorneadas piernas. Cuando solo le faltaba la ropa interior, Violeta le hizo una señal para indicarle que era su turno.

Mario le dedicó una de sus irresistibles sonrisas mientras se quitaba el jersey y la camiseta, y los dejaba caer al suelo. Violeta se mordió el labio al contemplar de nuevo aquel torso, que en la penumbra del hogar le pareció aún más bello y deseable. Y se acercó para ayudarlo a desnudarse. Sentía la urgencia en su interior, húmeda y anhelante, y sonrió ante su propio atrevimiento cuando le soltó el cinturón y le desabrochó el botón del pantalón, mientras Mario permanecía quieto, con una expresión de sorpresa y fascinación en el rostro.

Tras bajarle los vaqueros, él los apartó con los pies, y luego hizo lo mismo con los interiores de algodón negro.

Violeta contuvo la respiración al verlo entre las sombras, enorme y dispuesto, listo para ella... Y sintió una súbita timidez cuando él le deslizó las bragas por las piernas y le desabrochó el sujetador, liberando sus senos.

—Eres tan... perfecta —le susurró con la boca pegada al oído.

Y ella entendió que, más allá de la belleza de su cuerpo o de la esencia de su alma, aquel adjetivo definía lo que estaba ocurriendo entre ellos. Era un momento perfecto. Su primera vez. La primera vez que harían el amor. Y aquel pensamiento hizo que se le formara un nudo de emoción en la garganta.

Mario le tendió una mano y la acomodó en la cama. Después, sin dejar de mirarla a los ojos, se colocó delicadamente sobre ella. Violeta ronroneó al sentir la presión de su cuerpo y acopló sus caderas, deseando fundirse en él, mientras se acariciaban y besaban por todas partes. Se sentía abrumada por la necesidad de conocer hasta el último centímetro de su cuerpo. Estaba decidida a memorizarlo todo: la suavidad de su piel, el sonido de su respiración jadeante, la temperatura de su cuerpo, su aroma almizclado y cítrico, su sabor dulce y salado...

La distancia y el desencuentro de todos aquellos años se habían esfumado y, en su lugar, las palabras de amor se entremezclaron con suspiros de placer.

A Violeta le sorprendió lo bien que Mario entendía su cuerpo. Sin necesidad de palabras, él sabía dónde y cómo tocarla o besarla. Como si la conociera realmente, o mejor aún, como si sus almas se entendieran más allá del espacio y el tiempo que habían compartido.

Violeta cerró los ojos y tembló de placer al sentir cómo los dedos hábiles de Mario se hundían entre sus muslos, extasiados por su sedosa suavidad. Entonces le suplicó con su cuerpo que no se detuviera y un susurro escapó de sus labios.

—Deseo que…

—¿Qué deseas? —le preguntó él con voz ronca.

—Te deseo a ti —gimió ella—, dentro de mí.

Sentía la poderosa presión de Mario como una necesidad insoportable y no pudo evitar un gemido de decepción cuando él se separó de ella y se levantó de la cama. Recordó un aspecto práctico cuándo él regresó, al cabo de unos segundos, con un preservativo y aprovechó para sentarse sobre él.

Las manos de Mario descendieron hasta sus caderas y lentamente, con mucho cuidado, la acopló sobre su erección, dejando escapar un profundo gruñido de placer. Sus cuerpos se estremecieron por la perfección del encuentro y sus miradas se perdieron la una en la otra. Violeta empezó a moverse lentamente y fue acelerando el ritmo siguiendo el instinto de su deseo y el compás de las fuertes manos que la sujetaban por la cintura. Después, rodaron sobre sus cuerpos y Mario volvió a hundirse en ella, una y otra vez, con movimientos rítmicos y expertos. Aguantó hasta que el cuerpo de Violeta se arqueó y tembló, haciéndole saber que había llegado el momento. Y juntos alcanzaron un explosivo y delicioso clímax que hizo que sus cuerpos se estremecieran de absoluto placer.

Fue un momento destinado a suceder. Primero con el preludio de aquellos besos bajo las estrellas y, luego, en aquella cálida y rústica habitación, junto al calor de los troncos crepitando en el hogar.

Ya en el baño, Violeta dejó que el agua fresca calmase su deseo mientras recordaba los momentos ardientes vividos la noche anterior. Había dormido poco, pero observó con agrado su expresión radiante en el espejo. Sentía su cuerpo algo cansado y dolorido, por el golpe en la fuente Blanca y el esfuerzo eufórico de la pasión, pero la felicidad que la invadía era suficiente para que se sintiera como nueva y canturreara una pegadiza melodía de moda bajo el agua.

Mientras se enjabonaba la cabeza, con los ojos cerrados para que no le entrara espuma, la voz de Mario la sorprendió desde la puerta.

—Pecosa, necesitas que alguien te enjabone la espalda y cierre tu boca —comentó divertido mientras se tapaba los oídos con las palmas de las manos.

—Solo veo un candidato —sonrió Violeta abriendo los ojos y descubriendo el cuerpo desnudo de Mario, apoyado sobre el marco de la puerta.

—Alguien tiene que hacer el trabajo duro.

Violeta abrió la boca fingiendo estar ofendida, pero se le escapó la risa. Después, contuvo la respiración al contemplar cómo sus músculos se tensaban mientras la observaba de arriba abajo. Durante un instante, ambos disfrutaron de la vista, hasta que Mario se colocó junto a ella y empezó a besarla por el cuello mientras se untaba las manos de jabón e iniciaba un recorrido por su cuerpo mojado. Como lluvia tibia, el agua resbalaba por sus cabezas al tiempo que sus bocas se devoraban mutuamente.

Entonces él la levantó en el aire y ella envolvió las piernas alrededor de su cintura y le rodeó el cuello con los brazos.

Durante unos segundos, Violeta temió que pudieran caerse o resbalar en aquella bañadera antigua, pero Mario se mostraba cómodo con su peso y eso la excitó aún más. Le parecía increíble que fuera capaz de sostenerla de esa manera mientras el agua caía sobre ellos. Y se excitó al pensar cómo sería hacer el amor así.

—Me gustas mucho, pecosa —le dijo él—. Sobre todo cuando estás mojada.

Violeta alzó una ceja, divertida por el comentario sexy, y respondió:

—Es difícil no estarlo contigo cerca.

Los dos rieron por el doble sentido de sus palabras y empezaron a besarse de nuevo, hasta que Mario mencionó algo sobre tomar precauciones y ella le dijo al oído que tomaba la píldora, por un tema hormonal.

Entonces, las manos de él se posaron en las caderas de ella para hacerla descender y acoplarla sobre su erección. Tembló de excitación cuando él empezó a moverla de forma rítmica, mientras ella lo abrazaba con todas sus fuerzas, ansiosa por alcanzar la cima, mientras el agua los envolvía como una caricia. Olas de intenso placer llegaron sin poder evitarlo. Mario cerró los ojos y se abandonó también a la explosiva liberación de un orgasmo, acompañado de un prolongado y estremecedor suspiro compartido.

Un rato después, Mario avanzaba los pocos pasos que separaban el baño de la cama y dejaba a Violeta sobre esta. Ahora los dos amantes reposaban y charlaban con complicidad, mientras se miraban con fascinación y ella recibía las suaves caricias de los labios de Mario sobre la frente, en el cuello y junto al oído. El ardiente entusiasmo de aquel hombre la había dejado sin aliento, pero totalmente satisfecha y reconfortada en sus poderosos brazos después del amor compartido.

—Sé que es una locura, y que solo hace cuatro días que… —Violeta hablaba muy bajito, casi en un susurro, con la cabeza recostada sobre el pecho de Mario—, pero creo que te quiero. ¿A ti te está pasando también?

Violeta no solo lo creía, estaba segura de ello, pero no quería volverse vulnerable. Y con aquella pregunta sin respuesta se sintió perdida. Deseaba que él le confirmara con palabras, lo que ella había sentido en su piel y había visto en sus ojos: que la amaba.

Mario asintió algo distraído y la besó en la frente antes de decirle:

—Tengo que irme, pecosa… Después hablamos.

Sin más explicaciones, se incorporó y se dirigió al lavabo, con el semblante pensativo.

La mirada de Violeta siguió angustiada los pasos de Mario y el corazón le dio un vuelco. Durante unos segundos no supo qué pensar. ¿Se habría ofendido por sus palabras? No tenía ningún sentido. Quizá no había sido la declaración más romántica del mundo, pero él tampoco le había dicho que la amaba, solo había asentido. La noche anterior, en aquel peñasco, se habían confesado cosas muy bonitas, pero no habían pronunciado esas dos palabras mágicas que lo cambiaban todo. En cualquier caso, ¡acababan de reencontrarse! Y tenían todo el tiempo del mundo para abrir sus corazones por completo.

Violeta se calzó las botas camperas por encima del jean y tomó una gruesa chaqueta verde de su maleta. Mientras bajaba las escaleras a toda velocidad, arreglándose los rizos, descubrió que con la prisa no había terminado de abrocharse la blusa, y se tomó un respiro para recuperar el aliento y poner en orden su aspecto.

—Vaya, vaya —la increpó Alma en mitad de la escalera—. Así que, al final, no se fueron a Barcelona… Y por lo que veo —añadió señalando su pelo revuelto y un botón de su blusa sin abrochar— la noche ha sido interesante, ¿no? ¿Dónde dejaste a Saúl? ¿Descansando en la habitación?

Violeta empezó balbuceando una desordenada excusa.

—En realidad, bueno, yo, Saúl…

Pero luego pensó que Alma no merecía explicaciones y que más tarde ya ataría cabos ella solita. Así que se limitó a sonreírle sin más. Estaba contenta, y lo estaría aún más cuando Mario regresara y le explicara adónde había ido.

—Me voy a pintar un rato, Alma. Quiero aprovechar la luz de la mañana. Nos vemos en el desayuno.

—No falten. Lucía ha organizado una excursión-pícnic de despedida —dijo Alma dirigiéndose nuevamente a su habitación.

Mientras cargaba con su maletín de pintura, que la noche anterior había dejado junto al escritorio del salón, Violeta pensó que era extraño que Alma no hubiera mencionado a Mario. Si su viaje a Brasil había sido una invención de su maquiavélica mente, tendría que justificarse ante ellos… Aunque también podía ser que su versión fuese cierta y Mario hubiera decidido en el último momento quedarse en Regumiel sin avisar a nadie.

Sentada en el manto de hierba del jardín, con el libro de botánica abierto en la letra V, Violeta se disponía a pintar su última flor. Estaba satisfecha con el resultado de las anteriores. Todas estaban dotadas de un realismo casi fotográfico y, al mismo tiempo, transmitían la esencia de una magia especial; como si las flores pudieran hablar y comunicar su significado en su peculiar idioma.

Esta vez Violeta vio llegar a Basilio saliendo de la casona con su mano derecha en la frente, a modo de visera, para evitar el deslumbramiento del sol. Curiosamente, y aunque se habían despedido la tarde anterior, su expresión no reveló ningún tipo de sorpresa al verla allí sentada con sus pinceles y láminas.

—Chica aplicada —se limitó a decir.

—No podía irme sin terminar el trabajo —dijo Violeta bajando la mirada hacia su lámina mientras terminaba de esbozar el contorno de su flor a lápiz.

—Exacto. Veo que al final lo entendiste…

Basilio contempló embelesado cómo, a contraluz, la sombra de las largas pestañas de Violeta se proyectaba en sus mejillas, y no pudo evitar pellizcarla con ternura en los mofletes, como tantas veces había deseado hacer en el rostro de su nieta.

Violeta levantó la vista y le dirigió una radiante y encantadora sonrisa al anciano. En aquel momento, no estaba muy segura del verdadero significado de sus palabras, pero algo en ella le decía que no se estaba refiriendo solo a sus flores.

–¿Cuál es tu última flor? –preguntó Basilio sentándose junto a ella en un enorme tronco talado.

–La violeta.

–De esta flor poco puedo revelarte. Tú la conoces mejor que yo.

–Al contrario –confesó consciente de que se estaba refiriendo a ella misma–, es la que más se me resiste. Es una planta sencilla, pequeña y modesta, con poca variedad cromática y flores muy simples; pero, aun así, no logro pintarla igual de bien que a las otras.

–Eso es porque la estás subestimando... Mientras no seas consciente de su belleza y de su poder, no serás capaz de captar su esencia y pintarla como se merece.

–¿Qué quieres decir?

–La violeta es una planta preciosa. Es cierto, sus flores son pequeñas, pero ahí está su encanto: en la sencillez y la elegancia. En primavera crece salvaje en bosques y claros; y basta con mirarla una vez, para darte cuenta de la energía que nos regala.

Violeta agradeció las palabras de Basilio con un espontáneo beso en la mejilla y, como una niña que no desea que su cuento favorito acabe tan pronto, le rogó que le explicara más cosas bonitas de su flor.

–Suele ocultarse y confundirse entre plantas más altas para pasar desapercibida, pero sus flores de color violeta y hojas acorazonadas llaman la atención tanto como su perfume, que solo ofrece cuando es tocada por la luz directa del sol.

–¿Cuáles son sus propiedades? –preguntó con timidez,

familiarizada ya con el lenguaje de Basilio y sus explicaciones florales–. ¿Para qué se usa su esencia?

–Su esencia ayuda a vencer la timidez y a liberar el temor a la gente. Está muy indicada para niños tímidos y ancianos solitarios que tienen dificultades para relacionarse. Es la flor que te integra, pero sin dejar de ser tú mismo.

–Me gusta esta flor.

–A mí también –confesó Basilio–. La violeta es el regalo de la Naturaleza que nos ayuda a florecer como lo hacen las plantas en primavera, para ofrecer toda nuestra calidez a los demás, con confianza, expresándonos sin temor ni vergüenza o timidez, para que podamos compartir con los otros lo que somos.

–Mi abuela me daba caramelos de esta flor cada vez que iba a verla –le contó Violeta rememorando su infancia–. Aún recuerdo lo bien que sabían.

–Es una flor con muchas aplicaciones, tanto medicinales como en la cocina. Es deliciosa en tartas y helados, aunque también se usa para perfumar azúcar o añadir a ensaladas.

–Vaya, esta flor va con todo. ¡Qué promiscua! –bromeó Violeta.

–Al contrario –añadió Basilio–, simboliza fidelidad y entrega única. Es flor de un solo corazón. En la Antigüedad, los griegos la tomaban en infusión para reconfortar a quienes padecían desengaños amorosos.

–Basilio, eres una auténtica fuente de sabiduría –murmuró Violeta, quien no dejaba nunca de sorprenderse por los conocimientos del anciano.

Basilio se retiró para dejarla que terminara su lámina. Esta vez sus trazos eran seguros y firmes, y la muchacha consiguió dibujar su violeta con gran belleza y precisión. Tan absorta estaba en darle color y trazar las sombras de su flor que no vio pasar a Mario alejándose de la casa.

A quien sí vio fue a Lucía que, nada más verla sentada en la hierba, corrió hacia ella. De no haber sido por el recipiente de agua y los botes de acuarela abiertos que rodeaban peligrosamente la lámina de Violeta, Lucía se hubiera abalanzado sobre ella en un efusivo abrazo.

—Pero ¿qué haces tú aquí? ¿No te habías ido a Barcelona con Saúl?

Violeta se limitó a sonreír de forma pícara y a levantar una ceja cargada de complicidad. No tuvo que decir ni hacer nada más para que su amiga sacara conclusiones y entendiera la situación.

—No me digas que Mario y tú… Al final…

Violeta asintió con la cabeza. Aunque no había comentado nada con su amiga, sabía que Lucía se había percatado de todo: de las miradas entre Mario y ella, de las indirectas, de su atracción mutua… Y, por fin, se sintió reconfortada al poder confiar sus sentimientos a Lucía y ponerle al día de lo que había ocurrido entre ellos dos.

—¡Es alucinante! ¡Me alegro tanto! Cuando éramos unos niños siempre pensé que estaban predestinados a estar juntos. ¿Quién me iba a decir que sería precisamente yo quien volvería a unirlos quince años después? ¿Para cuándo la boda? Me corresponde ser la dama de honor y… también la madrina del primer hijo.

Violeta empezó a reírse con ganas.

–No vayas tan deprisa, Lucía, acabamos de reencontrarnos. Aunque siento que esto es algo… especial –suspiró al recordar lo bien que se había sentido haciendo el amor con él.

Lucía estuvo a punto de explicarle que ella también había compartido algo especial con Salva, pero pensó que aquel no era el momento. Tampoco sabía muy bien qué contarle. Se habían besado apasionadamente en el jardín, esta vez sin testigos, pero no había pasado nada más entre ellos. Salva la había invitado a dormir en su habitación y le había confesado que estaba loco por ella, pero Lucía necesitaba poner orden en su vida: antes de abrir un nuevo capítulo con Salva, debía poner punto final a su relación con Ernesto.

Mientras pensaba en todo esto, se entretuvo curioseando la carpeta que Violeta guardaba en su maletín, con las acuarelas de flores y otras ilustraciones.

–Son realmente buenas… –murmuró Lucía.

–No tienes por qué fingir… Somos amigas.

–Lo digo en serio. Mira esta –dijo señalando una ilustración en la que un gato gris, de enormes ojos verdes y bigotes larguísimos, se relamía las patitas sobre un cojín morado.

Estaba tan logrado que casi daban ganas de acariciarle el lomo.

–Es Nina, la gatita de mi vecina que, a veces, viene a visitarme. Es una modelo muy paciente y me sale baratísima: una latita de atún de vez en cuando.

–O en esta otra –dijo Lucía ignorando el comentario de Violeta y señalando esta vez la ilustración de una chica meciéndose alegremente en un columpio–. ¡Quedaría perfecta en un vestido!

—Pero ¿qué dices? –preguntó Violeta mientras contemplaba cómo Lucía pasaba alucinada, uno a uno, sus dibujos y apartaba unos cuantos.

—Te los compro… O mejor aún, te propongo un trato.

—¿Me estás tomando el pelo?

—Yo nunca bromeo cuando hablo de negocios, Violeta –dijo Lucía con los ojos brillantes. Realmente creía en lo que su cabecita estaba ideando.

—Explícame ese trato… –le pidió Violeta arqueando una ceja, llena de curiosidad.

—Me gustan mucho tus dibujos y creo que son ideales para mis diseños. Podríamos trabajar juntas en la próxima colección primavera-verano de Shone. Haremos una nueva colección, con tus creaciones estampadas en mis telas.

—Pero yo… –titubeó Violeta sin acabar de procesar aquella propuesta.

—El mes que viene empieza la pasarela de Milán. Podríamos ir juntas para inspirarnos. ¿Qué te parece?

Desde que Violeta se había dedicado a hacer ilustraciones, siempre había trabajado con editoriales, nunca había imaginado ver sus dibujos reproducidos en ropa de diseño. Sin embargo, tenía que reconocer que la idea le encantaba. Lucía ahora hablaba sin cesar ideando la nueva colección.

—Haremos una línea natural y campestre con tus ilustraciones de flores, otra más urbana y chic con dibujos inspirados en la ciudad y…

—No va a funcionar… –intervino Alma mientras se acercaba a ellas–. La gente busca otro tipo de estampados más originales.

Yo podría ayudarte. Soy muy buena captando tendencias. ¡Podrías contratarme como *coolhunter*! Hace muchos años que me dedico a vender en mi *showroom* y conozco muy bien el gusto de la gente con estilo.

Lucía no pudo reprimir una sonrisa burlona al escuchar el comentario de Alma. Le hizo gracia que se refiriera a su pequeña tienda de ropa como *showroom*, que es el espacio que los diseñadores dedican a exponer y vender sus creaciones. Pero, simplemente, se limitó a decirle:

—Gracias por tu oferta, Alma, pero te necesito detrás del mostrador. ¿Qué sería de mis diseños sin profesionales como tú que supieran venderlos? Tú ya cumples una función muy importante para mi firma en tu establecimiento, y creo que es allí donde debes quedarte...

Violeta se asombró de la elegancia con la que Lucía se había quitado de encima a Alma, pero sintió pena por ella al darse cuenta de lo valioso que era tener buenas amigas que te quisieran y valoraran de corazón. Trabajar con su amiga haciendo lo que más le apasionaba era un regalo increíble, pero lo realmente maravilloso era tener el apoyo y la amistad de Lucía. Y esa solidaridad y cariño entre mujeres era algo que Alma se perdía al no saber cultivarlo.

—Está bien, pero si cambias de idea... —respondió Alma bajando la cabeza apenada.

—Te lo haré saber. Muchas gracias. Pero dejemos de hablar de trabajo. Voy a ver qué preparó Basilio de desayuno. ¿Me acompañas, Violeta?

La frase de Alma "No va a funcionar" empezó a repetirse en

la mente de Violeta, como un mantra, mientras se dirigía a la casona con Lucía. Estaba feliz por la propuesta de su amiga, pero no terminaba de entender por qué Alma era tan desagradable con ella.

—¿Por qué es así conmigo? —se preguntó en voz alta.

—Porque tienes algo que ella no tiene, que jamás ha tenido y que desea con todas sus fuerzas…

—¿Te refieres a Mario?

—No, qué va… No tiene nada que ver con ningún hombre, solo contigo.

Violeta se encogió de hombros sin entender nada y dijo:

—Es una mujer bella y encantadora, con más seguridad en sí misma de la que tendré yo jamás. Siempre ha sido así, desde que era una niña. Y ahora que lo recuerdo, aunque fuésemos del mismo grupo, me hacía la vida imposible.

Recordó la noche de la fiesta en la vieja barbería, cuando la vio reírse con el chico que la había humillado públicamente a ella; pero solo tenía que esforzarse un poco para recordar más episodios así. Como aquella vez que Violeta ganó un concurso de dibujo, la maestra lo colgó en la pared, y luego apareció hecho pedacitos en la papelera. Aunque los deditos de Alma estaban manchados del mismo color azul de la lámina, nadie quiso arriesgarse a acusarla injustamente. Violeta sabía que había sido ella. La había visto hacerlo, pero no se atrevió a delatarla por miedo a nuevas trastadas.

—Desea tu inocencia —le explicó Lucía.

—No lo entiendo…

—Te envidia porque eres capaz de ilusionarte y de disfrutar

como una niña con lo que haces. El otro día vi cómo te miraba mientras dibujabas una de tus flores, una roja…

La azalea.

Violeta recordó cómo Alma se había acercado a ella mientras la pintaba y cómo había temido por su dibujo.

—A Alma no le permitieron ser una niña —siguió Lucía—. Cuando tú y yo éramos pequeñas, ella ya se comportaba como una adulta. Se preocupaba por cosas que no le correspondían. No sé si lo recuerdas, pero su padre era alcohólico y su madre siempre andaba deprimida y dopada con pastillas. Y en la escuela, ya la escuchaste el otro día, un profesor abusó de ella. Imagínate lo que debe de ser eso para una niña, el estrés que sufría al ver el mundo como una amenaza.

A Violeta le sorprendió la capacidad de Lucía para analizar de una forma tan lúcida y profunda la personalidad de Alma. Tal vez fuera una despistada, con poca memoria para las anécdotas, pero con una gran sensibilidad para captar las emociones y otras cosas que al resto del grupo se le escapaba.

—Por eso envidiaba a la niña espontánea, imaginativa e inocente que veía en ti. Y que todavía ve.

—Pero ya no somos unas niñas…

—Ella nunca ha tenido la oportunidad de serlo, lo anhela y le da rabia verlo en ti de una forma tan natural, por eso quiere destruirlo, porque ella no lo tiene.

—¿Por eso odia que Mario y yo…?

—No hay nada más puro e inocente que un primer amor. Y ustedes se han vuelto a enamorar como adolescentes… ¿O me equivoco?

Violeta asintió con la cabeza.

Se sentía muy confundida. Ahora que Lucía había hecho esa radiografía tan clara de Alma podía entenderla un poco mejor, pero, aun así, estaba cansada de ser su víctima.

—Como dijiste antes, ya no somos unas niñas… Y Alma deberá encontrar su propio camino para ser feliz.

—¿Por qué la invitaste estos días? —se atrevió a preguntarle Violeta.

—Porque Alma también era del grupo. Era una Salvaje y de niños siempre sabíamos ver su lado bueno, la queríamos pese a todo. Además, si lo piensas bien, nos ha dado varias lecciones sin saberlo estos días…

Aunque a Violeta le costaba verlo, sabía que tenía razón. Había empujado a Lucía a quitarse la máscara tras la que se escondía de su éxito, y había retado a Violeta a ponerse a prueba y a confiar más en ella misma.

Su amiga tenía razón, Alma era una más de ellos.

—¿Recuerdas aquella vez que todos se rieron de Víctor, en segundo de primaria, porque vino a clase con los labios pintados y Alma se dibujó un bigote con rotulador?

—Sí —sonrió Violeta—. Se lo pintó con un marcador indeleble y luego no había forma de borrarlo. También recuerdo que se enfrentó a Román, aquel chico enorme, por haberse reído de Víctor.

—Pues esa también era Alma. ¿Sabías que cuando el padre de Salva murió, fue la única de nosotros que visitó a su madre para darle un abrazo?

—Yo fui incapaz de decirle nada… Solo teníamos doce años y estábamos muy impactados por su muerte.

—Alma era más adulta, ya sabes… —Lucía concluyó así su alegato sobre Alma, y Violeta asintió pensativa antes de que su amiga la sacara de su reflexión sugiriéndole que continuaran hablando en la cocina con un buen café.

Violeta estaba hambrienta y se moría por un bollo casero de Anselmo. Además, tenía ganas de ver a Mario.

Cuando entraron en la cocina, los chicos se sorprendieron al ver a Violeta. Sin embargo, mientras a Víctor se le iluminó la cara y corrió a darle un abrazo, a Salva pareció sorprenderle no ver a Saúl con ella.

—¿Dónde está Saúl? —preguntó extrañado.

—A estas horas, probablemente en Barcelona —dijo Violeta mirando el reloj de la cocina.

—¿Y por qué estás tú aquí?

—Es evidente por qué no está "allá" —respondió Víctor divertido.

—No estaba enamorada de él… —resolvió Violeta. Sabía que si alguien podía entenderla, ese era Salva.

—Hiciste bien, y tarde o temprano te lo agradecerá, aunque ahora es muy probable que te odie —Salva vio la cara compungida de Violeta y la abrazó con ternura—. No te preocupes, mujer, se le acabará pasando y hasta se volverá a enamorar. Sé de lo que hablo.

A Violeta le pareció que Lucía se sonrojaba cuando Salva la miró de reojo.

—¿Y dónde está Mario? —preguntó esta vez Alma con curiosidad.

—Supongo que en Brasil, ¿no, Alma? —respondió Violeta—.

Investigando una nueva especie de arañas… ¿No fue eso lo que me dijiste?

Alma se puso roja y trató de responder sin dar mucha importancia a sus palabras.

—Tal vez no se fue al final… ¡Ni llevo su agenda ni soy su secretaria! —exclamó enfadada.

—Yo lo vi irse hace un rato con su coche —comentó Salva para sorpresa del resto del grupo.

—¿Y no te dijo a dónde iba? —murmuró Violeta extrañada.

—Yo también lo vi salir del pueblo esta mañana —añadió Basilio—. Estaba comprando en el colmado cuando lo vi pasar con su todoterreno rojo.

—¿Nadie tiene su número de móvil?

Se miraron negando con la cabeza. Como no había wifi ni casi cobertura en aquella casa, durante esos días nadie se había preocupado mucho por sus móviles.

Violeta no podía creer que se hubiera ido sin más después de lo que habían compartido aquella noche. Y cuando la semilla de la duda empezó a echar raíces en su interior, se regañó a sí misma. Había salido del pueblo, sí, ¿y qué? Seguro había una explicación lógica y no tardaría en volver…

—Quizá salió a dar una vuelta —dijo Lucía para tranquilizar a Violeta—. Seguro que antes de que acabemos de desayunar ya está aquí y podemos irnos todos juntos de excursión.

—Es un día perfecto para pasear por el campo —dijo Víctor dirigiendo la mirada hacia el exterior por la ventana de la cocina—. ¿Cuál es el plan?

—Comida popular en Revenga —dijo Lucía.

—¿Comida popular? ¿Quieres decir que vamos a comer con todo el pueblo? –preguntó Víctor emocionado.

—Así es, con Regumiel y dos pueblos más: Quintanar y Canicosa. Revenga es una gran explanada verde rodeada de pinos, con una ermita y una fuente de piedra que pertenece a estos tres pueblos. Cada año, por estas fechas, se celebra una fiesta popular de hermandad y se prepara una deliciosa caldereta de ajo carretero.

Aunque a Violeta le encantó la idea, no dejaba de pensar en Mario. ¿Dónde se habría metido? Después del desayuno, Lucía propuso salir hacia Revenga para poder elegir mesa en un lugar bonito y soleado del merendero.

—Podemos dejarle una nota y que él venga más tarde… –propuso Lucía a Violeta–. Revenga está a tan solo tres kilómetros de aquí, en cuanto lea la nota vendrá.

—Si no te importa, prefiero quedarme a esperarlo un rato. Si no llega, iré caminando.

—Está bien. ¿Conoces la peña del agujero? ¿Ese enorme peñasco situado a la entrada del pueblo?

—Sí, sí, lo conozco –respondió Violeta sonriendo para sus adentros.

—Pues solo tienes que seguir la carretera en esa dirección. Si sigues el camino hacia Burgos, encontrarás enseguida la ermita de Revenga y el prado donde se celebra la fiesta.

Víctor, que había escuchado la conversación, se ofreció a quedarse con Violeta. Después, los tres podrían ir hasta allí con el coche de Mario.

—No es necesario que te quedes, Víctor –respondió Violeta,

quien no quería que su amigo se perdiera detalle de la fiesta y, en el fondo, prefería estar un rato a solas.

–Está bien… –aceptaron sus dos amigos.

–Pero si a las dos no ha regresado –concluyó Lucía–, dirígete hacia Revenga. A esa hora yo también conduciré en dirección a Regumiel para recogerte en el camino. ¿Vale?

–Sí, sí… me parece bien –dijo Violeta deseando que aquella opción no se produjera y que Mario estuviera de regreso enseguida.

Mientras Lucía ayudaba a Basilio a preparar una cesta con refrescos y algunas cosas para el pícnic, como pan caliente, embutidos artesanales y una tarta de arándanos para el postre, Víctor y Violeta se sentaron un rato a tomar sol en un tronco talado del jardín. Aunque Violeta sabía que Víctor había intuido que Mario y ella estaban juntos, le explicó algunos detalles de lo que había pasado entre ellos: su reencuentro en la fuente Blanca, donde Mario apareció poniendo luz a su vida con su cajita de luciérnagas, la velada romántica en la peña del agujero contemplando las estrellas… Víctor parecía realmente emocionado por todo lo que su amiga le explicaba.

–Me alegro tanto por los dos… –dijo Víctor apretando la mano de Violeta entre las suyas–. Sé que lo has pasado mal con Saúl. Ese chico es encantador, pero no era para ti. En cuanto a Mario, se merece lo mejor. Él tampoco lo pasó bien con lo de Alma…

Víctor se llevó una mano a la boca, consciente de que había metido la pata. Quizá Mario no había explicado todavía a Violeta algunas historias de su pasado y ¿quién era él para contarlas?

—¿Qué quieres decir? –preguntó Violeta realmente sorprendida por la revelación de Víctor.

En ese momento Basilio y Lucía empezaron a hacerle señales a Víctor desde el coche para que se uniera a ellos. Salva, por su parte, había entrado en la casona buscando inútilmente a Alma...

—¿Han visto a Alma? –preguntó a los dos chicos.

—No, hace rato que no... –respondió Violeta.

—Creo que subió a su habitación después del desayuno.

—La busqué allí pero no está –dijo Salva–. Nosotros tenemos que irnos ya –dijo haciendo un gesto a Víctor con la cabeza para que se levantara y fuera con él hacia el coche de Lucía–. Los esperamos en Revenga a los tres.

—Pero... –protestó Violeta al ver que Víctor se levantaba dejándola en ascuas.

—Luego hablamos... –respondió Víctor despidiéndose de ella con un sonoro beso en la mejilla–. Y, de verdad, me alegro mucho por ustedes.

Mientras los dos chicos se alejaban, Violeta escuchó a lo lejos que Salva le preguntaba a Víctor, rodeándole cariñosamente el cuello con un brazo, como cuando eran pequeños y una fuerte amistad los unía:

—¿De qué te alegras mucho?

Violeta no escuchó la respuesta de Víctor, pero no pudo evitar preocuparse de que "su secreto" hubiera transcendido a oídos de todos... ¿Y si Mario no regresaba?

Durante un buen rato, se quedó inmóvil en aquel tronco, tratando de descifrar las palabras de Víctor. Sin embargo, a ese rompecabezas le faltaban piezas y Violeta era incapaz de resolver el misterio. ¿Qué habría querido decir Víctor con "lo de Alma"? ¿Y dónde estaba Alma? La ecuación tenía demasiadas incógnitas para que ella sola pudiera solucionarla. Tenía que hablar con Víctor, pero ahora se encontraba allí, sola, esperando a Mario. La idea de que se hubiera ido a Barcelona empezó a rondar por su cabeza, así que pensó en subir a "Diente de león" para ver si sus cosas aún seguían en la habitación.

Mientras subía las escaleras hacia la segunda planta, Violeta oyó hablar a Alma desde una habitación del primer piso. Adivinó que se trataba de su dormitorio y se acercó sigilosa a la puerta entreabierta. Solo escuchó la voz de Alma, así que Violeta entendió que estaba hablando por el móvil.

—¿Quieres que quedemos mañana en Barcelona? —decía Alma con voz dulce—. Mi tren llega a la estación del Norte a las doce de la noche. Si quieres ven a buscarme y hablamos de todo… Sí, de Regumiel, de Violeta… Claro, claro…

La conversación se interrumpía por silencios, en los que la otra persona, desde el otro lado de la línea, dialogaba con Alma.

—Hiciste muy bien en irte. Esta chica está desequilibrada.

Violeta se mordió el labio llena de rabia y dolor. No podía dar crédito a lo que estaba escuchando. Las lágrimas empezaron a rodar por sus mejillas y decidió que ya había tenido bastante. Aún no eran las dos, pero agarró su abrigo, cerró la puerta de Villa Lucero de un portazo y empezó a caminar hacia Revenga. Antes de atravesar el jardín se giró hacia la casa y vio la figura de Alma asomada a su ventana. Mientras con una mano todavía sostenía el móvil en la oreja, con la otra le hacía señas pidiéndole que la esperara. En su lugar, Violeta aceleró el paso y atravesó corriendo la cuesta de la plaza del ayuntamiento.

Mientras bajaba la pendiente de la iglesia, se cruzó con varios grupos de vecinos del pueblo que caminaban, como en romería, en su misma dirección. La mayoría llevaban cestas de mimbre con chorizos y morcillas para asar en los hornos de piedra del merendero, botas de vino y mantas para tumbarse en la pradera.

A Violeta le llamó la atención un grupo de chicas ataviadas con traje regional que bajaban entonando coplas de amor serranas:

A la virgen de Revenga
un serrano le pidió
el amor de una serrana
y la virgen se lo dio.

Esa alegría, lejos de contagiarla, hizo que Violeta se sintiera todavía más triste. Aquella mañana se había levantado pletórica. La vida no podía sonreírle de mejor manera. Entonces… ¿por qué se había torcido todo en apenas unas horas?

Lo peor era que nada tenía sentido para ella.

¿Dónde diablos se había metido Mario?

¿Por qué se había largado sin despedirse después de haber pasado juntos la noche más maravillosa de sus vidas?

¿Y si solo había sido así para ella?

¿Y si Mario no había sido del todo sincero?

Al fin y al cabo casi no se conocían…

El sol calentaba de una forma insólita para estar en noviembre, en plena sierra de pinares, y Violeta deseó que lloviera. Le parecía una injusticia que el tiempo no acompañara sus sentimientos y se burlara de ella con aquel sol radiante.

Al pasar por la peña del agujero, Violeta sintió una punzada en el corazón. Su mente la transportó a la magia del cielo estrellado de la noche anterior. Recordó la voz cálida de Mario susurrando en el silencio de la noche, y sus labios ardientes. Hubiera jurado que, como ella, él también se había estremecido de amor. Se resistía a creer que aquello no había significado lo mismo para él o que quizá solo había sido una aventura de una noche.

Mientras pensaba todo esto, el coche de Lucía dio un frenazo y se detuvo a su lado. Por la cara de Violeta, su amiga enseguida entendió que algo no marchaba bien.

—No lo entiendo. ¿Dónde se habrá metido este hombre…? —murmuró Lucía entre dientes cuando Violeta subió.

—Creo que se fue a Barcelona.

—¿Cómo lo sabes?

—Escuché a Alma hablar por teléfono con alguien y creo que era él. Estaban quedando para verse esta noche en la Estación del Norte.

—¿Alma? ¿Qué tiene que ver Alma en todo esto?

—No lo sé, Lucía, pero creo que Víctor sí lo sabe.

Lucía frotó cariñosamente el muslo de Violeta mientras conducía sin apartar la vista del camino.

—No te preocupes, pronto saldrás de dudas.

Desde la carretera, Violeta divisó la gran explanada de Revenga, junto a la ermita de piedra, ocupada por grupos de lugareños que cantaban y charlaban alegremente en rondas, dando una nota de color al intenso verde del prado y el pinar.

Tras estacionar junto a la carretera, las dos chicas atravesaron el valle. Mientras caminaban, Lucía iba saludando a sus amigos de Regumiel con ligeros movimientos de mano o cabeza y cálidas sonrisas.

Violeta contempló embobada cómo un grupo de hombres arrastraba un enorme pino, sin corteza, con la ayuda de varios bueyes. Lucía le explicó que era tradición que los mozos de los tres pueblos limítrofes cortaran un pino y lo serraran para que fuera arrastrado por las carretas.

—Es una forma de homenajear a los carreteros de la sierra que, desde hace siglos, arrastran y transportan los pinos con sus carretas, hoy en día convertidas en camiones de gran tonelaje —le explicó Lucía.

También vio varios puestos de productos artesanales y objetos típicos de la zona y pensó que no podía irse sin comprar miel, queso fresco y esos pasteles dulces tan ricos que Basilio servía cada mañana en el desayuno.

Las cestitas de arándanos, los licores de hierbas y las cajitas de setas variadas también eran un buen reclamo, tanto para turistas como para la gente de la sierra, que comentaba con alegría la buena cosecha de ese año de lluvias.

En una esquina, junto a los hornos de piedra, un grupo de hombres vestidos de blanco con gorros de cocinero preparaban el tradicional ajo carretero en enormes cacerolas de aluminio.

Violeta reconoció entre ellos a Basilio, quien removía un puchero con una enorme pala de madera, y avisó a Lucía con el codo para que viera al anciano en plena tarea.

–Es un hombre increíble –dijo Violeta–. Sabe de todo: de plantas, de cocina, de historia, de la vida…

–Sí –comentó orgullosa Lucía–, es un sabio. Aunque no sé de qué te extrañas… es cosa de familia.

Aunque Violeta ya lo sabía por Basilio, era la primera vez que Lucía le hacía esa confidencia y la miró muy seria esperando que su amiga continuara.

–Basilio es mi abuelo –añadió Lucía esta vez con el semblante serio–. Lo descubrí hace diez años a raíz de un curso de constelaciones familiares que hice en Barcelona. Quise hacer mi árbol genealógico y empecé a investigar, a atar cabos... Y, aunque la familia de mi madre se había empeñado en borrarlo de nuestro pasado, las pistas me condujeron hasta él. Se lo dije a mi madre, pero no quiso conocerlo. Su madre, Laureana, murió en un convento justo después de tenerla a ella y su abuelo le explicó que un muchacho del pueblo se había aprovechado de ella, engañándola y abandonándola a su suerte.

–¿Entonces Blanca murió sin conocer a su padre?

–Sí. Basilio no hizo bien abandonando a mi abuela, pero lo movieron sentimientos nobles. Desconocía su embarazo y su trágico destino. Pensó que ella merecía algo más que un pobre peón caminero y, sencillamente, se apartó de su camino.

–Laureana murió sin saber por qué la abandonó el amor de su vida.

—Sí. Por eso me toca a mí desenredar los hilos de esta maraña familiar y perdonar a Basilio.

—¿Hablaste alguna vez de todo esto con él?

—No, ni siquiera creo que sepa que soy su nieta.

—Pero dijiste que es un hombre sabio; ¿cómo no iba a saberlo? Quizá no quiere incomodarte y espera que tú se lo digas. Después de todo lo que hiciste por él con Villa Lucero, seguro que te adora. Estoy convencida de que se muere de ganas de abrazar a su nieta.

—Es posible. Los dos nos queremos mucho y lo sabemos, aunque no nos lo digamos. Pero ¿sabes una cosa, Violeta? Quizá ha llegado el momento de ordenar mi vida y poner a cada uno en su lugar. A mi abuelo donde le corresponde y a los hombres que me rodean donde se merecen...

—¿Te estás refiriendo a Ernesto? —preguntó Violeta acordándose del chico del Mini del que se habían despedido en la Estación de Sants. Era un caradura y estaba contenta de que su amiga por fin se hubiera dado cuenta.

—Sí, pero también a Salva.

—¿Salva es un caradura?

—No, mujer, pero sí es alguien a quien me gustaría hacer un espacio en mi vida. Estos días... Él y yo...

—¿En serio? —Violeta se llevó una mano a la boca emocionada—. ¡El beso que se dieron el otro día fue tan increíble!

—¿Recuerdas lo que dijo Mario el otro día? ¿Eso de que aceptamos el amor que creemos merecer?

—Sí...

—Pues yo estoy empezando a darme cuenta de que merezco

que me quieran y me acepten no por lo que tengo, sino por lo que soy. Fue un error esconder al resto del grupo lo de Shone.

—Para nosotros eres la Lucía de siempre. Y yo me siento muy feliz por haber recuperado a mi mejor amiga de la infancia.

—Yo también —las dos chicas se abrazaron emocionadas—. Creo sinceramente que, en el fondo, no cambiamos tanto con los años. Me siento más cerca de la chica que era con quince, que de la que he sido con veintitantos. Y estos días, al estar con ustedes, he podido recordarme y conectar con esa adolescente tímida que jugaba a básquet y le gustaba coserles vestidos a sus muñecas.

Algo más animada, después de las confidencias compartidas con Lucía, Violeta buscó a Víctor con la mirada mientras su amiga se dirigía a la fuente a beber agua fresca. Sin embargo, fue incapaz de localizarlo entre todo el gentío. Ignoraba que había ido con Salva a ver la impresionante necrópolis del siglo x que se extendía a pocos metros de allí sobre una enorme planicie rocosa.

Hipnotizada por el delicioso aroma de aquel caldo, Violeta se acercó a ver a Basilio.

—Mmm... Huele de maravilla —comentó Violeta.

—Pues espera a probarlo... —respondió Basilio con una sonrisa.

Mientras removía el caldero, el anciano explicó a Violeta que el ajo carretero fue durante años el alimento básico de los hombres que trabajaban la madera. Se preparaba en el monte mientras cortaban los árboles y los cargaban en las carretas serranas.

—Este plato se prepara al calor de las brasas –continuó Basilio–. El guiso está listo cuando la carne está tierna y el caldo apenas la cubre. Primero se come el cordero y, después, al caldo se le añaden unas rebanadas de pan fino y se sirve como segundo plato.

En aquel momento, Alma apareció entre la gente y se acercó a Violeta y a Basilio.

—Menos mal que los encuentro… ¿Por qué no me esperaste, Violeta? Te llamé desde la ventana de mi habitación cuando salías.

—No te vi –mintió Violeta con poca convicción.

—Ya. Bueno, quería contarte algo… ¿Te importa si damos un paseo junto al río? Aquí hay demasiado ruido.

En aquel momento las voces del mismo grupo de chicas que Violeta había visto bajar desde Regumiel se pusieron a bailar una danza folklórica mientras entonaban otra melodía:

Con las mozas de la sierra
poca broma has de gastar.
Por las buenas lo que quieras
por las malas ni pensar.

Mientras las dos chicas paseaban bordeando el río Torralba, que bajaba impetuoso de las cumbres tras las lluvias de los últimos días, a los pies de Revenga, Alma empezó con su explicación.

—Creo que hace un rato escuchaste una conversación que no debías… Lo sé porque oí crujir los peldaños de madera de la escalera y, al instante, te vi salir de la posada como una histérica.

—"Que no debía"… —repitió Violeta con tono irónico.

—Quiero decir que era una conversación privada y que, a veces, se dicen cosas que en realidad no se piensan… o que suenan mal cuando alguien las escucha fuera de contexto.

—¿Te refieres a cosas como que estoy "loca"?

—No, yo no dije eso exactamente, dije "desequilibrada". "Loca" lo dijo él… Pero es imposible que lo escucharas…

—¡Alma!

—Perdona… Pero ¿qué querías que hiciera? Fue él quien me llamó. Se sentía perdido y desorientado.

Violeta no podía creer las palabras de Alma. ¿Perdido? A ella no le había parecido que se sintiera así esa misma mañana entre sus brazos.

—Y nadie mejor que tú para ayudarlo a encontrarse… —reaccionó Violeta instintivamente. Aquello era el colmo.

—Y para lo que él quiera. Una no se cruza con un hombre así todos los días, Violeta. Puede que tú aún no te hayas dado cuenta, pero yo…

—¡Tú eres una bruja! ¡Y él un imbécil! —exclamó escupiendo toda su rabia.

—Mira, Saúl es un hombre estupendo y si tú no eres capaz de verlo, yo sí. ¿Me convierte eso en una bruja? ¡Pues soy una bruja!

—Espera un momento… ¿Saúl? ¿Me estás hablando de Saúl?

—Sí… —respondió Alma confusa—. ¿De quién si no?

En aquel momento Violeta dudó entre besarla o empujarla

al río. Se sentía realmente aliviada de que su víctima fuera Saúl y no Mario; pero, aun así, una punzada de preocupación la invadió al enterarse de que su exnovio había caído en las redes de Alma y no pudo evitar un comentario celoso.

—¡Hasta ayer pensabas que era mi pareja! Bonita, tú no pierdes el tiempo, ¿verdad?

—Creo que no soy la única... —añadió Alma burlona consiguiendo que Violeta se pusiera roja.

—¿Es que no hay más hombres en el mundo para que tengas que ir persiguiendo a los míos? —dijo Violeta dándose cuenta al instante de lo absurdo de aquel comentario y de que era la rabia la que hablaba por su boca.

—No seas ridícula. Saúl no es "tuyo". Le diste una patada en el culo ayer, ¿recuerdas?

—Es un buen hombre —se justificó Violeta—. No quiero que le hagas daño.

—No te preocupes. Mi intención es justo lo contrario —dijo Alma con risilla nerviosa y voz pícara.

—No tienes respeto por nada.

—Vamos, no te pongas así. Saúl es mayorcito para saber dónde se mete... —rio de nuevo divertida—. Quiero decir que... Me llamó él. Le pasé una notita con mi número de móvil ayer, mientras comíamos todos en la cocina, por debajo de la mesa, y se lo guardó en el bolsillo. Quizá no es tan inocente y vulnerable como tú imaginas.

Aunque Violeta amaba a Mario, no podía evitar sentirse incómoda con lo que Alma le estaba revelando. Hasta hacía muy poco habían compartido sus vidas y se resistía a creer que pudiera sucumbir tan rápido a los encantos y artimañas de una desconocida como Alma.

No estaba celosa, pero sí molesta.

Hubiera preferido mil veces que fuera cualquier otra mujer la que conquistara el corazón de Saúl, pero no estaba en sus manos decidir una cosa así y, quizá, esa distracción podría irle bien para olvidarse de ella. Y, quién sabe… a lo mejor incluso conseguía enamorarla y acababa transformando el corazón de Alma.

—Está bien. Intenta conquistarlo si quieres —cedió finalmente Violeta—. Yo no voy a meterme entre ustedes. Solo te pido una cosa.

—Pide.

—No le hables mal de mí.

Violeta quería que Saúl conservara intacto el buen recuerdo que tenía de su relación durante esos años. Sabía que ahora estaba resentido y probablemente pensaría cosas horribles de ella, como que estaba loca o que había sido cruel con él, pero lo último que necesitaba era que alguien lo envenenara con su maledicencia y estropeara la posibilidad de ser amigos en el futuro.

—Prometido —dijo finalmente Alma extendiendo su mano hacia Violeta—. Dejaré a un lado mis armas de destrucción y solo usaré las de seducción. Sin juegos sucios.

Violeta estaba convencida de que esas armas de las que hablaba Alma, y que ella había tenido ocasión de observar durante esos días, le sobraban para conquistar el corazón herido de Saúl. Así que aceptó la mano que Alma le ofrecía y la estrechó con fuerza, confiando en su palabra.

—Una cosa más —dijo Violeta—. Cuando me dijiste que Mario se había ido a Brasil…

—Así lo creía. Llamaron a Villa Lucero preguntando por él y yo misma tomé el recado. Durante ese día, Mario desapareció y no supimos nada de él. No estaba segura, pero cabía la posibilidad de que se hubiera ido.

A Violeta le hubiera gustado preguntarle también qué había ocurrido entre ellos dos en el pasado. Víctor le había dicho esa misma mañana que Mario lo había pasado mal "con lo de Alma", pero no se atrevió a mencionar el tema. Pensó que quizá Víctor podría aclarar más tarde sus dudas. De momento, le bastaba con saber que Alma tenía otro objetivo y que no era Mario.

Pero ¿dónde se habría metido? Como era la segunda vez que desaparecía del grupo, el resto no parecía muy preocupado por ese hecho, pero Violeta estaba empezando a temer que pudiera haberle pasado algo.

En ese momento, Salva apareció entre los pinos con los brazos en jarras. Cuando vio a las dos chicas paseando tranquilamente por el borde del río señaló, algo molesto, con un dedo su reloj y les gritó:

—¡Chicas! ¿Se puede saber dónde andaban? Son las tres. Las estamos esperando para comer.

El olor al guiso de cordero se colaba ahora entre los pinos y Violeta sintió el ronroneo de sus tripas pidiéndole combustible.

Lucía había escogido una de las mejores mesas de madera del merendero. El sol de otoño calentaba directamente sobre ella, proporcionándoles una agradable temperatura, y tenían la fuente lo bastante cerca como para levantarse y beber agua fresca cada vez que tenían sed. Sobre un campestre mantel de cuadros rojos y blancos, habían dispuesto platos, vasos y cubiertos para todos y un par de botellas de Ribera del Duero. Basilio se encargó de servir el cordero y un pequeño cuenco con sopa de ajo carretero y pan para cada uno. Todo estaba delicioso y el entorno acompañaba a disfrutar de un día en el campo de lo más entrañable.

Tras la comida, Anselmo se acercó a ellos con varios postres y estuvo charlando animadamente un rato con todos, pero sobre todo con Víctor, a quien animó a maridar su tarta de moras con un vino dulce de la comarca. El ambiente festivo y el alcohol parecían haber borrado de un plumazo la timidez natural del panadero.

Después de devorar hasta la última migaja de aquellos dulces y tomar la infusión de hierbas que Basilio había traído en un termo, Violeta le pidió a Víctor que le acompañara a la necrópolis que se encontraba a varios metros de allí, en dirección a la montaña. Un rato antes, él y Salva habían bajado alucinados por la belleza del paraje donde se extendía la enorme piedra perforada por las tumbas medievales, y Violeta aprovechó la excusa para quedarse a solas con él.

Sentados en el suelo de piedra, y reponiéndose del paseo ascendente por la pendiente rodeada de pinares, Violeta le pidió a Víctor que le explicara lo que sabía sobre la historia entre Mario y Alma.

–Alma fue la novia de Mario durante unos años. Compartieron apartamento en California y...

–Un momento… –lo interrumpió Violeta–. ¿Alma? ¿En California?

–Sí, ella es de allí.

–¿Nuestra Alma? –preguntó incrédula ante aquel dato insólito que Víctor le descubría.

–¡No! ¿Creías que me refería a Alma García? –preguntó Víctor mencionando el apellido de su amiga de la infancia.

Violeta asintió desconcertada moviendo la cabeza.

–No, no, la Alma de Mario es otra. La conoció en California, mientras trabajaba allí en una beca de investigación, y se enamoró de ella.

–No es un nombre muy común… –dijo Violeta tratando de justificar su confusión.

–Es cierto. Pero la Alma estadounidense se llamaba así por Alma Mahler. ¿Sabes quién es?

–No… –musitó Violeta.

–¿Has visto *Muerte en Venecia*?

–Sí –recordaba vagamente la película de Luciano Visconti–. ¿Es aquella en la que un viejo compositor se enamora de un jovencito y se dedica a perseguirlo por toda Venecia?

–Sí, es divina, ¿verdad? ¡Me encanta! –exclamó Víctor, perdiendo durante un instante el hilo de la conversación–. El protagonista está inspirado en el compositor Gustav Mahler. Y la banda sonora de toda la película es su Quinta sinfonía. Mario también es un enamorado de *Muerte en Venecia*.

–Ya veo… –dijo Violeta sin saber muy bien a dónde quería llegar Víctor.

–El padre de Alma, un conocido director de orquesta

estadounidense, le puso ese nombre a su hija en honor a Alma, la musa y esposa de Mahler, su compositor favorito.

Mientras escuchaba la historia atentamente, Víctor tomó una navaja multiusos de su bolsillo y empezó a afilar una ramita. Violeta se fijó en sus manos, perfectamente cuidadas, y en el movimiento de la hoja afilada disparando pedacitos de astilla al suelo.

El relato la transportó a California, a una vida anterior de Mario que ella desconocía totalmente.

—Mario conoció a Alma Gillespie una tarde de verano en el Dorothy Chandler Pavilion, el edificio de la Ópera de Los Ángeles donde aquel día interpretaban un repertorio de Mahler, que incluía su famosa Quinta sinfonía. Después del recital, Mario se acercó a felicitar emocionado al director. Estaba impresionado por la pasión con la que había interpretado su pieza favorita y quería conocer a ese hombre. Junto al director, una hermosa y encantadora muchacha acompañó a Mario y le dio conversación mientras el hombre atendía a la prensa y a otros fans espontáneos. En un primer momento, Mario pensó que era su joven amante, pero pronto la chica lo sacó de dudas explicándole que era su hija.

»Aquella noche, los tres terminaron cenando juntos, hablando de *Muerte en Venecia*, de Mahler y de su bella esposa Alma. Gillespie le contó que había escogido ese nombre para su hija en honor a aquella atractiva y misteriosa mujer, que no solo había inspirado al compositor su bella Quinta sinfonía, sino también las obras de otros grandes artistas como Kokoschka o Klimt.

»"Alma fue una gran musa. Una mujer apasionada e irracional. Una gran seductora capaz de conquistar a cualquier hombre que se propusiera", le había dicho Gillespie mirando a su hermosa hija con orgullo.

»Mario miró fascinado a aquella muchacha y le vino *El beso* a la cabeza. No solo porque deseaba besarla en aquel mismo instante, sino porque guardaba un gran parecido físico con la joven pelirroja del famoso cuadro de Klimt. Esa misma noche, Alma lo llevó a su apartamento y se acostaron. A la semana ya estaban viviendo juntos en Berkeley. Mario se pasaba el día en el laboratorio de la Universidad, investigando su teoría de la evolución con arácnidos, mientras Alma impartía clases de piano y practicaba en el Liceo sin cesar, o al menos eso creía él. En ocasiones, ambos iban a casa de Gillespie en Santa Bárbara para asistir a algún recital y Alma terminaba tocando varias piezas. A Mario le encantaba mirarla cuando lo hacía. Su cuerpo adoptaba una solemnidad y una elegancia asombrosas, mientras sus dedos presionaban delicadamente las teclas del piano y su belleza natural se acentuaba todavía más en el semblante serio de su rostro ovalado.

»A pesar del carácter tempestuoso de Alma y de su compleja personalidad, Mario estaba satisfecho con su vida en California. Alma tenía sus defectos: era caprichosa, voluble y temperamental, pero él la amaba.

»Hasta que un día, al cambiar su recorrido habitual de vuelta a casa, la descubrió, asombrado, besándose en una cafetería con otro hombre. En aquel momento no dijo nada. Se resistía a creer la infidelidad; así que pidió algunos días libres y se dedicó a seguirla. En menos de una semana, la sorprendió con tres hombres diferentes.

»Cuando Mario desenmascaró a Alma, explicándole lo que había descubierto, la chica se mostró fría como el hielo y se limitó a decir: "Si me amas, debes aceptarme como soy". Con el corazón roto, Mario pidió el traslado y, un mes más tarde, le concedieron un puesto en Londres.

»Concentrado en su trabajo día y noche para no pensar en su fracaso amoroso, sus investigaciones pronto dieron fruto y la Universidad de Barcelona le ofreció una beca para patrocinar sus descubrimientos.

Víctor dejó de hablar y Violeta se quedó un rato pensativa. Había escuchado aquel relato con mucha atención y no pudo evitar comentarle su reflexión:

—Es como si su padre, al ponerle el nombre de la musa de su compositor favorito, le hubiera transferido la historia personal de pasiones desenfrenadas de Alma Mahler...

—Es posible —asintió Víctor.

—En el fondo —continuó Violeta—, Alma imitaba el comportamiento de la musa, guardándole una lealtad invisible que la convertía en una gran seductora, capaz incluso de conquistar a varios hombres a la vez.

—Tienes razón... Escuché hablar de esa teoría que dice que a través de nuestro nombre todos somos víctimas de una especie de trampa energética. Una regla fundamental de la psicomagia es no poner a nuestros hijos el nombre de un amor platónico, para no transmitirles cargas de historias que no les pertenecen.

—Quizá nuestra Alma también tenga algo de Alma Mahler —dijo Violeta pensando esta vez en la actitud seductora de su amiga—. Quien no conoce la historia de Alma Mahler y su relación con los hombres, puede pensar que es un nombre bellísimo, cargado de espiritualidad y buenas intenciones…

—Nuestra Alma no es mala persona. Es… es ella. Y creo que todos la aceptamos como es. Cuando de niño te falta el amor, de adulto es difícil saber cómo querer bien.

—En cualquier caso, si alguna vez tengo una hija no la llamaré así, por si acaso…

Los dos rieron divertidos, hasta que el muchacho le recordó a su amiga que estaban sentados sobre una necrópolis.

—Un poco de respeto, que esos huecos en la piedra son tumbas de hace más de diez siglos.

Violeta miró a su alrededor y no pudo evitar soltar otra carcajada cuando vio a una vaca saciar su sed en uno de los huecos rebosante de agua de lluvia.

Mientras bajaban de nuevo a la gran explanada de césped de Revenga, Violeta agradeció a Víctor su confidencia sobre Mario. No solo había despejado sus dudas sobre una posible relación con Alma, también le ayudaba a conocerlo y comprenderlo mejor. Después se lamentó de que no hubiera aparecido en todo el día.

—Seguro que hay alguna explicación que justifique su ausencia… —dijo Víctor con gran convicción.

—¿Tú crees? A lo mejor se ha ido… Quizá fuimos demasiado rápido y pensó que soy tan voluble como Alma: ayer con Saúl, hoy con él…

–No lo creo. Mario te conoce desde que eras una niña. Sabe perfectamente cómo eres.

Violeta pensó también en las palabras que aquella mañana le había dicho Basilio sobre su nombre: "La violeta simboliza fidelidad y entrega única. Es flor de un solo corazón".

–Gracias, Víctor –dijo Violeta tomándolo del brazo–. Tengo tanto miedo de perderlo… Hace una semana mi vida transcurría tranquila sin él y ahora no puedo imaginarla si no está a mi lado. ¿No es extraño?

–Eso tan extraño se llama amor.

Violeta suspiró y deseó con todas sus fuerzas encontrarlo junto al resto del grupo en la explanada verde.

El tiempo había transcurrido muy deprisa y Violeta y Víctor solo encontraron a Basilio junto a la fuente charlando con otros hombres del pueblo. El anciano les explicó que Lucía y Salva habían acompañado a Alma a Regumiel para que tomara el autobús a Soria. Su tren salía hacia Barcelona en apenas una hora.

Víctor y Violeta lamentaron no haber podido despedirse de ella. Con su charla, habían perdido la noción del tiempo y habían tardado mucho en bajar a la explanada, en la que ahora solo quedaban pequeños grupos charlando y jugando a las cartas sobre el césped. Sin embargo, estaban tranquilos, sabían que habría más reuniones de "Los seis salvajes" y que pronto tendrían ocasión de volver a verse.

Lucía apareció en ese momento con su coche e hizo una señal a los chicos y a Basilio para que subieran. Pronto anochecería y no querían salir muy tarde para Barcelona. Tanto Víctor como Lucía tenían que trabajar al día siguiente. Violeta, en cambio, había terminado sus acuarelas a tiempo y todavía tenía dos días para repasarlas y preparar una presentación atractiva para Malena. De todas formas, confiaba en que encontrarían a Mario en la posada y quizá podrían hacer planes para estar juntos en algún momento.

A Violeta se le cayó el mundo encima cuando llegaron a Villa Lucero y no vieron el coche de Mario. Al entrar en la casa, sus temores se confirmaron al encontrarla vacía. Deseosa de tener una prueba más, Violeta subió corriendo los peldaños de madera hasta la segunda planta. Durante unos segundos se detuvo frente a la habitación "Diente de león", consciente de que allí encontraría la respuesta definitiva a sus dudas… Tomó el pomo y lo giró con los ojos cerrados, empujando temerosa la puerta muy despacito. Al abrirlos, de una primera ojeada, no halló ningún rastro de las cosas de Mario. La habitación estaba arreglada y la cama, perfectamente hecha, lucía impecable el edredón color chocolate y los cojines vainilla a juego. Violeta se acercó a la cómoda y abrió una a una las gavetas, pero encontró siempre lo mismo en cada una de ellas: nada. Ya no le quedaba ninguna duda de que Mario se había marchado sin despedirse de ella, sin una explicación, sin justificar lo que había pasado entre ellos… Aun así, Violeta entró en el baño que habían compartido y en el que habían hecho el amor esa misma mañana, y solo encontró sus propios enseres. Abatida, respiró hondo y sintió el aroma a bergamota y naranja del perfume de Mario flotando en el aire. Entonces ya no pudo más y se echó a llorar. No entendía nada. ¿No podría, al menos, haberle dado alguna explicación? ¿Qué manera era esa de desaparecer de su vida, huyendo como un cobarde?

Violeta recordó que aquella mañana lo habían visto salir del pueblo con su coche y pensó que la historia de Basilio y Blanca se repetía. Cincuenta años atrás, Basilio había hecho ese mismo recorrido dejando a Blanca plantada, sin una explicación. A él lo habían movido motivos nobles, pero ¿y a Mario? ¿Cómo podía explicarse su comportamiento?

Se lavó la cara con agua fría tratando de borrar el rastro de su llanto y aclarar sus ojos enrojecidos, y bajó al salón a reunirse con Lucía y Víctor. Intentó ser fuerte y no mostrar ninguna evidencia de su pena. La rabia de saberse abandonada hizo que consiguiera mantener el semblante digno y serio.

–Violeta, ya no podemos esperar más –dijo Lucía–. Mario no va a volver.

Víctor estuvo a punto de protestar. En el fondo, como Violeta, aún no había perdido la esperanza de verlo aparecer por la puerta con alguna excusa. Sin embargo, Lucía les hizo ver que ya era muy tarde, que estaba oscureciendo y que ya habían esperado bastante durante todo el día.

Violeta asintió con la cabeza sin pronunciar palabra y se dispuso a subir la escalera en busca de su maleta cuando unos faros de coche la deslumbraron desde la ventana del salón.

Al cabo de unos segundos, Basilio abrió la puerta y Mario apareció tras él, con la cara muy pálida y la ropa y las manos cubiertas de grasa.

–Menos mal que los encuentro todavía aquí… Temí que ya se hubieran ido a Barcelona.

–¿Se puede saber dónde estuviste metido todo el día? –explotó finalmente Violeta, feliz y enfadada a la vez.

—En Burgos —dijo Mario—. Debía estar de vuelta para el almuerzo, pero el coche se me estropeó y no encontraba ningún taller abierto que quisiera arreglármelo para el mismo día. Después de recorrer toda la ciudad, conseguí que un mecánico le hiciera un arreglo, pero le faltaba una pieza de recambio y se me volvió a parar en el camino. Llevaba horas tratando de arrancarlo a diez kilómetros de aquí cuando por fin el coche se puso en marcha.

Los tres chicos escucharon alucinados la historia de Mario y se lamentaron de que hubiera malgastado así su último día mientras ellos se divertían en Revenga. Sin embargo, había algo que no terminaba de encajar…

—¿Y qué se te había perdido a ti en Burgos? —preguntó Víctor extrañado.

—Se los explico enseguida a todos —dijo Mario mientras se acercaba a Violeta y le tomaba una mano arrastrándola suavemente hacia el exterior de la posada—, pero primero dejen que hable con Violeta.

Dejó que Mario la guiara por el sendero de piedrecitas del jardín, que conducía al cobertizo. La luna brillaba completa de nuevo y, alejados de la casona, las estrellas cobraban intensidad en el firmamento.

—Creí que te habías ido —sollozó Violeta reprimiendo el llanto—. Pensé que…

—Lo siento mucho… —dijo Mario sellando su boca con un dulce beso.

Violeta intentó apartarse con la certeza de que desfallecería de amor en los brazos de aquel hombre si no lograba detenerlo.

—Mario… ¡no!

Él sintió cómo la mano de ella intentaba débilmente apartar su pecho, mientras sus labios contradecían su negativa y se rendían a la pasión de sus besos. Violeta se estremeció cuando los labios de Mario abandonaron su boca y empezaron a recorrer sus párpados, su frente y sus mejillas humedecidas. Pero no estaba dispuesta a sucumbir tan pronto a aquel hombre que la había tenido en vilo todo el día, necesitaba una explicación…

—Dime la verdad… —imploró Violeta—. Fuiste a Burgos pensando en escapar de mí. Hiciste tus maletas y te marchaste decidido a no volver la vista atrás… Pero al final te dio lástima dejarme aquí abandonada sin una explicación, ¿verdad?

—¿Lástima? Te aseguro que eres capaz de inspirarme muchas cosas, Violeta, pero nunca lástima —dijo Mario—. Hice mi maleta esta mañana para no perder tiempo después, pero la dejé arriba, junto a la tuya.

Violeta solo se había fijado en que la habitación estaba arreglada y que no había rastro de Mario ni en las gavetas, ni esparcidos por el dormitorio… No había reparado en que sus cosas, empacadas junto a las suyas, no se habían movido de allí.

—Entonces, ¿por qué desapareciste esta mañana?, justo después de que hiciéramos el amor y…

Mario se apartó un poco de ella y tomó aire al tiempo que se metía una mano en el bolsillo y extraía su puño cerrado.

—Este es el motivo —dijo Mario tomando la mano de Violeta y depositando en ella una cajita—. Esta mañana, cuando me dijiste que te estabas enamorando de mí, hubiera querido decirte muchas cosas, Violeta. Pero las palabras no me respondían. A veces mi corazón es duro, se cierra y no me deja expresar lo que quisiera.

–Quizá esté herido… –dijo Violeta olvidando por un momento la cajita que sostenía en su mano y acordándose de Alma Gillespie.

–Tú lo has curado, Violeta. Ahora sé lo que es amar de verdad. Cuando tenía seis años ya tocaste mi corazón con tu varita mágica –dijo Mario recordando el momento en el que Violeta, de niña, había aparecido en su casa de la mano de su madre completamente empapada y con la varilla rota de su paraguas en la mano–. Y ahora sé que, desde aquel día, nunca dejó de latir por ti…

Violeta sintió un escalofrío recorrer todo su cuerpo. La música del cierzo meciendo dulcemente los pinos en el monte y el concierto de las cigarras y los grillos entre la hierba hacían de banda sonora de aquel romántico momento.

–Pero necesitaba un refuerzo para decirte que te amo –dijo Mario señalando la cajita que Violeta se disponía a abrir en aquel preciso instante.

Violeta sonrió al darse cuenta de que Mario ya había pronunciado esas dos palabras antes de que ella abriera la caja. Sin embargo, no pudo evitar una exclamación de sorpresa cuando vio el colgante en forma de hada que Mario ya le había regalado quince años atrás.

–Se parece mucho al que…

–Es el mismo –le explicó él también emocionado–. Se te cayó a pocos metros del portal de tu casa, y lo encontré cuando me iba a la mía. El broche estaba roto, por eso lo perdiste.

—Lo busqué durante días, recorriendo el mismo camino que hicimos aquella tarde. ¿Por qué no me lo devolviste antes de irte a Boston?

—No lo sé. Esta hada me recordaba mucho a ti y fue testigo de nuestro primer beso. Supongo que quería guardarla como un tesoro… Y además tenía el broche roto. Por eso fui a Burgos. Necesitaba arreglarlo y devolvértelo.

—No te lo encontraste en aquel sofá, ¿verdad?

—Claro que no… Te lo compré ahorrando varias semanadas.

—Mario… —suspiró emocionada—. Es precioso que lo hayas guardado todo este tiempo.

—En el fondo sabía que algún día volvería a ti.

Violeta se recogió el pelo y le ofreció su cuello para que se lo abrochara.

—¿Te lo quedarás para siempre? —le susurró él, con la boca pegada en su oído. Ella se estremeció y recordó haber pronunciado esas mismas palabras la primera vez que le regaló el colgante.

—Sí, para siempre.

—¿Estás segura?

—Nunca he estado más segura de algo en toda mi vida —dijo sellando sus labios con un apasionado beso mientras el hada era de nuevo testigo de aquel amor.

Unos segundos más tarde, Violeta vio a Lucía y a Víctor acercarse hacia ellos por el caminito de piedras, arrastrando tras de sí sus maletas…

—Chicos, se nos hace tarde —gritó Lucía mientras se aproximaba a los dos enamorados.

–Yo no puedo irme esta noche… –se justificó Mario–. Mi coche no aguantaría un viaje hasta Barcelona.

–No te preocupes. Está todo controlado –sonrió Lucía desviando la mirada hacia el colgante de Violeta–. Mientras hablaban a la luz de la luna, nosotros hemos hecho los deberes.

–Sí, dijo Víctor. Basilio llamó a un taller cercano y mañana vendrá un mecánico para arreglarte el coche.

–Nosotros salimos ya para Barcelona, pero les hemos dejado la chimenea encendida y algo de comer en la nevera.

–Cuiden la casa. Esta noche se la dejamos enterita para los dos –dijo Lucía guiñando un ojo su amiga.

–¿Y Basilio? –preguntó Violeta buscándolo con la mirada y viendo cómo en aquel momento se acercaba hacia ellos con otra maleta.

–Mi abuelo se viene unos días conmigo a Barcelona.

–Sí –confirmó Basilio con la sonrisa más radiante que Violeta había visto en el rostro de aquel anciano–. Lucía… mi nieta… me ha prometido una visita turística completa por las obras de Gaudí.

Antes de subir al coche, los cuatro amigos se abrazaron y prometieron reunirse muy pronto. Lucía quedó con Violeta en llamarla en unos días para concretar los preparativos de su viaje a Milán, y Víctor le hizo prometer a Violeta que lo visitaría en el hospital para revisar la herida de su cabeza. Pero ella sabía que su amigo estaba más interesado en conocer los detalles de su conversación con Mario que en su cabeza herida, que ya estaba completamente curada. Sin embargo, deseosa de hablar con él, aceptó encantada.

Mientras Mario los ayudaba a colocar las cosas en la cajuela del Mercedes de Lucía, Violeta y Basilio se quedaron un rato a solas despidiéndose.

–Gracias por todo, Basilio –dijo Violeta mientras lo abrazaba cariñosamente.

–Gracias a ti, mi niña.

Violeta pensó que quizá se estaba refiriendo al encuentro que se había producido entre su nieta y él. Ella solo se había limitado a darle un empujoncito a Lucía… pero estaba muy contenta de que finalmente los dos hubieran reconocido el lugar que le correspondía al otro.

Antes de subir al coche, Basilio se giró una vez más a Violeta y la llamó con la mano.

–¿Quieres saber algo más de tu flor? –le preguntó al oído con voz misteriosa.

–¡Claro! –respondió Violeta llena de curiosidad.

–En el lenguaje de las flores, violeta significa "primer amor".

Mario y Violeta permanecieron de la mano mientras el coche se alejaba de Villa Lucero. Aquella aventura de "Los seis salvajes" no podía terminar con mejor final. Sin embargo, a los dos les esperaba una aventura todavía más excitante: conocerse día a día. Habían pasado quince años y los dos tenían muchas cosas que explicarse. Lejos de sentir pereza por descubrir sus misterios y compartir su pasado y su presente, los dos amantes estaban llenos de emoción y se sentían ansiosos por saber más el uno del otro.

Acurrucados en el sofá, junto a la chimenea, Violeta bajó la mirada y se dio cuenta de que el brazalete de la chica de la ruta ya no estaba en su muñeca. Durante un instante, lamentó haberlo perdido; aquella inscripción le había dado fuerzas para afrontar su destino. Sin embargo, enseguida recordó la historia de los brazaletes de hilos de colores, que de niña le encantaban: solo cuando se perdían se cumplía el deseo formulado al anudarlos. Ya no necesitaba el empuje de la inscripción: "Vive rápido, siente despacio". Grabado ya para siempre en su alma, su deseo se había cumplido con creces.

Después, recordó que la beca de Mario en Barcelona era limitada y que terminaría en unos años… Quizá tuviera que viajar a algún otro país en busca de nuevos arácnidos que investigar.

—Hay algo que debes saber, Violeta. Me han ofrecido una beca de estudio en Brasil para investigar una especie de araña que han descubierto… Es algo único y…

—Y quieres ir.

—Sí, pero no quiero perderte ahora que te he vuelto a encontrar —dijo pasándose la mano por el pelo—. Puedo rechazarla y seguir con mi puesto en la Universidad de Barcelona.

Violeta no quería que renunciara a nada por ella y menos a algo que le apasionaba tanto como su trabajo. Pero que se lo planteara por ella, que apostara así por una relación que justo empezaba, ya le parecía un gesto maravilloso y romántico.

—Yo tampoco quiero perderte —reconoció ella apenada—, pero debes ir. Hemos estado quince años separados. Si lo que nos une es fuerte, como el hilo de seda de esa araña de la que me hablaste, nada podrá romperlo.

—¿Ni siquiera un año?

Violeta tragó saliva y notó cómo le temblaban los labios.

Un año separados era, desde luego, una gran prueba de amor, pero, aun así, logró que su voz sonara firme:

—Ni siquiera un año.

Para ella también iban a ser meses muy intensos, volcada en su nuevo trabajo con Lucía. Su amiga le había ofrecido una gran oportunidad y quería estar a la altura y poner todo su empeño en hacerlo lo mejor posible. Viajarían juntas a desfiles internacionales y ferias importantes de diseño y moda, y eso también la mantendría ocupada. Además, estaba segura de que encontrarían momentos para viajar y verse.

—¿Cuándo tienes que irte? —formuló la pregunta y contuvo el aliento, temerosa de la respuesta.

—Dentro de un mes y medio.

Violeta soltó el aire y sonrió ante la perspectiva de estar juntos seis semanas. Si en menos de una se habían vuelto a enamorar como dos adolescentes, aquel tiempo sería más que suficiente para ver hacia dónde podían llevarlos sus sentimientos.

Mario le había explicado que algunas arañas solo necesitan cinco horas para hacer una tela pegajosa, capaz de atrapar a presas muy pesadas, y no pudo evitar pensar que el amor que se había tejido entre ellos, en tan solo cinco días, era igual de resistente.

Si de algo estaba segura, era de la fortaleza de sus sentimientos. Estaba locamente enamorada, y eso era algo maravilloso, pero también extraño y peligroso, porque sabía que se entregaría con toda el alma y, llegado el caso, le permitiría incluso que le partiera el corazón… Y, aun así, no le importaba. Se sentía viva.

–¿Qué pasará con nosotros? –preguntó Mario, mientras enroscaba los dedos en sus rizos con la mirada fija en los leños que crepitaban en el hogar.

–No podemos saberlo… –respondió Violeta–. Recuerda que nadie puede prever cuando lloverá o cuando el amor le será favorable.

–Es cierto –dijo Mario acercando sus labios a los de Violeta–. El amor cae del cielo cuando menos lo esperas… Pero, a veces, como hacen los antiguos brujos con la lluvia, hay que saber invocarlo.

ORQUÍDEA

UN MES DESPUÉS...

A Violeta le costó una eternidad soltar a Mario para ir a darse una ducha. Tenía poco tiempo para arreglarse y no estaba segura de poder librarse de él tampoco bajo el agua, pero, aun así, no cerró la puerta y abrió el grifo muerta de la risa.

Mientras se enjabonaba el pelo con los ojos cerrados, intuyó su presencia y sonrió. Echó el cuello hacia atrás y se estiró un poco, para realzar su figura de forma provocativa, hasta explotar en una nueva carcajada.

—Yo creía que eras un hada, pero eres una bruja —oyó a Mario a través de la mampara de cristal—. Me tienes completamente hechizado. Y si sigues provocándome así, te juro que entro a darme una ducha contigo y no te dejo escapar.

—¡No! —exclamó ella—. Tengo que estar en la editorial en una hora… Y no puedo llegar tarde, Malena se pondría furiosa. Y luego quedé con Lucía para ver unas telas.

—A mí también me esperan en la Universidad.

Violeta terminó de darse una ducha y estiró el brazo para que Mario le pasara la toalla, pero, en cambio, él la envolvió en ella y la inmovilizó en un abrazo.

—¿Nos veremos para comer?

—Sí. Y si te portas bien, también para cenar… Y si te portas aún mejor, nos veremos para desayunar.

Había pasado un mes desde su regreso de Regumiel y apenas se habían separado. Violeta lo invitó a subir aquella misma noche, nada más llegar a Barcelona, y él no había vuelto a pisar su apartamento más que para buscar algo de ropa y algunos libros. Se había instalado con ella de forma natural, sin que ninguno de los dos lo propusiera formalmente o hablaran de ello. Sencillamente había ocurrido. En parte porque estaban muy bien juntos, en parte porque sabían que aquella idílica convivencia tenía una fecha de vencimiento cercana.

Mientras seguían con sus vidas, Violeta con las ilustraciones y su nuevo empleo en Shone, y Mario con sus investigaciones en la Universidad y los preparativos de su viaje a Brasil, intentaban pasar el máximo tiempo juntos.

Violeta había descubierto que encajar con alguien en la cama era mucho más que disfrutar de una noche de placer. Y que compartir el descanso era casi tan importante como el buen sexo. Con Mario podía dormir abrazada toda la noche y despertarse feliz y llena de energía. Con Saúl nunca había logrado ese grado de compenetración; ambos necesitaban espacio para estar cómodos y descansar.

Cuando no hacían el amor, se abrazaban en el silencio de la noche y charlaban hasta quedarse dormidos. A Violeta le encantaba apoyar la cabeza sobre su fuerte pecho y sentir el arrullo de su voz. Le encantaba escucharlo hablar de cualquier cosa y sentir el roce de sus labios en la frente, sobre todo después de haber retozado entre esas mismas sábanas.

Hasta ese momento, Violeta ignoraba que pudiera amarse así, sin temores ni reservas, con una entrega y comunicación profunda, en cuerpo y alma. No se trataba solo del placer compartido, hacer el amor con Mario era mucho más que eso. La diferencia estaba en cómo se fundían sus latidos mientras se amaban o en cómo su mente se desconectaba del todo y cedía las riendas al corazón.

Algunas mañanas, mientras dibujaba, le venían flashes de la noche anterior y se le encendían las mejillas. También se sorprendía canturreando y sonriendo sin motivo. Con él sentía que la pasión no tenía fin, que podían amarse una y otra vez, con la misma intensidad. Y se preguntaba si alguna vez todo eso cambiaría.

Violeta saludó a la recepcionista de Venus Ediciones y se metió en el elevador de un salto. Había decidido ir caminando hasta la editorial para disfrutar de aquel soleado día de diciembre, y había logrado llegar a tiempo. Se miró en el espejo y sonrió al ver su despeinada melena a causa del viento. Parecía una maraña pero, incluso así, se encontró linda y le lanzó un beso al espejo.

No sabía muy bien para qué la había llamado Malena. Hacía semanas que había entregado *Álbum de flores*, pero todavía era pronto para que estuviera impreso. Y aunque Violeta le había preguntado el motivo de su cita, Malena no había querido adelantarle nada por teléfono.

Quizá se trate de otro encargo, pensó, aunque no estaba segura de poder aceptarlo.

Desde que trabajaba para Shone, apenas tenía tiempo para producir todo lo que le encargaban, pero se sentía plena y muy creativa. Ahora estaba diseñando un estampado de insectos fantásticos para la campaña primavera-verano del año siguiente, y no podía sentirse más orgullosa del resultado. Las telas eran fantásticas y los diseños, espectaculares.

Con Shone, podía trabajar desde casa, pero le habían habilitado también una mesa de dibujo, junto al despacho de Lucía, donde podía ir a pintar siempre que quisiera. La luz que entraba por las amplias cristaleras de aquel edificio industrial reformado, del barrio Gótico de Barcelona, la inspiraba de un modo especial. Además, allí estaba Lucía, quien confiaba en sus creaciones más que ella misma, y con quien se divertía mucho trabajando y disfrutando de los pequeños placeres cotidianos. El simple hecho de desayunar juntas o tomar una copa después de la jornada ya hacía que el día, compartido con su amiga, fuera un auténtico regalo.

Lucía dirigía su empresa con mano firme pero con la suavidad y la delicadeza de una gran líder que, además, había sabido rodearse de buenos profesionales. A diferencia de lo que había sido su vida romántica, con los negocios siempre había tenido olfato para las personas y en Shone todo el mundo la adoraba y la admiraba. Y Violeta no tardó en encajar en su equipo creativo e incluso hacer amigos.

Curiosamente, la librería-cafetería de Salva no estaba lejos de allí, y a veces se reunían con él y Mario para almorzar juntos.

—Llegas tarde —la regañó Malena sin levantar la vista de unos papeles.

—Solo un minuto… —respondió Violeta fijándose en el reloj de su escritorio—. ¡Hace un día tan bonito! Y las calles están tan preciosas con los adornos navideños que acaban de poner… ¿Lo has notado?

Malena levantó la vista y durante unos segundos la miró fijo, con el ceño fruncido. La chica que tenía delante, sonriente y feliz, con aquel vestido de diseño, no se parecía mucho a la ilustradora apocada que ella había contratado para *Álbum de flores*.

—¿Qué te ha pasado? ¿Te diste un golpe en la cabeza?

—Lo cierto es que sí —respondió Violeta recordando el episodio de la fuente Blanca—. Pero me han pasado también más cosas…

—No tengo mucho interés en conocerlas.

—Está bien. ¿Para qué me llamaste?

Malena se levantó de su escritorio y la invitó a sentarse en una de las sillas de cebra que bordeaba su mesa de reuniones.

—Ayer llegaron las pruebas de imprenta de *Álbum de flores* —Violeta contuvo la respiración esperando escuchar la segunda parte, esa en la que intuía algún problema—. Y quería decirte que quedó espectacular. Todo el mundo ha alabado tu trabajo.

—¡Pero eso es fantástico! —exclamó sin poder contener la alegría.

—Eres buena, Violeta. Creo que no tienes mucha técnica y que te falta profesionalidad, pero tienes talento.

—¡¿Gracias?!

A Violeta se le curvó el labio en algo parecido a una sonrisa.

Dos cumplidos y dos críticas en la misma frase. Aquello era muy típico de Malena.

Se fijó un momento en la orquídea blanca que presidía la mesa y le pareció aún más grande que la última vez, más frondosa y con brotes nuevos. Malena siguió su mirada con curiosidad y le preguntó:

—¿Quieres saber cuál es el secreto?

Violeta asintió sin saber muy bien a qué se refería.

—La moderación.

—"Moderación" —Violeta repitió la palabra tratando de encontrarle un sentido.

—Así es. Las raíces de la orquídea necesitan agua, porque es una flor tropical y requiere humedad, pero no en exceso, porque si la encharcas, se pudre —le explicó Malena con el semblante muy serio—. Y las hojas necesitan luz, pero mucho sol directo podría quemarla.

—Entiendo…

—¿Seguro?

Estuvo a punto de asentir, pero comprendió que era su forma de decirle que no confiaba en su inteligencia. Violeta se tragó un suspiro de resignación y esperó a que Malena continuara hablando.

—Tengo un nuevo encargo para ti —le soltó finalmente—. Pero es un proyecto importante, incluso más que *Álbum de flores*, y no sé si podrás…

—No, no podré.

—¿Perdona? —Malena la miró sorprendida—. Aún no te he explicado de qué se trata.

—No hace falta. No podré hacerlo.

—Es para el esposo de la alcaldesa —susurró con los labios apretados—. Ha escrito un poemario y quiere que tú lo ilustres. Es amigo del autor de *Álbum de flores* y vio las galeras. Yo también tengo mis dudas de que tú puedas hacerlo, pero creo que si te esfuerzas y le pones ganas...

—Ahora eres tú quien no lo entiende, Malena. No voy a hacerlo. No puedo aceptar tu encargo. Tengo otro proyecto importante, que me ilusiona más.

Malena la miró como si hubiera perdido el juicio.

—¿Qué puede haber más importante e ilusionante que trabajar para el esposo de la alcaldesa? Todo el mundo hablará de tu trabajo.

Violeta estuvo a punto de responderle que ella misma, y su amiga Lucía, con quien se entendía muy bien y disfrutaba trabajando, pero sospechó que poco podía importarle eso a Malena.

—Yo no soy como tu orquídea —dijo finalmente Violeta—. No necesito moderación. Necesito amor y confianza —se sorprendió de sus propias palabras y de la contundencia de su tono—. No necesito que me raciones los halagos ni las buenas palabras para que no me queme o me ahogue. Yo quiero luz en mi vida, a raudales, y quiero agua, mucha agua, aun a riesgo de inundarme.

—No sabes lo que dices —Malena entrecerró los ojos y la miró con desprecio—. No habrá más oportunidades como esta... Y cuando ninguna editorial quiera trabajar contigo, tendrás que volver a tu antiguo empleo de teleoperadora.

—Te agradezco el encargo, Malena. Y te agradezco que me confiaras *Álbum de flores*. No imaginas cuánto… Pero mi respuesta sigue siendo no.

JACINTO

UN AÑO DESPUÉS...

—¡Sí! —respondió Violeta emocionada sin dejar de mirar el precioso anillo que Mario sostenía entre sus dedos—. ¡Claro que me casaré contigo!

Mario había planeado pedírselo más adelante, cuando los dos se hubieran acomodado de nuevo a su rutina juntos, pero al verla allí, en el hall del aeropuerto del Prat, recibiéndolo con lágrimas en los ojos, no había podido contenerse. No quería esperar más. Un año había sido suficiente.

Así que, cuando Violeta lo vio arrodillarse delante de toda esa gente, junto a la puerta de "Arribos internacionales", supo que su espera también había terminado.

Ocurrió justo después de que la viera entre la multitud y corriera hacia ella. Violeta contuvo el aliento al ver cómo soltaba la maleta y la alzaba en brazos, girando con ella y abrazándola como jamás lo había hecho, con lágrimas de felicidad en los ojos. En aquel abrazo pudo notar cuánto se alegraba de verla, cuánto la quería.

Deseaba casarse con él.

Nunca había tenido algo tan claro en toda su vida.

Y ahora que lo tenía delante, era consciente de lo mucho que lo había echado de menos. Lo abrazó con fuerza y pensó en cuánto había añorado los hoyuelos de su sonrisa y el lunar de su mejilla derecha. El brillo de su mirada cuando ideaba alguna travesura y cómo estallaba en carcajadas cuando le gastaba una broma. Su lado más salvaje, cuando la tomaba en brazos y hacían el amor hasta la extenuación, y su cara más tierna cuando se metía en la cocina y horneaba galletas para ella. Le encantaba verlo con el delantal puesto y las manos cubiertas de masa.

Y ahora, por fin, tendría todo eso.

Y más.

Aun así, separarse de Mario no había sido tan duro como imaginaba. Sobre todo porque, antes de irse, él le había regalado un vuelo para volverse a ver, tan solo quince días después de su partida, para celebrar el año nuevo, juntos, en Río de Janeiro.

Habían sido las vacaciones más maravillosas de su vida. Empezar el año en la playa de Copacabana, con temperatura estival, bailando junto a miles de personas vestidas de blanco, mientras un espectáculo pirotécnico iluminaba el cielo con vivos colores, era un recuerdo que quedaría para siempre en su retina. La felicidad era aquello: bailar y soñar junto al mar con el hombre al que amaba.

Tras aquellas idílicas vacaciones, el resto del año había pasado como un suspiro. Se echaban de menos, pero estaban continuamente en contacto. Se pasaban el día mandándose correos electrónicos y esperando con impaciencia a que el otro respondiera; y hablando por teléfono siempre que podían. Con la diferencia horaria, Violeta esperaba cada noche a que él regresara a su apartamento de San Pablo y la llamara. Ya de madrugada, se metía en la cama con los auriculares de su teléfono y charlaban hasta que se quedaba dormida.

Eso cuando Mario estaba en la ciudad. Cuando se encontraba en alguna expedición por la Amazonia, pasaban semanas sin que hablaran, pero lejos de preocuparse, continuaban con sus vidas. Se extrañaban, pero vivían el presente con intensidad, sabiendo que muy pronto volverían a estar juntos.

Mario le hablaba de sus investigaciones y de sus nuevos compañeros, tanto en las expediciones como en la Universidad de San Pablo. Violeta no entendía ni la mitad de lo que le explicaba, pero le encantaba la pasión con la que le hablaba de su vida en Brasil y de sus progresos estudiando a esas peculiares arañas.

Violeta le contaba lo mucho que estaba aprendiendo en Shone y lo ilusionada que estaba con el viaje que pronto haría con Lucía a Nueva York. Para ella todo era muy nuevo y vivía cada desfile y feria de moda como si estuviera en un sueño. También le hablaba de Víctor, de Salva y de su hija Berta, a quien a veces Violeta cuidaba para que Lucía y Salva pudieran salir. A Berta le encantaba dibujar y adoraba a Violeta.

Un agradable aroma floral recibió a Mario cuando entraron en casa de Violeta, nada más llegar del aeropuerto. Junto a un árbol de Navidad, había varias macetas con flores bulbosas en tonos blancos y rojos, y Mario no pudo evitar fijarse en ellas.

—Me encanta este olor.

—Son jacintos —le explicó Violeta—. No me preguntes por qué, pero me recuerdan a ti.

—No sabía que tuviera una flor, pero me encanta.

—Simboliza el amor duradero —dijo Violeta, y al ver la cara de extrañeza de Mario le explicó—: Desde que conocí a Basilio me he vuelto una fan de las flores y de su significado, pero me gusta mucho cómo huelen los jacintos.

—¿Casi tanto como yo?

—Tú me gustas más… —reconoció lanzándose a su cuello y propinándole un suave mordisquito—, pero estabas lejos.

—Pues ya estoy aquí, y estoy deseando recordarte lo duradero que puedo ser en otras cosas…

Violeta soltó una carcajada y le lanzó un cojín antes de que él la tomara, la tendiera sobre el sofá e hicieran el amor como si no hubiera un mañana.

EPÍLOGO
GIRASOLES

esde su ventana, en "Diente de León", Violeta tenía una panorámica perfecta del prado de Villa Lucero, que resplandecía con su verde más intenso salpicado de manzanilla, tras las primeras lluvias primaverales. Faltaban pocos minutos para el gran momento y algunos invitados ya se habían acomodado en las balas de paja, a modo de asiento, que habían dispuesto formando un pasillo.

Emocionada, se fijó en cada detalle, como en las telas de encaje con las que habían forrado los fardos de paja, en las flores campestres que decoraban cada esquina o en los farolillos que pendían de algunos árboles.

Al fondo, el cielo lucía algunas nubes algodonosas que conferían al paisaje un aspecto todavía más idílico, como un cuadro perfecto.

Observó a la madre de Mario charlando con la suya, en primera fila, y recordó aquel día de lluvia, cuando esa mujer la había sacado, literalmente, de un charco y la había llevado a su casa para secarla y cambiarla de ropa. Las dos mujeres se conocían del vecindario, donde habían vivido durante años antes de que enviudaran y cambiaran de residencia. Violeta se las imaginó poniéndose al día de sus vidas. Tenían muchas cosas que contarse.

En aquel momento, la furgoneta blanca del panadero entraba por el camino de tierra y Violeta descubrió a Víctor corriendo a su encuentro. Le gustó ser testigo del abrazo entre Anselmo y su amigo. Y cuando vio al panadero vestido con un bonito traje entendió con alegría que era el acompañante sorpresa del que le había hablado Víctor.

Mario y ella habían optado por una ceremonia sencilla, con pocos invitados, y ahora se alegraba de poder reconocerlos a todos: incluso a los dos compañeros brasileños de Mario a los que ella había conocido esa misma semana, y que eran encantadores. Uno de ellos le había explicado a Violeta que en San Pablo a Mario lo apodaban "el enamorado" porque se pasaba el tiempo hablando de Violeta y buscando wifi para hablar con ella.

Violeta se fijó en la chica del vestido rojo que buscaba asiento en la última fila del brazo de un apuesto joven con el pelo engominado.

Eran Alma y Saúl.

Se alegró de verlos a los dos. Y de verlos juntos.

Se acordó de la tarde, seis meses atrás, cuando Alma la había llamado para invitarla a un café y "contarle algo". Violeta imaginó enseguida que ese algo tendría que ver con su exnovio, pero no que estaría embarazada y, según sus palabras, enamorada de Saúl. En aquel momento no creyó en sus sentimientos y lo sintió por Saúl y por el bebé. ¿Qué pasaría con ellos cuando Alma decidiera pasar a "otra cosa, mariposa" como había expresado en Villa Lucero aquella tarde de confesiones?

Sin embargo, pronto cambió de idea.

Las dos se habían vuelto a ver varias veces más… las dos últimas con Saúl, y Violeta había podido comprobar que aquel amor era real y que, de algún modo, estaba transformando a Alma, y también a Saúl.

—Me gustaría que fuéramos amigas —le había dicho después de mostrarle cómo estaba creciendo su barriga, la última vez que se vieron, en una reunión de "Los salvajes", en la cafetería de Salva.

—Ya lo somos… —respondió Violeta.

—No. Sé que no te lo he hecho muy fácil y me gustaría pedirte perdón.

—¿Perdón? —aquello era demasiado, incluso para Alma.

—Puede que te mandara a freír morcillas para tener el camino libre con Mario, y que al principio saliera con Saúl solo porque sabía que te fastidiaba…

Aunque Violeta era consciente de aquello, la confesión de Alma la dejó un instante sin palabras. Hasta que finalmente le preguntó:

—¿Qué pasó con Bruno?

—¿El chico guapo del instituto?

Violeta asintió. No sabía por qué, pero, de repente, le importaba mucho lo que había pasado ese día. Tal vez porque nunca entendió que su amiga fuera tan cruel con ella. Aquel chico la había humillado delante de todos… Y ella se había reído y se había ido con él.

—No tuve nada con él, si eso es lo que me estás preguntando.

—Entonces… ¿por qué? Yo creí que…

—Todos creían que… Y yo no sabía salirme de ese papel

—reconoció apenada—. Y lo admito, disfrutaba fastidiándote. Siempre eras perfecta en todo: tenías buenas calificaciones, dibujabas bien y, encima, Mario estaba loco por ti.

Violeta no supo qué responder a eso. Siempre había sido una niña feliz, pero la autoconfianza jamás había sido su fuerte. Alma, en cambio, era tan segura, tan decidida…

—Saqué a Bruno de la fiesta y lo amenacé con contarle a todo el mundo que a veces se hacía pis en la cama si volvía a tratarte así de mal.

—No puedo creerlo… ¿De verdad hiciste eso? —Violeta se llevó una mano a la boca, sorprendida y, en cierto modo, emocionada por el "ajuste de cuentas" entre amigas.

—Mi madre se enteraba de muchas cosas útiles en el súper donde trabajaba —rio divertida—, y la madre de Bruno compraba allí. Aquello fue demasiado incluso para ti. Además, yo disfrutaba fastidiándote, pero eras mi amiga y no iba a permitir que nadie más lo hiciera.

Violeta no terminaba de entender ese razonamiento, pero, aun así, le dio las gracias.

—Entonces, ¿me perdonas?

Recordó las palabras de Lucía, sobre los motivos que tenía Alma para comportarse de esa manera, y pensó de corazón que algo profundo había cambiado en ella con su futura maternidad. Ahora llevaba una niña en su interior, literalmente, y había llegado el momento de actuar como una adulta sana.

—Claro. Eres una más, Alma, siempre lo has sido… Y me gustaría que Saúl y tú vinieran a mi boda.

Violeta, con su mente de regreso en el presente, se ajustó la bata y desenfocó un momento la vista del fondo para arreglarse un mechón que se había salido de su sencillo recogido. Después, se llevó la mano al escote y tocó su colgante de hada que siempre llevaba consigo. El reflejo le devolvió la imagen de Lucía, que en ese momento entraba en la habitación para ayudarla a vestirse.

—No se puede estar más linda —dijo Lucía emocionada al ver a su amiga peinada y maquillada para la ocasión.

—Yo creo que sí —respondió Violeta abrazándola y señalando con la mirada el precioso vestido que había colgado de una viga de madera.

Lucía la ayudó a ponérselo y ambas contemplaron el resultado en el espejo de cuerpo entero que había en la habitación. Era un vestido largo, con un bordado de flores de algodón, unas violetas silvestres que la propia novia había dibujado, y un pronunciado escote de espalda hasta la cintura, con un cierre de botones que marcaban sutilmente la silueta. Era un vestido sencillo y elegante, ideal para una boda campestre y romántica como aquella. Lo habían diseñado juntas y confeccionado en menos de dos meses, y el resultado era espectacular.

Alguien llamó a la puerta y Violeta suspiró emocionada cuando vio entrar a Basilio. Vestía un traje oscuro con corbata y llevaba una boina nueva. Tenía los brazos en la espalda, escondiendo algo, y Violeta supo que era el ramo.

Aquel día Violeta había echado mucho de menos a su padre. Siempre fue un hombre reservado, pero se entendían bien sin necesidad de muchas palabras, sobre todo cuando se sentaban juntos en la mesa de la cocina y dibujaban en silencio durante horas.

—Cierra los ojos —le pidió Lucía.

Cuando los abrió, Basilio le mostró dos preciosos girasoles atados con una cinta de la misma tela del vestido.

—De todas las flores posibles, jamás hubiera adivinado que me traerías estas.

—¿No te gustan?

—¡Me encantan! —exclamó Violeta—. Son alegres y luminosas, y parecen dos soles. Y, además, seguro que tienen un sentido especial para que las hayas elegido.

Cuando Mario y ella decidieron casarse en Villa Lucero, en Regumiel, no tuvo ninguna duda de quién deseaba que fuera el padrino, pero lo que más ilusión le hacía era que el anciano escogiera su ramo de novia.

Basilio sonrió satisfecho y miró de reojo a Lucía, quien presenciaba la escena emocionada, con lágrimas en los ojos.

—Simbolizan alegría y felicidad.

—Pues espero que nunca me falte.

—El girasol no espera, va en busca del sol. Esa es su razón de ser. Seguir al sol en todo su trayecto, desde que nace por la mañana, hasta que muere al anochecer. Lo persigue con pasión, desea sus rayos y los recibe agradecido.

Violeta asintió emocionada al comprender el mensaje.

—Buscaré cada día mi felicidad.

—Es lo mejor que puedes hacer, por ti, por tu esposo —sonrió al pronunciar la palabra— y por todos los que tenemos la suerte de estar a tu lado y ver cómo floreces cada día.

Violeta suspiró para contener las lágrimas que amenazaban ya en sus párpados.

—Las flores aman la vida, Violeta. Y ofrecen lo mejor de ellas hasta que se marchitan.

—Amar y ser amada —resumió ella.

—No hay más. En la vida solo hay dos cosas realmente importantes —hizo un silencio y continuó emocionado—: querer y que te quieran. Todo lo demás… —hizo un gesto con la mano, como si espantara algo— son pamplinas.

Violeta rodeó a Basilio e hizo una señal con la mano a Lucía para que se uniera al abrazo.

—Te quiero, abuelo —susurró Lucía con lágrimas rodándole por las mejillas.

—Yo también los quiero a los dos —dijo Violeta con los ojos encharcados—. Pero paren ya, o voy a salir echa un adefesio el día de mi boda.

Los tres rieron y las dos chicas se ayudaron mutuamente a retocarse el maquillaje.

Mientras los invitados esperaban acomodados ya en sus asientos a que empezara la ceremonia, Lucía entró al salón para inspeccionar los últimos detalles y asegurarse de que todo estuviera perfecto. Habían contratado al mejor cocinero de la comarca y el aroma de sus delicias inundaba Villa Lucero.

En el salón habían dispuesto una mesa larguísima, con espacio para todos los comensales, y Lucía sonrió al ver el mantel de lino adornado con una preciosa vajilla de porcelana y flores silvestres en el centro.

—Te estaba buscando —los brazos de Salva la sorprendieron abrazándola por detrás y rodeando su cintura antes de hacerla girar para verla bien—. Estás preciosa.

—Todo está precioso, ¿no crees? —reconoció ella—. Va a ser una boda perfecta.

Él asintió y la besó en los labios.

—Es como si estuviéramos dentro de una de esas empalagosas novelas románticas que tanto te gustan —añadió Lucía poniendo los ojos en blanco.

—¿Crees que hay posibilidades de que se convierta en un buen thriller de los que te gustan a ti? —preguntó él arqueando una ceja.

—Espero que no, pero eso depende de ti.

—¿De mí? —preguntó Salva extrañado.

—Sí. Es posible que te enfades cuando escuches lo que voy a decirte.

Salva la miró con los ojos muy abiertos mientras ella se subía un poco el vestido para clavar una rodilla en el suelo.

—¿Qué demonios significa...? —Salva se llevó una mano a la boca cuando vio cómo su novia abría la palma mostrándole un anillo.

—¿Quieres casarte conmigo? —le preguntó ella con lágrimas en los ojos.

Salva tardó varios segundos en responder.

Él también guardaba un anillo en el bolsillo de su saco. Había planeado darle esa misma sorpresa a ella, pero el hecho de que Lucía se le hubiera adelantado, le pareció el gesto más romántico del mundo.

—Vamos, ¿qué respondes? —insistió ella.

—¿Y tú? ¿Qué respondes tú? —dijo él, emocionado, arrodillándose junto a ella para ofrecerle su anillo.

—¡Que sí! Pero solo porque quiero que esto siga siendo una novela romántica de esas que tanto te gustan… Y tengas tu final feliz —respondió ella antes de lanzarse a su cuello y fundirse en un apasionado beso.

Violeta avanzó emocionada, del brazo de Basilio, los pocos metros que la separaban de su destino con Mario. Junto a él estaba la alcaldesa del pueblo, quien ofició una ceremonia sencilla y breve, pero emotiva. Violeta se sorprendió al encontrarlo tan sereno y sonriente cuando ella estaba hecha un flan. Había pronunciado los votos con voz firme y no le tembló el pulso, como a ella, al ponerle el anillo en el dedo. Sin embargo, cuando llegó el momento del beso, Violeta pudo ver cómo le temblaban las manos al extraer algo de su bolsillo.

—Nunca me preguntaste qué guardaba en la otra mano —dijo con la voz temblorosa antes de dirigirse al resto de los invitados y desdoblar un papelito varias veces—. Hace quince años, te pedí que escogieras una sola mano. Tenía un regalo para ti en cada una de ellas, y tú elegiste la que guardaba el colgante que hoy llevas puesto... Pero tenía algo más para ti.

Violeta asintió emocionada. Recordó habérselo preguntado entonces, pero al no obtener respuesta, pensó que tal vez había acertado con la única mano que atesoraba algo.

–En esa mano había una nota. Esta nota... –mostró el papelito cuadriculado de cuaderno con la tinta difuminada en algunas líneas–. Es una declaración de amor de un chico de quince años, que nunca tuvo el valor de decírtelo. Hoy quiero hacerlo delante de todas estas personas, que han venido hasta aquí porque nos quieren... y espero que después de hacer este espantoso ridículo todavía lo hagan –todos rieron–, porque aunque hayan pasado los años, yo sigo enamorado de ti como un adolescente. Y reencontrarte, después de tanto tiempo, me hizo volver a sentir que es posible amar así, con la misma ilusión de la primera vez.

Mario tomó aire y empezó a leer ante la atenta mirada de todos los asistentes, que contenían un suspiro en la garganta.

–*Querida Violeta: te escribo esta nota para decirte que me gustas mucho y que no puedo vivir sin ti.*

Violeta trató de contener la emoción ante la ternura de aquellas sencillas palabras, que habían despertado un "oh" general entre los invitados.

–*Hoy mi abuela me preguntó qué me pasa que ando tan callado últimamente, que parezco un alma en pena, que ni duermo ni como... y que casi no probé sus croquetas que me encantan y que suelo devorarlas antes incluso de que ponga el plato en la mesa.*

Me dijo que si es por lo de Boston, porque me voy al otro lado del mundo con mi otra abuela. Y yo le dije que sí, que es por eso, para que me dejara en paz. Pero ella, que es muy lista y me conoce bien, me miró a los ojos y lo vio enseguida. "Tú lo que estás es perdidamente enamorado", me dijo. Y yo pensé "Cuánta razón tiene mi abuela". Cuánta razón tiene, Violeta, porque desde que estoy enamorado de ti, no tengo hambre, ni sueño, ni me concentro en los exámenes, y solo puedo pensar en ti. Te metiste en mi cabeza y no logro quitarte. No quiero quitarte. Y pensé que si te lo decía, a lo mejor se me pasaba un poco, o mejor aún, descubría que tú sientes lo mismo. Te quiero, Violeta, y siempre voy a quererte.

Violeta y Mario se besaron y los invitados aplaudieron emocionados. El cielo, que ya había dejado caer algunas gotitas durante la ceremonia, abrió todas sus compuertas.

A ninguno de los dos les importó que la lluvia cayera de forma torrencial sobre sus cabezas. De no ser por Lucía, que los sacudió para que corrieran a Villa Lucero a refugiarse, como el resto de los invitados, hubieran seguido allí, besándose, ajenos a todo. Tal vez porque los dos sabían que la lluvia es presagio de buena suerte en cualquier boda, o porque como ocurre con las telarañas, que se vuelven más duras y resistentes cuando se mojan, el hilo de seda que unía sus destinos siempre estaría ligado al agua.

AGRADECIMIENTOS

Escribí esta historia hace muchos años, cuando mi hija Martina se estaba gestando en mi interior, y ni imaginaba que Violeta llegaría a mi vida años después… Entonces ya creía que se podía *Vivir rápido y sentir despacio*, pero no que se podía vivir dos veces la misma historia, y hacerlo de una forma tan distinta, con la madurez que te dan los años y la alegría de reencontrarte con tu primer amor, con tus primeros pasos en la escritura.

El amor entre Violeta y Mario es muy especial para mí por muchos motivos y no puedo sentirme más feliz y agradecida con VR por darme la oportunidad de mostrarlo en Latinoamérica y hacer crecer su historia.

No tengo ningún talento para el dibujo ni la pintura, pero mientras me adentraba de nuevo en esta historia, y me reencontraba con viejos y queridos conocidos, como Basilio, Salva, Lucía o Alma… me he sentido como Violeta dando la segunda capa a sus acuarelas, esa que transforma y ofrece nuevos y bellos matices al resultado final.

Así que, mi primer agradecimiento es para todo el equipo de VR, por abrirme siempre las puertas con tanta paciencia y cariño; especialmente a Florencia Cardoso, por sus maravillo-sas sugerencias y aportaciones para hacer crecer esta sencilla historia de amor, y a Jessica, por sus acertadas correcciones y comentarios.

Infinitas gracias también a mi familia, sin la cual no tendría la energía ni el tiempo necesarios para escribir, pero sobre todo por su amor e inspiración.

Sobre todo a ti, Ismael, porque nuestro amor brotó en la adolescencia y ha resistido el paso del tiempo, como una bella flor eterna.

Y a mis hermanas, Montse y Ana, porque si he aprendido algo sobre el amor y la solidaridad entre mujeres, ha sido sin duda de ustedes. ¡Las amo!

A mi padre, por mostrarme que es importante cuidar las raíces para que florezcan cosas hermosas. Y a mi madre, con quien pasamos siempre, mis hermanas y yo, inolvidables ve-ranos de nuestra infancia en Regumiel de la Sierra, el pueblo que ha inspirado esta novela. Y a Mª Carmen, Ángel y Beatriz cuyo recuerdo y cariño siempre estará vinculado a este pueblo y a nuestro vínculo familiar inquebrantable.

Gracias al pueblo de Regumiel de la Sierra, que me hicieron pregonera un año en sus fiestas patronales y no pude sentirme más orgullosa. ¡Viva Regumiel!

Gracias también a mis amigos de la adolescencia: Ángeles, Silvia, Sergio y Carlos… en los que me he inspirado un poquito para crear algunos personajes… pero solo un poquito, ¿eh, Carlos? Y a Rocío, por enseñarme que la amistad puede tener muchos matices pero un único camino: la autenticidad.

Gracias también a Luis Tinoco, por sus referencias con la técnica de la acuarela, por acompañarme siempre en cualquier proceso creativo y ser un tan buen amigo.

Y por último, pero no menos importante, a Sandra Bruna, por animarme y apoyarme siempre como amiga y agente.

ÍNDICE

¿SE PUEDE VOLVER A APOSTAR
POR UN GRAN AMOR?

¿EXISTEN LAS SEGUNDAS OPORTUNIDADES
CUANDO SE TRAICIONÓ LA CONFIANZA?

¿REINTENTAR ES SINÓNIMO DE FRACASAR?

Emily es una escritora que emprende un viaje
en busca de la historia de amor de sus abuelos.
Lo que no imagina es que en el camino romperá
la coraza que la aprisionó durante años para
animarse a vivir su asignatura pendiente.

*Tal vez, encontrar
el amor la ayude
a sanar.*

Elegí esta historia pensando en **ti**
y en todo lo que las mujeres románticas
guardamos en lo más profundo
de **nuestro corazón** y solo en contadas
ocasiones nos atrevemos a compartir.

Y hablando de compartir, me gustaría
saber qué te pareció el libro...

Escríbeme a
vera@vreditoras.com
con el título de esta novela
en el asunto.

Vera

yo también
creo en el amor